U0956451

January First

陪你走进你的心

[美] 迈克尔·斯科菲尔德 著 孟丽 译

上海译文出版社

献给贾妮、菩提、苏珊和哈尼……

谢谢你们的耐心和信念。

我爱你们。

作 者 的 话

虽然这是一个真实的故事，但为了保护书中人物隐私，我还是对其中一些人名和细节做了处理。

目　录

前　言

精神分裂症，有些类似癌症。让人无法相信它会被彻底治愈。一旦癌细胞入侵过你的身体，即便再无任何临床症状，它复发的可能性也会一直存在，直到你生命的尽头。几年不懈的尝试，我们找到一批药物搭配使用，阻止了我女儿恶化成最严重的精神分裂症。那些幻觉依旧，但如今它更像一档被放低音量、作为背景的电视节目，多半时间，它并不会影响到她在我们这个世界的生活。但有些时候，音量会大起来，极大地吸引她的注意力，以致她会迷失在这个世界，无法理清现实与幻想。

四年前，我以为精神分裂症会彻底夺走我女儿。但是得益于她生命中每个人的努力，我们改变了这种可能。我们阻止了它在她的脑瓜里横行，把音量调低了下来。

没有人明白精神分裂症的成因，相关研究非常少。当下盛行的理论是，它是人脑的一种生化病（通常称作“精神疾病的生化模式”），可能是更像老年痴呆症那样的一种神经功能的退化和失调。

与它的斗争，让我有时感觉自己仿佛手持一只手电筒，行走在黑暗的隧道内，踉踉跄跄，努力寻找前行之路，并祈祷在走到隧道尽头、看到亮光之前，电池不会耗尽。当然，这一路并非坦途。是的，有诸多事让我心存遗憾；如果可以重来，我希望自己会以不同的方式，去和珍妮共同度过那些时刻。可是不幸，我无力让时光倒流，我改变不了已然存在的事实。我能做的，就是坚定前行，继续努力扮演一位珍妮需要的父亲。

这本书不可被视作一份响亮的担保，告知你当孩子变得无法理喻时，你该做些什么。相反，它只是我这个家庭的故事，记录着我们如何在黑暗中找寻方向。

有次我女儿住院时，我妻子苏珊和我一道去医院看望她。珍妮从 4 楼的窗户向下看着，然后说，“我想跳下去”。

当时，我正忙于照看我们的儿子菩提，在医院的电脑上，我们正起劲地玩着游戏。我清楚地听到了她说的话，但我和平时听到这些话时一样，努力去分散她的注意力。

“你并不想这么做。”我回答说，努力让自己保持冷静。“过来，陪我和菩提一起玩。”

透过眼角的余光，我能瞥见她依然朝下看着。

“我想死。”她轻轻地说。

我身体收紧。很久没有听她类似的话了。“我还以为你要活 100 岁呢。”我不安地轻轻笑着说。

“我想在 9 岁的时候死掉。”

我朝她伸出手去，“为什么，为什么你想死？”

她转身看着我。“因为我有精神分裂症。”

她的表述不像精神分裂症者的言语。实际她非常冷静。珍妮仅仅只是悲伤。这让苏珊和我感到束手无策。

我立刻把这信息发给医生，他第二天给她做了检查。她对他重复同样的话。他问她为什么会相信自己患有精神分裂症。

“我能看到或听到一些并不存在的事物。”她告诉他说。

我第一篇记录珍妮的文章是发表在Facebook上，记录的目的在于发泄一下，不过很快，我就意识到，我也在努力让我女儿和我的家庭经受的这些遭遇，变得富有意义。我在Facebook上的抒写，演变成博客记录，我开始写得更多。当我们的故事开始获得公众关注后，我收到数百个家庭发来的电邮，大家都在用不同的方式表达同一个信息：“我们以为自己在孤军奋战。”因为这些启发和鼓励，加之我希望去帮助其他家庭处理同样的问题，我组织成立了一个民间在线互助团。在这里，父母们可以彼此交流，而不用担心被说三道四，起初他们都是在排斥精神分裂症。虽然这种排斥有着多种面孔，但基本上都是在否认这种疾病的存在。他们当然不能接受这厄运落在自己孩子身上。通过我博客上的文章，并基于他们自己的理论，他们作出结论说，我虐待我的女儿，珍妮真正的病源在于她的父母，以及她被抚养的方式。

在好几年里的时间里，我都努力去理解，时代已经进入21世纪初，为什么还有人，甚至医生都如此排斥孩子也会患上精神分裂症的事实。时至今日，依旧让我讶然的是，很多人给我写信说，珍妮是被妖魔附身，必须给她驱魔。所有这些，都出于一个意图：否定它。

但是当珍妮说她不想活了，我终于理解了这种否定来自哪里。人们坚信虐待说，或者妖魔理论，是因为这些是可以被控制的。而一种完全随心所欲的疾患的存在，让他们感到害怕。如果珍妮会患上精神分裂症，那么任何人也都有可能。这疾患可能导致的，就是人们脑路的混乱，这事实让一些人无法面对。

我理解这出发点。没有人希望一个孩子去承受这些，所以我们竭尽所能，去解释它出现的原因。

否定并不会帮助到珍妮，以及那些我后来认识的精神分裂症和其他大脑疾病的患者。他们需要的是接受。他们需要的是，我们去告诉他们说，“你们不会因为自己的病患而被定义。”

我们无法走入他们的头脑，去“修复”这些疾病。但是我们可以修复他们身居其中的这个世界。

患上精神分裂症并不代表被判了死刑。它是一种可以被掌控而且必须被掌控的疾病。它也是人性那段绚烂彩虹的另一部分。

我期盼珍妮能目睹那道彩虹。我也但愿它能映入您的眼帘。

这，即是我撰写本书的初衷。

它不是为一个孩童谱写的安魂曲；它是一段走出黑暗、沐身光明的旅程。

序　曲

2006 年 6 月

此刻，绝大多数 3 岁的孩子都已入睡了，但我女儿却不在其中；不过，3 岁的孩子也极少有像我女儿那样，天资超群！她会阅读，可以心算乘除法，甚至还用她餐具垫上所有的化学元素，来考问我和我妻子苏珊化学元素周期表。

约莫晚上 9 点了。苏珊在洛杉矶一家电台 7 点档播报新闻和交通路况的节目已经结束。交通顺畅的话，她可能这会儿刚刚到家，可我还未到归巢时分。我想让贾妮一直逗留在外，直到无处可逛，才打道回府。打贾妮很小开始，我们就一直是这样。那会儿，我会带她去宜家，陪她在海洋球池里玩；我把海洋球扔到自己头上，逗得她大笑不止。后来我去加州大学北岭分校任教之后，就换成苏珊带贾妮四处溜达。不过今天晚上，是我当班。

我看着她跑在我前面，进了唯一一家尚在营业的购物中心，不禁想，她怎么可能这样一直不停歇！今天我们已经去过洛杉矶动物园、宜家和一家麦当劳的游戏区玩耍，找任何能吸引贾妮的事物，哪怕只是一会儿。我们有动物园的季票。在那儿，她最喜欢我们走过一段地道时，头可以露出地面，仿佛草原土拨鼠一般。贾妮喜欢狗。她甚至把人也叫“狗狗”，我还为此担心，怕别人也许误会她。

此刻，她的体力早该是透支了。可即使真如此，她也没有显露一丝疲倦。这倒也无所谓。她的身体并没有问题，问题出在她的精神。我得耗尽她的精神。这是能让她睡觉的唯一办法，自打她出生以来，就一直是这样。

购物中心几乎空无一人了，挺好！人越少越好！

贾妮一阵风似的冲进一家玩具店，这是那种售卖经典玩具的高端店铺。店员朝我们走过来。

“我能效劳吗？”她问道。

“不用了，谢谢。我们只是看看。”我说着，希望她能尽快走开。我最不愿见到的，是贾妮开口和她说话。贾妮说起话来，与普通的3岁孩子大相径庭。

店员点点头，迈步走开。可让我沮丧的是，贾妮跟在她后面。

“我家有7只老鼠。”贾妮对她说。

“哇，”店员惊讶地回应，“你有7只老鼠？”

“是的，”贾妮点头道。“我给它们取名叫星期一、星期二、星期三、星期四、星期五、星期六和星期天。”

然后，最让我头疼的部分到来了。店员抬头看着我，一脸质疑。她指望我这个做父亲的来确认这件奇事。1只老鼠她还能理解，甚至两只或者3只都能接受，但是有7只？可惜我们家一只老鼠都没有。每一只都是她幻想出来的朋友。

贾妮第一个幻想的朋友，出现在她即将过3岁生日时，是一只名叫娄的狗；接着是一只叫400的猫咪。到如今，她这种朋友多到我已经无以计数。它们全来自一个叫卡利里尼的地方，贾妮描述说，那是加州海边的一个荒岛。

通常，这不足为奇。谁都知道，小孩子想象力丰富。但是，当我把她那些朋友归为是她的想象时，贾妮会非常生气。她瞪着我，好像我背叛了她一般。

我张开嘴，准备说，其实，我们家并没有老鼠，它们都是想象出来的；可我看到贾妮转向我，等着我的反应。现在，她看上去很满意。如果我对店员如实道来，我知道后果会如何。贾妮会震耳欲聋地尖叫。然后她会抓起货架上的商品，扔在地上。我会要求她把东西捡起来，因为我真的在努力强化她良好的品行。但是贾妮会说，不，就像个任性的十几岁孩子一样，然后冲出商店。我会大叫：贾妮，你得回来把东西都捡起来。但她还是会跑掉。然后，我只得丢下她惹的烂摊子，赶去追她，怕她跑丢了。等我走出商店，会看到她在离购物中心 100 英尺远的地方，回头看我，等着我。

突然，我想到……我为什么非要说实话。这位女士永远也不会来我家里。她永远不会知道，我们并不是真的有 7 只老鼠。干吗要让贾妮显得更与众不同呢？

我点点头，摊开双手，做出是的……我知道这很疯狂的表情。“没错。是 7 只老鼠。”

店员摇摇头。

“哇！”她睁大眼睛看我，仿佛我是一个疯子，但我管不了那么多。我只想平安无事。

我朝贾妮走过去。

“好了，贾妮，我们走吧。”我催促着她，避免给我惹出更大的麻烦。

"你想认识星期五吗？"贾妮突然问她说。

*噢，见鬼！*我不安地想到。

"来，贾妮，我们得走了。我们该回家，给老鼠们吃东西了。"

店员看着贾妮，迷惑不解。

"我想认识星期五吗？"她重复道。

"她是我的那些老鼠中的一只。"贾妮热切地说，一脸坦率。"我就把她放在我的口袋里。"

店员惊恐地看着我。

"你们随身带着老鼠？！动物是不可以带进店的！"她朝柜台上的电话机走去，准备叫保安。*该死！*

"不会有事的，"贾妮追在她后面说，"她不会咬人的。"她从店员身后走上前，摊开空空的手掌。"看到了吗？她是一只漂亮的老鼠。"

店员的电话机还没搁到耳边，她盯着贾妮的空手掌，没明白真实状况。

最后，她不安地轻声笑了。"噢，天哪，"她说着，朝我看过来。"我刚那会儿都信以为真了。我真以为你们带着老鼠。"

"我们确实带了。"贾妮说着，一脸的严肃。"我们带着星期五。她在这儿。"她把手掌伸到店员跟前，好像她是近视眼似的。

"贾妮，准备走了。"我喊着，迫不及待想走。

店员微笑着，假装拍拍老鼠。

"他真是漂亮极了。"她对贾妮说。

我不由得蹙眉。我听得出她声音里的迁就。她把贾妮当其他所有孩子那样对待，认为她还没聪明到知道自己在被忽悠。

“她。”贾妮纠正说。

“她，”店员点点头，抬头看我，那种表情我每次都能看到：*你女儿的想象力真丰富*。然后她朝贾妮微笑着。

“你喜欢这样假装吗？”

贾妮没有作声。我看见她脸上露出沮丧。突然，她抓过货架上几件经典的木质玩具，把它们扔在地上。

“贾妮，住手！”我冲上去，抓住她的手制止她。她挣脱开，冲到更里面，把货架上的东西扯下来，扔在地上。

我追了过去。“贾妮！”但我心里清楚，现在我说什么都无济于事了。她不会住手的。我只能将她拖出店去。我对贾妮很生气，但对愚蠢的店员更生气。*她干吗不只是配合着*？我知道这样想不公平，我不能指望全世界的人都附和着贾妮的想象力。但我却没法不这么想！

第一章

2006 年 8 月 8 日

今天是贾妮 4 岁生日。我正在我们公寓大楼的俱乐部，筹备她的泳池派对。

我把泳池玩具放进水里。贾妮已经在玩水了。

“爸爸，你下来呀！”

“我马上来，贾妮。我得先把派对安顿好。”

“嗨，贾妮！”苏珊大声喊着。“琳和双胞胎来了。过来打声招呼吧。”

我朝大门看过去，苏珊正在让她们进门。贾妮和那对双胞胎同岁，她们刚出生，我们就认识她们了。

“贾妮？”苏珊又喊她了。“过来跟琳和双胞胎问好。”

“不要，”贾妮喊了回去，甚至懒得转身看一眼。

“贾妮，你得来欢迎你的客人们，”苏珊说，更严厉了一些。

“不要！”贾妮在她身后大叫着，声音比之前更有力了。

“嗨，贾纽厄里！”琳喊着，“生日快乐！”

“我不是贾纽厄里！”贾妮尖叫道，仍然没有转身。然后平静地说：“我是蓝眼树蛙。”

琳明显吓了一跳，但很快就没事了。她知道我们已经为贾妮不停更换名字苦恼一阵子了。

从一年前开始，贾妮不再接受自己的名字。她抗拒的时间比我们料想的要长得多。每当有人叫她的真名，她就尖叫，仿佛人家把她的手按到滚烫的煎锅上一样。

我们甚至并不强迫她接受自己的名字。对此，只要她给自己挑个名字，并一直用它，我们也就满足了。可问题是，她一直不停地换名字，有时一天就要改好几次。她叫过“热狗”、“彩虹”、“萤火虫”，现在又叫“蓝眼树蛙”；起初是《迪亚哥》动画片中的“红眼树蛙”，直到后来 Sav-on 杂货店[①]的一位女店员说：“可是亲爱的，你的眼睛是蓝色的。”

“琳和两个小姑娘是来参加你的生日派对的，”苏珊提醒她说，“你得过来欢迎她们。”

贾妮走出泳池，朝双胞胎走过去。她没噘着嘴，而是面含笑意，快速搓着双手，仿佛突然碰巧看到她们，而之前的臭脾气也好像从来没发作过一般。

苏珊在冰柜里给双胞胎取了两瓶果汁。

“嗨，贾妮。你好吗？”琳开心地说。

搓着的双手停了下来，笑容消失了。“我不是贾妮！我是蓝眼树蛙。”

“哦，对不起。我忘了。”琳赶紧纠正自己，仿佛刚才被轻轻电击

① 美国连锁杂货店，店内主要是一个药店，有药剂师配药，也有各种成药出售，日常生活的杂货，也都能买到。——译者

了一下。

“姑娘们，祝蓝眼树蛙生日快乐！”琳教着她的两个女儿。

“生日快乐，贾妮。”她们听话地拖长声音说着。这对双胞胎自打会说话起，就知道我女儿叫贾妮。她们只知道她这个名字。

“我不是贾妮！”她朝双胞胎尖叫道。“我是蓝眼树蛙。”

双胞胎抬头看着她们的妈妈，一脸迷惑。

“贾妮！”苏珊警告着她。“要有礼貌。”

我没有作声。不错，我也希望贾妮彬彬有礼，但我明白，这些古怪行为只是她天赋的一个副产品。她的发育超过所有指标，8 个月时已经开口说话；13 个月时，她已经识得她名字的字母，分得清大小写，甚至把字母写成睡着了的样子，或上下颠倒，她也认得。到了 18 个月大，她已经能说语法正确的句子了；她会对人自我介绍说：“我叫贾妮·佩奇，我 18 个月了。”

不过，我一直不完全了解她到底有哪些能耐，直到有天晚上我从研究生院回来，苏珊跟我讲她们一天的内容。那时贾妮两岁。

“我一直在教她加法，”苏珊说，这我之前就知道。“所以今天我们开始学减法了。我问她‘7 减 4 等于几。’”

“她答对了吗？”我问道。

“嗯，她答对了。所以我们又学了‘7 减 3 等于 4’。然后她问我，‘妈妈，4 减 7 是多少？’于是，我又开始尝试着给她解释什么是负数。”

我瞪大眼睛看着苏珊。“她问你 4 减 7 等于多少？”

苏珊正在洗盘子，她转身对我说：“是的。”她看到我一脸震惊。“怎么啦？”

“她就突然这么问你？”

“是的，怎么了？”

负数，我当时心里想，负数是一个完全抽象的概念，因为它们根本不存在。你不会看到有负 4 个苹果。仅仅两岁，贾妮的思维已经从皮亚杰①的所谓“具体推理”飞跃到“抽象推理”，这通常要大得多的孩子才能做到。贾妮已经可以思考并不实体存在的概念了。

我幻想过，贾妮也许不到十来岁就可以去就读哈佛、耶鲁或麻省理工学院。晚上睡觉时，我做过最离奇的梦，是贾妮获得了诺贝尔奖；具体获奖原因，我不知道，也不真在乎。只是她才两岁，便已经可以懂得这些，她一定是人类获赐的礼物。我相信这个天才只是偶尔无礼一下。

“你们要喝果汁吗？”苏珊把果汁盒递给双胞胎，她们接了过来。

贾妮开始大笑起来，在双胞胎旁边挥动着她的胳膊。“400 把芒果汁泼到你们身上了。”她得意地高声笑着，手并没有挨到她们。

两个小姑娘本能地后退着，不明白出了什么事，然后看着她们的妈妈求助。

“400 把芒果汁泼到你们身上了。”贾妮又开始甩着胳膊，仿佛正在把果汁泼到双胞胎身上，但实际上她手里什么也没有。

双胞胎退缩到妈妈身边，一边一个。

“贾妮，这样没礼貌。”苏珊纠正着她。

“这不是我干的。是 400。400 把芒果汁泼到她们身上。她喜欢朝

---

① 让 · 皮亚杰(Jean Piaget，1896—1980)，法籍瑞士人，是近代最有名的儿童心理学家。他的认知发展理论成为这个学科的典范。——译者

别人身上泼芒果汁。”她的手臂又开始泼洒想象中的果汁。我们甚至根本没有芒果汁。

双胞胎姐妹抬头看着琳。“你们俩得涂防晒霜。”她低头对她们说，一手拉着一个女儿，朝长躺椅和桌子走过去。

“那好吧，你让400停下来。”苏珊对贾妮说，“400是她又一个想象中的朋友。”她对琳解释说。

贾妮转身，对着空气说：“400，别这样了。”她没有朝双胞胎回过头来，而是明显在等一个回应。

“她不想停下来。”贾妮又大笑起来。“太好玩儿了。400把芒果汁洒到你们身上。”

琳在给双胞胎涂着防晒霜，她俩明显吓坏了。“没事的，我们知道贾妮很‘特别’。”

这真让人沮丧。她又在发挥自己的想象力了，可双胞胎没法看到这些想象的场面。天才们通常都是古里古怪的，我在心里对自己说。

“贾妮！”苏珊的声音提高一个八度。“打住！”

“不是我干的！是400！”

“你可以控制400。跟她说打住。”

贾妮恼怒地摊开双手。“我做不到。”

“贾妮……”苏珊发怒了，但我制止了她。

“让她去吧。”

贾妮朝我走过来。我们准备到游泳池去。我的角色就是这样。我是她与这个世界之间的保护者。

我看到了苏珊脸上的沮丧，但是她不像我，能完全理解贾妮。

“她应该欢迎她的朋友们，”她恳切地对我说，“你却不帮她学得懂礼貌。”

“今天是她的生日。由得她去吧。”我应道。

苏珊张嘴想抗议。

“让她去。”我又说一次，加重了语气。苏珊合上嘴，恼怒地瞪了我一眼。

我跳进水里，游到水池边，张开双臂。“来，贾妮，跳到我这里来。”

“400 也想跳进来，”贾妮热切地说。

“猫咪一般都不喜欢玩水。”

“那好吧，400，你就待在这里。”

贾妮跳到我怀里。我抱着她来到泳池中央。贾妮突然回头去看岸边。

“天哪，不！400 掉到水里了！”她大叫起来，“400，可别淹死了！”

“我去救 400，”我回应着。我把贾妮放到浅水区，朝我想象中的 400 所在的位置蹚过去。我这种做法，让自己和贾妮生活中的其他人都不一样。我会和她想象中的朋友玩耍，就好像他们是真的一样。如果我也被归纳到贾妮思维中的“十三们”，那就完了。贾妮说“十三们”是那些没有她这种想象力的孩子和大人。她说她自己是“二十”，我也是，苏珊是“十七”，但她绝大多数朋友都是“十五们”。不过“十三们”压根没有一点想象力。

“抓到她了！”我把空手露出水面。“哎呀，她现在蹿到我头上了！400！”我假装被这只想象的猫的重量给压得沉下水去。我不会让贾妮放弃她的任何一面。我不会给她任何限制，因为我担心一旦她为了归顺常规，而停止这一切，她所有的潜能可能会消失殆尽。

贾妮露出笑容，然后大笑起来。

“400！快从爸爸头上下来。”

我朝她快乐地笑了。

“贾妮，你知道吗，如果能找到足够大的海洋，把土星放进去，它就会浮起来。”这是我传授知识的方式。我融入她的想象中，她就会专注。

“你还记得金星上的气压是多少吗？”

“90。”贾妮回答说。

“没错。在金星上你的重量就会是现在的90倍。当然了，如果我们现在在金星上，我们就是在硫酸中游泳了。然后就会产生热量。虽然水星离太阳更近，但金星比水星温度高，大约华氏800度。”

“在卡利里尼，温度要上升到200度。”贾妮说。

给她灌输一点真实世界的机会到了。

“贾妮，那里比地球上的任何地方都热。简直到了水的沸点了。没有生物可以在那个温度下存活。”

“我的朋友们可以。”

“这是不可能的。我们的身体绝大部分由水组成。在那个温度下，我们差不多都要沸腾起来了。他们怎么可能存活呢？”

贾妮耸耸肩。“他们可以。”

我张开嘴，想接着和她辩论这其中的不合逻辑，可贾妮走开了，我就打住。

“贾妮。”我叫着她。

她回头看我。

“猫咪还在我头上呢。”

她笑了。

我看着桌上的比萨盒。

去年，我订了6个中号的奶酪比萨，可客人还没到齐，比萨就吃完了。所以这次苏珊让我买9个。我照办了，可现在却还有6个都没打开。

苏珊走过来跟我说，切蛋糕的时间到了。

“你都跟每个人讲了吗，要唱‘祝蓝眼树蛙生日快乐’？”我问她。

“是的，说过了。”苏珊说。她知道我的担心，这也是她的担心。我们都不愿看到贾妮在自己生日这天失控。“希望大家都记住了！”她转过身，大声说，到点蜡烛的时间了。

所有人都围到蛋糕旁边。蛋糕上的字甚至也是，祝蓝眼树蛙生日快乐！

“你准备好了吗？”苏珊问我。

我点亮蜡烛。贾妮站在我俩中间，正快速地搓着手，速度快得让人感觉她的手腕一定都痛了，但她看上去并没有不适。

“好了……”苏珊开始唱起来。“祝你生日快乐……”

大家都跟着唱起来。“祝你生日快乐，祝你生日快乐，亲爱的……”

苏珊不安地朝我看。

我声嘶力竭地唱着“……蓝眼树蛙”，尽力引导所有的客人说出正确的名字，而盖住那些没说对的，以免贾妮听到。

“祝你生日快乐！”

所有人，包括贾妮自己，都拍起手。我抬眼去看苏珊，看到她和我一样，如释重负了。

在苏珊分蛋糕时，我注意到今年来的人少了一些。之前我一直关注在贾妮身上，她不和别人玩，我得陪着她玩，所以没注意到。这也解释了比萨为什么会剩那么多。去年客人们都待了好几个小时，蛋糕吃完，拆好礼物，还逗留了很久。今年，有些人已经走了。我环视四周，发现琳和她的双胞胎也不在了。

第二章

2006 年 10 月

贾妮的 IQ 是 146。

这不对。我期待一个更高的值，高得多的！我期待她有爱因斯坦的智商，或者斯蒂芬·霍金的智商（虽然他们俩都没有接受过任何 IQ 测试）。

我坐在海蒂·耶伦的办公室里。海蒂是治疗泛自闭症的专家。因为贾妮行为举止的变化，越来越多的朋友提出孤独症的质疑。除了新出现的孤僻问题，贾妮总是不住地晃动她的双手，大家都认为这是“过度兴奋”，是孤独症的主要表征。贾妮的儿科医生给我们推荐了海蒂，“只是去排除可能性。”我并不想带贾妮去。孤独症就好比我小时候的多动症一样，是需要日常跟踪诊断的。我依然愤恨所有人都更多关注到贾妮的行为举止，而不是她的聪颖，但我厌倦了听到周围人不停地这么建议。于是我去了，很担心贾妮会被诊断为孤独症，这样她的未来就会被改变。

然而，让我又惊又喜的是，海蒂做的第一件事，就是要给贾妮做智商测试。这正是我想要的，以证明贾妮的天分之高，并驳斥那些认为她有毛病的人！

但146分并不符合我的期待。我想得到一个更高的数据，高到它可以允许我解释贾妮的一切，甚至可以来辩护为什么贾妮越来越排斥同龄的孩子，而更喜欢幻想出来的朋友。我希望当贾妮有任何孤僻的行为时，我能够说："瞧，她的智商是280分。"

"只有146分。"我对海蒂说，然后抬头看着贾妮，她正偷偷从海蒂身后溜到她的电脑边。"贾妮！别碰海蒂的电脑！"

"好无聊。"贾妮胡乱地敲击着海蒂的电脑的键盘，一边抱怨说。

苏珊没有从沙发椅上起身。我想她也还在惊讶之中。在我努力想去理解这一切时，没人能牵制住贾妮。同样，现在苏珊还是没法吸引住贾妮。

"我只需要几分钟，贾妮。这很重要。"

我看着贾妮，看她是打算放弃，还是准备从办公室冲出去。她咧着嘴笑了，这让我感到不安，因为这动作改变了她的表情，让她显得精于算计，有操纵欲。但真正让我不安的是，这根本就不像贾妮。如果我相信有恶魔附身一说，我发誓在这种时候，她是被恶魔附身了。

贾妮偷偷溜回到电脑边。

"贾妮。"海蒂转身对她说，"我跟你说过，别碰我电脑。我有重要的文件在里面。"

"我在工作。"贾妮回答说，扭曲的笑容依然在她脸上，手依然胡乱地敲打着键盘。

"贾妮，她让你别碰她的电脑！我们必须尊重别人的东西。"

"来，你可以玩这个。"海蒂递给她一个玩具。

海蒂朝我转回身来。"你应该看看百分比。在下一页。"

我不安地把目光从贾妮身上移开，知道这个玩具只能吸引她几秒钟。我把海蒂给我的文件翻到下一页。我看到上面写着“语言能力>99.9%”

“这就是为什么我要你过来一趟，而不是把结果邮寄给你。”海蒂接着说，“有些东西我需要解释一下。”

“我想走了！”贾妮抱怨说。

“我们一会儿就走。我只需要一秒钟就好。”

“如果看她所有这些百分比，”海蒂接着说，“有些方面，譬如语言能力，甚至比99%还要高。”

她指着其中一个大于99.9%的指标说：“这意味着她已经达到测试能得到的最高值。”

“什么？”我问道，因为贾妮朝办公室门那边冲去，让我分心了。“贾妮！过这边来。我们差不多好了。”我站起来，担心贾妮和平时一样，准备跑掉。“别跑”、“待在这儿”这些话是不起作用的。如果我们不去贾妮想去的地方，她就会走出门去。我只还有几秒钟的时间，去获得尽可能多的信息。“确实地说，这意味着什么？”

“意味着这测试对她不管用。150分是斯坦福-比奈测试的最高值。她是146分，这还不包括任何书写部分。我没法让她写任何东西。”

“是的，我们也做不到。”我说着，贾妮又想跑掉，我抓着她的胳膊，把她留在身边。

“她知道怎么写，但因为没法像电脑一样流利地写，她就很沮丧。她会尖叫，把纸都撕掉。”苏珊补充说。

“可能是某种强迫症，”海蒂语带同情，“但问题在于，就智力水平而言，她相当于一个10岁到11岁的孩子。你们遇到的所有问题的根源都在这里。”

我琢磨着她的话：*智力水平在10到11岁之间*。贾妮只有4岁。她的智力超前于她的身体。她发怒是因为她的智商超前于她的年龄，但除了我和苏珊，所有人都只当她是个小孩。

“那现在知道了真相，该怎么办？”我问道。

“她需要上天才学校！”

太对了！这正是我期望的！这样，贾妮也许就能找到那些可以和她匹配的人。

“你能推荐一些吗？”

“美利文小学[①]。”

我叹口气。美利文是专门招收高智商儿童的学校。我们已经接洽过他们。但有两个问题。第一：所有的孩子都必须习惯用马桶，但贾妮还在穿纸尿裤。她知道如何用，可她拒绝用马桶上厕所。她可以玩耍几个小时都不穿纸尿裤，可当她想要上厕所时，她就拿过一个纸尿裤，穿上，解决好之后，把它取下来，丢进垃圾箱。我们诱惑也好，惩罚也好，都不奏效。有一次，为了纠正她，我拿走了她所有的玩具，只留下她最喜欢的那只叫英雄的玩具熊，她总抱着它睡觉。我不会把它也拿走的。这些玩具在厨房的柜子里放了好几个星期，可贾妮根本不在乎。她唯一真正在乎的是她那些想象中的朋友，他们是我没法拿走的。

美利文也要求有一个“入学面试”。我能想象那会是如何一番场

---

① 美利文小学(Mirman School)，位于加州洛杉矶，成立于1962年，专门培养智商高于145的5—14岁的天才儿童。——译者

景。校长走进来说："你好，贾纽厄里。"而贾妮会尖叫着说，"我不是贾纽厄里！"一切就此结束。

"我们已经找过美利文了，"我对海蒂说，"除非她已经会用马桶，不然他们是不会收她的。"

"呃，如果他们看到这些数据，也许他们会改变想法。"

我对此表示怀疑。美利文的校规非常严格。我相信贾妮需要的是和她一样的孩子们，有着高智商，然后一切就都好了。可愚蠢的校规却让她没法去开发自己的潜能。

"你得再去试试，"海蒂回应道，"没其他的选择。她只能去美利文。她在普通学校待不下去的。"

我手没抓住，贾妮飞快地跑出门了。

第三章

2007 年 2 月

“我们这是去哪里？”贾妮问。“我想吃比萨。”

“我们去参加瓦奥莱特的生日聚会。”我咬着牙说，知道随后会怎么样。

“我不喜欢瓦奥莱特！”

我叹口气。

“贾妮，她是个友好的小姑娘。”

“我恨她，”她说着，好像在说“这是一个艳阳天”一样。她的声音里没有憎恶，所以我不相信她的话。

“你为什么恨她？贾妮，恨是一种很强烈的感情。只有那些真正伤害我们的人，我们才会恨。瓦奥莱特从来没有伤害过你。”

“我就是不喜欢她。”

贾妮的朋友所剩无几了，但我特别希望能留住瓦奥莱特。瓦奥莱特是个聪明的女孩。我可以不管贾妮怎么对待那些和她不在一个“智力水平”上的孩子，但对瓦奥莱特不要这样。

“为什么？”我追问着，迫切想让她不要疏远瓦奥莱特。

“她不喜欢狗狗！”

“你问过她了？”

“没有。”

“那你怎么知道她不喜欢狗狗？”

“我就是知道。”

“你怎么知道？”我锲而不舍。

“400告诉我的。”

我考虑着要不要提醒她，400并不是真实存在，但这不会奏效的，于是我问道：“400怎么知道的？”

贾妮耸耸肩。“我不晓得。她就是知道。”

“瓦奥莱特不属于十三们，贾妮。她很聪明。她应该很接近二十。”

贾妮沉默了一会儿。“我现在是二十五了。”

我一直拒绝面对的内心深处的恐惧翻滚起来。她在提高她的“数字”。“你什么时候变成二十五了？”

“就现在。”

这让我苦恼不已。每次我认为我们可能找到了一个和贾妮在数字上比较接近的朋友时，她就会提高这个数字，就仿佛她故意要在自己和别人之间制造距离。

“好吧，那就只要保证，你不会告诉瓦奥莱特你不喜欢她。”

“我就打算告诉她的。”

这让我很惊讶。她仿佛在和自己闲聊一般。如果她之前就有这个意图了，干吗不对我撒谎呢？这才是符合逻辑的！

“还记得妈妈说过吧，如果不能说好听的话，那就什么也别说？”我回应道。

“瓦奥莱特没有我这样的想象力。”

我叹了口气。*这我知道，贾妮。*和她同龄的孩子们的想象力，貌似都还局限在扮演公主之类的无聊游戏上。没人能像贾妮一样，构造出卡利里尼这样一个完全独立的世界。我不愿看到贾妮要努力地与其他的孩子交流她的世界。每次她这样，我内心的担忧就多一分，怕有一天她会放弃这个努力。

瓦奥莱特的母亲萨拉开了前门，迎接我们。我把礼物递给瓦奥莱特。

瓦奥莱特展开双臂，朝贾妮奔过去，想拥抱她，但是贾妮耸耸肩，把她当件外套一样甩开来。她低着头，不想看她。

旧戏又开演了，和平时一样。

“贾妮，对瓦奥莱特说‘生日快乐’。”我命令道。

“我恨你。”贾妮冲着瓦奥莱特说。

“贾妮，我怎么跟你说的？”我没法抬头，害怕看到萨拉脸上的表情。于是，我朝瓦奥莱特转过身去。

“对不起，瓦奥莱特。别当真。贾妮和每个人都这么说。”我突然想到，自己的话听上去多荒谬啊！我在对一个5岁的孩子说，有些事别当真。我已经太习惯用大人的口气和贾妮说话了，以致忘了和她同龄的其他孩子是不能理解的。

瓦奥莱特站在那里，不晓得该怎么办。

“贾妮，我们很高兴你能来。”萨拉礼貌地说，但我能感受到她在努力不理睬贾妮的无礼，不拿它当回事。这也让我担心。如果我能感受到，我担心贾妮也能感受到。我想尽力保护她不被别人评判，不让她接触到这种评判。我气恼苏珊安排我们来参加这个聚会。

“你们有比萨吗？”贾妮只说了这么一句话。

“没有，对不起。我们没有比萨。”萨拉歉意地说。

我唯一能让贾妮待上哪怕一会儿的机会也没了。我能让她来这里的唯一理由是有比萨吃。

“但我们还有其他很多食物，”萨拉贴心地补充说，仿佛贾妮和其他小女孩都一样。

我朝盛宴上看去。食物貌似更适合大人，而不是孩子。有硬面包圈和奶油奶酪，沙拉拼盘。没有一样贾妮会吃。

我推着贾妮，在瓦奥莱特家后院的秋千上玩耍，其他的小姑娘在屋里做游戏。

有些父母用纸盘盛着沙拉、奶酪和饼干，在露台上聊天。我感到些许的苦涩。他们可以让自己的孩子随意奔跑，从不担心自己的儿子或女儿说了什么话，做了什么事，伤害了别人家的孩子。

只见一只白色的小狗，在大人们中间溜达着，期待可能有食物落下来。但贾妮却那么坚信，瓦奥莱特不喜欢狗。

“贾妮，你确信自己不想进去玩吗？”我知道她会说不的，但还是问了，因为我已经厌倦了我们总是被边缘。“看上去很好玩的。”

“不想。”

“如果我也玩呢？”

“不想。”

我放弃了，继续孤单不合群，推着她荡秋千。

“我想下来了。”贾妮说，于是我就抓住秋千一边的绳子，让速度慢下来。

她从秋千上下来，跑进屋子里。

我以最快的速度跟上去，如过迷宫一般，从这些父母中间穿梭过去，尽量不要碰到他们任何人。我必须要跟着贾妮，才能切断她和周遭世界可能起的任何冲突。

谢天谢地，也让我略感讶异，贾妮在客厅里停下来了，在看萨拉领着瓦奥莱特和其他小姑娘玩“红毛狗”的游戏。

“嗨，贾妮！”萨拉看到了我们。“你想玩吗？”

“这是个有趣的游戏。”我补了一句，希望能把贾妮吸引过去。

“不，我只想看看。”

我不理解她为何只想看，不想玩。在她 8 个月大时，她就会走到其他小宝宝那儿，问他们叫什么名字，虽然他们大多数都还不会说话。那时候，她总是对其他孩子表现出兴趣。现在他们会说话了，她倒没兴趣了。

我朝下瞥一眼，发现贾妮已经不在我身边。她溜走了，我甚至没注意到。我的第一反应是扫视一遍这些孩子，希望贾妮终于加入到游戏中了。但是她没有，她不在这一群开心欢笑的小姑娘们当中。我一厢情愿地想，也许她又跑回到后院了？我回到外面秋千那儿。那儿没有她。

恐惧在我内心升腾。这是她一贯的做法。当她想要走的时候，她只是走就是了。我担心她可能已经走出了门。她以前这么干过。

我开始搜寻整栋屋子，一间一间地找。最后，我走进了瓦奥莱特的房间。百叶窗拉下来了，屋子里一片暗影。过了好一会儿，我的眼睛才适应。然后，我看到贾妮，她坐在地板上，把瓦奥莱特的那些毛绒玩具从床上搬下来，排成一队。

瓦奥莱特跟在我身后进了屋子。起初我以为她只是来取样东西，因为她的伙伴们没跟着她。有很多的小姑娘都希望做她的朋友。她干吗要把时间浪费在一个说恨她的小女孩身上？

但让我吃惊的是，她挨着贾妮坐下来。

“嗨。”她对贾妮招呼道。

贾妮不理瓦奥莱特，仿佛她根本不存在一样。

瓦奥莱特从贾妮排好的玩具队伍里，拿了一个毛绒狮子。狮子座是贾妮的星座。

“我叫他狮子先生。”瓦奥莱特对贾妮说。

贾妮把狮子夺回来。“他叫 60。”

“要不叫狮子 60 先生？”我对贾妮建议说。

“不对，他就叫 60。”

“他不能叫两个名字吗？”我怀着一线希望问。这次不同。瓦奥莱特不同于其他孩子。她真的在尽力！*求你了，贾妮*，我在心里说，*只要示一点点好就行。*

“不行。”贾妮回答说。

瓦奥莱特拿起一个洋娃娃。“这是我的最爱。她的名字叫艾尔。”

贾妮斜眼看着那个洋娃娃。“那是 11。”她从瓦奥莱特手里拿走洋娃娃。

但是瓦奥莱特没有生气。她紧挨着贾妮斜过身子，近到两个人的头发都搭到一起了。瓦奥莱特褐色的短发梳得整整齐齐，挨着贾妮那头不让我们再碰一下的乱糟糟的卷发。

贾妮躬身伏在毛绒玩具上，自言自语。

这一幕，让我有似曾相识的感觉，可我确定不了它是什么。然后，突然，它夹杂着一股让我颤抖的力量，出现在我脑海。在暮光笼罩的房间里，瓦奥莱特挨着她挤在一起，努力想接近她，想做她的朋友。贾妮看上去仿佛一个长期卧床的病人。她就是《玻璃动物园》[①]里的劳拉，迷失在自己的世界里。我感觉到自己的嗓子眼堵住了，但我将它强压了下去。不，是我反应过度了。这只是一个阶段。贾妮会走出来的。

苏珊直接从上班的地方赶过来，当萨拉给我们开门时，她正从车里出来。

瓦奥莱特站在门口跟大家说再见，就像大人教她的那样，做一个教养很好的小主人，苏珊微笑着朝她挥手道别。我跟在贾妮后面，挤出门去。

“你们要去哪里？”看着贾妮和我从她面前走过，苏珊问道。

“我需要给贾妮弄些吃的。”我咆哮道，“她饥肠辘辘，这边没有比萨。”

“是的，对不起。”萨拉说着，仿佛什么也没有发生。“我不知道贾妮想吃比萨。”

“她非常挑食。”苏珊又来这套了，总是给每件事一个解释。然后她问我：“蛋糕呢？他们准备蛋糕了吗？”

“蛋糕还要一个小时。我没法把贾妮留这么久。我得给她找东西吃。”

---

① 玻璃动物园（Glass Menagerie），美国剧作家田纳西·威廉斯的代表作之一。——译者

我对苏珊满腔怒火。我不责怪贾妮。这不是她的错。她压根儿没想过要来参加这个聚会。

“她至少该吃些蛋糕，”苏珊抗议说。

“我要把她带走。”我说着，穿过街道朝车子走去。贾妮已经走在我前面。“我压根就不该带她过来。”

“我想吃比萨。”贾妮补了一句。

当我打开车门，进去时，苏珊冲到我身后。

“发生什么事了？你干吗这么生气？”

我转身对着她。

“你这是在折磨她。”

苏珊一脸不解。

“你在说什么？”

“你对她做的这些，逼她来参加这种生日聚会，带她去找玩伴，这是一种折磨。”

“我只是想努力帮她找朋友。”苏珊答道。

“我已经厌倦了这些。”我咆哮道，“我厌倦了你总坚持让她和这个孩子玩，那个孩子玩。见鬼，我每次都信以为真，希望你是对的。结果永远都是一样。我刚看到瓦奥莱特那么努力想接近贾妮，而贾妮压根就不理她。你知道那是一种什么感受吗？我再也不要这样了。”

“好吧，”苏珊说，“听上去你应付不了。那我来带她吧。”

“不，”我低声呵斥她。“我不会让你带着她去见别人，这只会让她感觉像个傻瓜。她是个天才！”

“我知道她是天才！”苏珊反击道。

“问题不在这里！贾妮的 IQ 比 99.9%的人都要高。就是说，60 亿人口中，比贾妮聪明的只有600万人。”

“那也够多了。”

“他们可能在世界的任何地方！你知道能找到任何一个的概率有多低吗？”

“我们只能继续努力。”苏珊答说。

“不，我们不努力了。我们可以给她一份宁静。”

“那我该做什么？不再帮她找朋友？”

“没错！”我在苏珊面前，砰地关上车门，带着贾妮绝尘而去。

第四章

2007 年 12 月 16 日

百叶窗放下来，黑暗立刻笼罩着我们，胎心检测仪的绿色液晶灯闪个不停。一条黄线在检测仪的屏幕上波动着，让我感受到我们儿子的心跳。他的名字叫菩提，乔达摩 · 悉达多就是在菩提树下顿悟成佛的。我们不是佛教徒，甚至不信仰任何宗教，但我们希望我们的儿子会给贾妮带来宁静，就好比菩提树给佛祖庇荫慰藉一般。

借着前面的光亮，我依稀辨认出苏珊的头。我不太肯定她是否睡着了。我知道自己应该和她一起，迎接菩提来到这个世界，但是我忍不住担心贾妮。她需要我。我感应得到。

我摸着口袋里的手机，抑制着拨打电话询问一下的念头。我必须克制住。我得相信我父亲应付得了她。

“不知道你爸爸和贾妮处得怎样。”苏珊在黑暗中说道，吓了我一跳。甚至她都在想着贾妮，尽管这会儿正等着麻醉师来，把硬膜外穿刺针插入她的脊柱。

“我想他们应该没事的。”我回答说，尽量让苏珊也包括我自己信服。我们还从来没有同时不在贾妮身边，直到今晚。

我们陷入了沉默，听着菩提心跳的哔哔声。我无法相信，就在 10

个月前，我还压根没有再要孩子的意愿。苏珊曾经唠叨过一阵子，总提醒我说她“能生的时间不多了”。

但这并不是我最终同意再生一个孩子的原因。我希望生菩提的原因只有一个，唯一一个：因为贾妮说她想要个弟弟或妹妹。菩提是我有生最大的赌博。在过去5年里，我们一直在尽力找一个能“领会”贾妮的想象力的孩子，但一无所获。所以这是我的孤注一掷。如果我找不到一个能与贾妮有共鸣的孩子，也许我可以创造一个?

“不敢相信自己会说这样的话，”我在黑暗中静静地说道，“但实际上我希望菩提和贾妮一个样。”

“我知道。”

“我是说真的。我愿意再经历所有这一切。整夜不睡觉，不停地要让他兴奋。”

“我们不必要再经历这些。菩提有贾妮没有的东西，一个够吵的姐姐。”

我轻声笑了。

“不晓得我们运气如何，这个孩子也许会乖乖睡觉的。”笑容消失在我嘴角。“但如果我必须重新承受一次，如果这意味着贾妮能有一个和她一样的人，我也愿意。”

“我和你一样的想法。”苏珊朝我伸过手来。

我站起来，握住它。

“你也许该给你爸爸打个电话，问问贾妮的情况。”苏珊说。

“好的。”我走出病房，给我父亲打电话。

“都还顺利吧。”打通他的电话后，我问道。

“我们去了那家购物中心，到那个游乐场，不过她不想待多久。她总是想跑掉。”

我闭上眼睛。这正是我担心的。

“那你们现在去哪里？”我问着。

“准备带她去吃饭。”

我朝苏珊看看。即便一片阴影中，我仍然看得见她的眼睛，满是不安。我做了一个决定。

“到医院这儿来接我吧。”

“迈克尔，没事的。你需要陪着苏珊。”我爸爸说。

“苏珊没事。反正菩提今晚也不会出生。我可以走开几个小时。”

“你确信？”

“是的。”

“那好吧。”他同意了，过于爽快了点。“10 分钟后我们在医院前面等你。”

我挂了电话，回到苏珊身边。

“都还好吧？贾妮怎么样？”我能听出她声音里的焦虑。

“爸爸带她去了购物中心，但她玩厌了，要离开。现在他们要去吃饭了。”

“你觉得她和他处得怎么样？”

我叹口气。“他对付不了她的。”

“出什么事了吗？”她问道，声音沙哑。

“没有，我想没有。不过最好是我陪他们吃饭。”

苏珊沉默了片刻。她懂我的意思。我们俩都有一种强烈的感觉，也许会有事。当然了，我们都愿意相信，即便我们不在身边，贾妮也无大碍，但在内心深处，我们都知道不是这样的。我们没法相信任何其他人能像我们一样，给贾妮同样的刺激和引导。

“你行吗？”我问道，“我只离开一小会儿。”

“也不是第一次生孩子了。”她说道，努力显得轻描淡写，但我能听出她声音里的失望。

这是不对的。在妻子最需要我的时候，我却丢下她。但贾妮更需要我。苏珊会有医护人员照料。但贾妮身边却没有我们。

我拉起苏珊连接着视频监控的手，握在自己手里。

“让我陪她去吃饭，把她安顿下来，然后我就回来。我保证。”

“我知道。你能和她在一起，我更安心点。”苏珊伸长脖子来吻我。我弯腰迎上去。

我爸爸从亚利桑那州飞过来。他租了一辆船形汽车，我和贾妮坐到后排座位上。即便漆黑一团，我还是可以看到她的眼睛。她已经去了自己脑海里创造的那个地方，周遭的这一切对她已无关紧要。我需要说一些傻乎乎的事情，把她从那个世界拉回来，但我不能。我甚至都不应该在这里。我应该回去陪伴苏珊。我不禁埋怨我父亲。为什么他不能像我那样陪她？为什么对其他人而言就如此艰难？这些我都已经干了5年，可我父亲甚至一个小时都应付不了。

我父亲开始问我苏珊的情况。

“她没事。”我简短地说。“在购物中心那边怎么样？”

“呃，”他开始说起来。我从后反射镜里可以看到他的脸。“有些不顺。贾妮总踢我。”

我深深吸口气，扭头看着窗外。通常，当这种情况发生时，我会作出要严厉惩罚贾妮的样子，但在内心，我将其解释为她的一种斗争，和这个把她视作一个普通孩子的世界的斗争。但这是我父亲，我不能允许她这么做。

“贾妮！你为什么要这样？”我转身质问她。我很担心。我不认为我父亲会毫无怨言地接受，即便她是他唯一的孙辈。我愿意去相信源于血缘关系，他会坚持下去。可我感觉得出，他也到了极限了，仅仅在一个小时之后。

我听到一只脚踢硬物的声音。

“贾妮，停下。”我爸爸说，“这样会让我分心。”

贾妮在踢爷爷的座椅后背。我并没有看到她的怒火。她仿佛只是在微风中摆晃着她的腿而已。

“贾妮，爷爷需要专心开车。”我告诉她说。我听到我的耳朵里回荡着自己的声音。我在哀求她。我知道接下来会有什么后果。

贾妮继续晃动双腿，踢着我父亲的座椅后背。

“贾妮，停下！”他命令道，就像当年对待我那样。小时候，一听到他这种语气，我就会立刻打住。这种语气让我害怕。如今我已是成人，可仍然心有余悸。但贾妮不是我。这种严厉的权威之声，对她毫无意义。我读得懂她的眼神。那种“这是个有趣的游戏”的表情又出现了。

她继续踢着。我感觉束手无策，不晓得该如何是好。我也可以对她吼叫，但这只会让她越发起劲。

她继续踢着我父亲的座椅后背。

“贾妮！我再最后说一次‘打住！’”

但是贾妮不会停下。“最后一次”对她毫无意义，因为她没有什么好失去的。我需要分散她的注意力，把她的思维从踢我父亲的座椅上转移开，但我想不到任何招数。

贾妮继续踢着。

“贾妮！”我父亲咆哮了。他把右手拿离方向盘，在周围摸索着。我感觉自己仿佛在目睹一场慢镜头的空难。他轻轻地拍打了一下她的膝盖。

父亲重新坐好，以为问题已经解决。可他不知道且看不到的是，在漆黑的后排座椅上，我已经解开安全带，伏在椅子上，把我全身的重量都压在贾妮的腿上，因为她还想继续踢。

第五章

2007 年 12 月 22 日

我们不能让菩提发一点声音。带他回家 3 天以来，我们开始害怕他发出哪怕最轻微的一点声音。只要他开始微微动起来，甚至在他睁开眼之前，我们就会把安抚奶嘴或奶瓶放到他嘴里。

每隔几分钟，我就会来到菩提的婴儿床边。他依然沉睡着。我关注着他有可能醒来的一切迹象。

我朝贾妮看去，她站在电视机前，只隔着几英尺，距离近到她都没法看清整个画面，然而她却完全被电视吸引住了。

我回到厨房，在这里我永远都在洗着菩提的奶瓶。冰箱里已经备好满满的 5 奶瓶，可我想确保准备更多备用。

电视的音量大起来了。我跑过去看到屏幕上的音量条在移动，数值已经上升到 59，达到音量最大值。《蓝色斑点狗》①里的斯蒂夫的声音在屋子里轰轰作响。

“贾妮，把声音关小！”我低声呵斥着她，并把声音调小了，不安地朝菩提看去，担心这震耳欲聋的声音会把他吵醒。他已经睡了 4 个小时，很快就要醒了。我不想加快这个过程。

贾妮把音量又全部调回去。

“贾妮，太吵了。”我冲过去把音量又关小了。

“可我听不到！”贾妮突然爆发了，把声音又调回去。

“你怎么可能听不到？你就站在电视机前。”

“我听不见。”她再次抱怨说。

微弱的哭声从沙发椅那边传过来。菩提已经被粗暴地带回到这个世界了。

“苏珊！”我大叫着，丢下一切朝厨房奔去。爆炸的倒计时已经开始了。

“我来了！”苏珊正在床上休息，她一跃而下，冲进客厅，仿佛我刚才喊的是“开火！”

她把菩提抱在怀里，我猛地拉开冰箱门，抓起一瓶已经冲好的配方奶。

“菩提哭得我都听不见了！”贾妮尖叫道，眼睛一刻也没有离开过电视，虽然这集动画片她已经看了100万遍。

我们没时间去拆除这枚众所周知的炸弹。我拿着奶瓶跑回苏珊那儿。她不耐烦地把它塞进菩提的嘴里。牛奶从他嘴里流出来，他露出痛苦的表情，哭得更响了。该死，我刚才太恐慌，忘了把瓶子加热到室温。贾妮从来不在乎温度，但菩提却极度敏感。

“菩提！”贾妮的尖叫声响彻整个房间，眼睛却一刻也没离开过电视。“别哭了。”

她的尖叫只让他哭得更响了。我能听出哭声中的害怕。他不知道

---

① 《蓝色斑点狗》(Blue's Clues)，美国尼克儿童频道在1996年推出的学龄前儿童电视教育节目。每集30分钟，主角是一只动画狗。——译者

发生了什么。事情不该是这个样子。这本该是一个安全的环境。我冲回厨房，把奶瓶放进微波炉里。

“别哭了！”贾妮用双手捂住耳朵，虽然整个屋子里最吵的其实是电视。

“贾妮，如果这儿吵到你，那你回卧室去。”苏珊平静地说。

“我在看电视呢！”

“卧室里也有电视。”苏珊提醒她说。

“我在看这个电视！”她又重复道，好像这要求毫无道理。

我从微波炉里取出奶瓶，朝菩提冲过去。“贾妮，没有人喜欢听小宝宝哇哇大哭。我们都讨厌听到。”我说，尽量想教她一些知识，借此让她从菩提的哭声中分开神。“这是一种进化方式，以确保我们把小宝宝们都照顾好了。”

菩提张开嘴，急切地寻找奶嘴，但马上又尖叫着哭开了。这次又太烫了。我热得过了。我没时间加热几秒钟，然后检查一下，然后又加热。

“别哭了！”贾妮的吼叫盖过了菩提的声音，然后发出震耳欲聋的尖叫。菩提哭得更响了。

“贾妮！”我大声叫道，冲回到厨房，从水槽里拿出一个洗刷了一半的奶瓶，把它冲洗干净。我准备再冲一瓶室温的牛奶。这比加热冰箱里剩下的奶瓶要快。“朝他尖叫只会让他哭得更厉害。”

“可他还在哭！”贾妮尖叫着，用双手捂住耳朵。

用勺子量着奶粉时，我使劲控制住自己的手不让它颤抖。时间就要到了。我们只还有几秒钟。我担心极了，以致把奶嘴准确地安到奶瓶上都费了一番劲。

“贾妮，别这样！”苏珊惊慌地喊起来。我抬头看见她伸出一只胳膊去防护。遥控器飞过去的时候，她把菩提往怀里猛地一搂。这突如其来的动作把菩提吓得更厉害了。

贾妮刚刚拿遥控器砸向菩提。

“贾妮，别扔！”我吼叫道。没时间了。扳机已被扣动。想要制止贾妮发作，为时已晚。“到另外一个房间去！”我命令道。

贾妮一声不响地绕过隔在她与苏珊和菩提中间的咖啡桌。苏珊站了起来，朝后退缩，蜷起来保护菩提。贾妮伸出手，用拳头打苏珊的肚子，差一点就够到菩提垂着的两条腿。

自从菩提回到家，我每天都会看到这一幕。但目睹自己的女儿攻击着自己的妻子和儿子，一时间我还是目瞪口呆了。

苏珊转身背对着贾妮，尽量保护着菩提。贾妮的拳头击打在她背后，力气大得我在屋子这头都可以听到“砰砰”声。苏珊被打得向前倒去。我看到她半弓着背，保护着菩提不碰到前面的沙发椅。苏珊重重地落在椅子上，大叫一声。贾妮跨过她的腿，默不作声地上前去，面无表情，全神贯注地打着。苏珊只有左右转动着躲避。

“快来帮我！”她绝望地喊我。

我终于从短暂的茫然中回过神来，跨到贾妮身边，把她的手抓住举起来。

“贾妮，住手！不要再打了！”

贾妮没有回应。我感觉到她努力要挣脱我的手。她挣扎了好几秒钟，然后似乎才意识到她的胳膊被握住了。她转向我。她扬起另一个拳头，朝我的肚子上打过来。

她的拳头打在我的心口，力量大得我防护都顾不上，只有倒吸气的份儿。

“贾妮，你得住手……”我说着，尽量让自己保持冷静。我得保持冷静，才可能控制住她。我扯过她的另一只胳膊，把两只都紧紧地抓在手里，又小心地不伤到她。我的目标是让她无法再动，然后等着一切结束。

她踢着我的小腿。很用力。她没穿鞋子。她这样不痛吗？我想不明白。

我必须把她弄走，远离还吓得哇哇大哭的菩提。我把她抱起来，搂在怀里，朝卧室走去。我感受到她的拳头猛烈地打在我的鬓角，太阳穴那儿一阵尖锐的疼痛。她一直不停地打着我的头，使出吃奶的劲儿。

当她再次打我时，我调整她在我怀里的姿势，以便把她抓得更紧，不让她掉下来。她依旧是我女儿，我更关心的是会不会弄伤了她，而不是我自己。我咬紧牙关，忍住疼痛。若要抓住她的手，我就得把她放下来。可一放下她，我知道她就会挣脱，再次冲到菩提那儿。

我不再叫她住手。这毫无意义。自从我们把菩提带回来，这种情况每天都要发生好几次。我把贾妮带回卧室，放到床上，这样我就可以控制她，直到这一切平息。这一招总是奏效。这种暴力，就和它发作时转瞬即来一样，也转瞬即逝。我没有时间去担忧何致如此。我全身心关注的仅是，熬过这几秒时间，没有任何人受伤。

“让开！”她尖叫着，狠狠地打我。我躺在她身边，抓住她的双臂。

“你会去伤害菩提吗？”我问道。

她住了手，抬眼看我。一丝希望浮上我的心头。“如果你跟我说，你不会再伤害菩提，我就松手。”我告诉她说。

“我必须伤害菩提。”听她回答的声音，仿佛自己是迫不得已一般。

“不，你不是必须的。也许你感觉自己不得不这么做，但其实不是这样。”

她点点头。“我确实是不得不……我想这么做。”

我困惑了。她想伤害他，是因为她不得不这么做，还是因为她想这么做？我更愿意原因是前者。我不愿去相信，她想伤害她的小弟弟。

“贾妮，只要告诉我，你不会再伤害他，我就让你走。”我绝望地说。

“我要去伤害他。”她面不改色地说。

她的反应是不合理的。合理的反应，“聪明”的反应，该是对我撒谎，说她不会伤害菩提，即便所言非实，只要她说了，我也会松手。我不能理解她为何坚持跟我说实话。这不是我想听到的实话。

她用腿踢我的侧身。她的双臂依然被我压住，所以她转而用下一个武器。我用一条腿压在她的两腿上，尽力想控制它们，同时又不让自己的重量压到她。我比她重 150 多磅，我不想伤她毫发。这不是惩罚。这是一种等待，直到她平静下来。

她闭着眼睛，前后摆动着头。“你弄疼了我。”

“没有，我没弄疼你。贾妮。”我冷静地说，我感受一下自己的握力，以确信抓住她的力度恰到好处，只是正好让她的手臂无法动弹。“我只是抓住你而已。现在，你是不是打算不再伤害菩提？”

"不！"

她的回答让我不安。

"贾妮，你只用跟我说，你不会再去伤害菩提了，我就让你走。"

"我想去伤害他！"

"他压根没触犯你！"

"不对，他有！"她说着，仿佛此时此刻，他正在伤害她一般。

"可他没有，从来就没有过。"我急切地需要一个原因，任何一个能解释这突如其来的暴力的原因。"贾妮，跟我说说你到底恼火什么。"

"他在哭。"她回答说。

"小宝宝都哭的，"我回答说，"没有人喜欢听小宝宝的哭声，可他不会永远哭下去的。"

"会，他会的。"

她的回答毫无意义。*贾妮，你的理解能力那么好，为何这一点不能也理解呢？*

"不，不会的。"

"我受不了他哭。"

"那你可以走开！到别的房间去。"

"可我还是听得到！"她大声说。我停下来，凝神倾听。我听不到他的哭闹声了。显然，苏珊已经让他又安静下来，或者要么就是他在喝牛奶。

我感觉到有牙齿碰到我的下巴。

"啊！"我大叫起来。我没料到她会咬我，不过我明白了，她的手脚都被按住了，她在使上自己最后的武器。我朝下瞥着。她就像一只疯狂的野兽，咬在我的下巴上。我能感受到她的牙齿咬进我的肉里。

“贾妮，贾妮，贾妮……别咬了，宝贝儿。”

她咬得更有力了。这是我有生以来，身体遭遇的最大疼痛。我的双手不自觉地放开她的双臂，朝自己的脸摸去。尽管她现在已经自由，可依然咬紧我的下巴。我向后退着，却痛得更厉害了。我眼里泛起泪水。我无比想挣脱开来。

*这不是我女儿。不可能是我女儿。我真正的女儿会让我在泳池里打捞落水的蜜蜂。正在伤害我的这个人，只是潜伏在她的身体里。我必须挺住，直到它对我女儿放手。*我坚定下来，决定承受任何必须承受的疼痛。

终于，她松口了。我抬起头，不让她的嘴再碰到。她张着嘴巴昂起头，就像我在电视上看到的鳄鱼一样。她没有看我的眼睛。她盯着我的下巴，仿佛在考虑要不要吃掉它。

“贾妮，这很疼的。”我说着，仿佛她刚刚只是撞了我一下。我在尽力温柔地提醒她，她给别人带来了疼痛。也许当她明白了这点时，她就不会再这样做了。

“你弄疼我了！”她大叫道，猛烈地前后摇晃着头。我茫然无绪。我甚至和她都不再有身体接触。突然，我感受到指甲剜进我前额的剧痛。

“贾妮……”

我闭着眼睛，她用指甲从我的脸上一路划下来。我能感受到皮肤被划开了，剧痛和鲜血弥散开来。

她的双手离开了我的脸。

我重重地呼吸着，脸上疼痛难忍。

我推开她，小心翼翼地摸摸自己脸上的抓伤。希望她已经释放完体内所有的暴力。我坐在床边看着她，以备她再到菩提那边去时，好抓住她。肾上腺素让我已经意识不到自己的疼痛。

她朝我看过来。“我饿了。”

“好的。”我说着。我意识到，一切结束了。就这些了。暴力的转瞬即逝，就如它转瞬即至一般。“你想吃什么？”

贾妮四周环视一遍，最终目光与我对视了。我并没看出，她有意识到自己刚刚的行为。好像什么都没有发生过。

“有奶酪马科罗尼意面吗？”她问，兴奋地搓着双手。

第六章

2007 年圣诞周

我把车停到我医生的办公室外面的车位上。我预约的时间到了，但我得先抽支烟。

因为内心总对母亲有一些无法释怀的宿怨，今年春天，我开始在我的医生汤姆这里做心理治疗。我能够原谅她当年锁上冰箱，以免我们吃得“过量”，即便我因此饥肠辘辘，还从狗粮袋里一把把偷着干干的狗粮充饥。颇为讽刺的是，我母亲还承认说，这事她当年也干过。那么，她又干吗要锁冰箱门呢?

我甚至也能原谅她拿着一把砍肉刀，一直把我追到门外面，因为事后她告诉我说，她以为我是她父亲，想强奸她。

但我不能原谅她的是，在我 15 岁时，她和父亲离婚，我选择和父亲一起生活，那之后，她再也没有来看过我。所以我来到汤姆这里，想找到一个办法，让我释怀于母亲的遗弃。

但今天我不是来谈我母亲的，因为过去发生的一切，似乎都无关紧要了。现在，我害怕的是未来。我担心如果贾妮哪天设法靠近了菩提，她会杀了他的。如果不是亲身遭受了这一切，我不会相信一个 5 岁的孩子能够如此暴力。我满身是抓伤和淤青。我浑身疼痛。但我 31

岁了。菩提是一个新生儿。一拳猛击对他来说，都是生死攸关。

当我再点燃一支烟时，我的手直发抖。我的神经疼痛。这是我迄今经历的最大的恐惧。我透过浅色的后车窗看着菩提。他依然沉睡着。之所以带着他，是因为菩提出生一周后，我和苏珊就制定了一条新规矩：我们俩任何一个都不可以单独与贾妮和菩提在一起。只要两个孩子在一起，我们就必须有一个人照顾菩提，保护他，另一个准备着要阻止贾妮。

我吃力地提着在汽车座椅里沉睡的菩提，走到汤姆的办公室时，已经差不多迟到 15 分钟了。汤姆坐在椅子上，门开着，但我还是敲敲门，让他知道我到了。

"嗨，汤姆。对不起，我迟到了这么久。"

他抬起头。"我从窗户里看到你在停车场。我还在想你打算什么时候上来呢。"他的声音里没有恼怒，只有关切。"都还好吧？"

我举起菩提的汽车座椅。

"我能把我儿子带进来吗？"我问道。如果他说不行，那我只能转身就走。

他低头看着菩提，脸上是惊讶。我不太肯定他是惊讶于菩提刚刚出生就被我带出门，还是因为我带着孩子来接受我的治疗。

"他会一直睡着的，"我说。"他不像贾妮。他会乖乖睡觉的。"

他把一个手指塞进耳朵里，每次我说到一些让他为难的事，他就总是这么做。

"哦，是的，没问题，我想是，只要别总带过来就行。我不介意，但我不想打扰凯特。"凯特是隔壁办公室的医生。

我坐下来，把菩提的汽车座椅放在身后的地板上。

"那我就不知道自己还能否再来了。"

汤姆蹙起眉头。“怎么了？”

我把自菩提出生以来所发生的一切，都一古脑儿倒给汤姆。听着自己讲述着这些，我觉得很疯狂。

“我不知道贾妮怎么了。”最后我总结说，“你是精神病学专家。你怎么看？”

汤姆吐口气。“我的专长不是儿童，所以不是最有资格发表意见，但听你的描述，她好像心理很失常！”

心理失常！这不是我期待听到的答案。我只能相信，这一切一定有一个合理的解释。我期待听到他说，他听说过这种病例，这只是阶段性的，可以通过治疗恢复正常。但他没说这些。他只是说*心理失常*，表述的方式就像人们说“癌症”这两个字时一样。

还不到3天时间，汤姆就让我们去看他的办公伙伴，儿童心理学医生凯特。

凯特六十几岁，一头黑色的卷发；当她走出办公室，看到我们一家全来了，明显很吃惊。她以为这第一次拜访，只有我和苏珊会来。但谁能照顾贾妮和菩提、保证菩提不被贾妮伤害呢？我们别无选择，只能两个都带来。

贾妮想跑进她的办公室。

“不能进去，贾纽厄里，”凯特对她说，“我需要先和你妈咪爹地谈谈。”

我本能地畏缩一下，知道接下来将会发生什么。

“我不是贾纽厄里！”贾妮尖叫道，转身就打凯特，凯特后退着。

我抓住贾妮，把她拖回来。“对不起，她不喜欢自己的名字，或者任何变体。”

凯特看上去吓坏了，这让我不安。她是儿童心理学医生，一个研究孩子行为能力的专家。她怎么会为这点事情吃惊呢？

“我叫 76。”贾妮说。

“她能在外面这儿玩几分钟吗？”凯特问道，恢复了镇静，“我可以给她一些蜡笔和纸。”

我像看个傻子一样看着她。

“这没用的。”我回答说，尽力掩饰自己声音里的沮丧。我不想让凯特看到我的怒气，然后认为我是问题的根源。“我们一次只能进去一个，另一个留在这里陪贾妮。”我说。“你先进去吧，”我对苏珊说，“我在外面陪她。”

我们用积木搭建东西。先是房子，然后……“看，贾妮，我做了一个滑梯。”

“这是一个老鼠的滑梯。”贾妮把想象的老鼠星期三放到积木滑梯上。“滑下去吧，星期三，”贾妮停顿了一下。“她喜欢玩滑梯。”她抬头看我，非常开心，好像她担心过这位幻想的朋友有可能不喜欢滑梯一样。

她朝凯特关着的办公室门看去；我知道她已经没兴趣了。不管她是否喜欢，积木已经派不上用场了。

“我想进去。”

“贾妮，等会儿。”

“我们在这儿没事做了！”

“你想再建座房子吗？”即便我知道她不会想，我还是这么问了。

我看了下手机上的时间。苏珊进去还不到 10 分钟。我打量一下办公室，很想找到其他什么可利用的东西，帮我再赢取点时间。

我看到桌子那头有一本《国家地理》杂志，杂志上有大熊猫的照片。贾妮喜欢动物。

"贾妮，你想看大熊猫吗？"

但是贾妮已经拉开了凯特的门，于是我把杂志往边上一扔，奔了过去。

"对不起。"我跟在贾妮后面走进去，对凯特说，"我没法再把她哄在外面了。"

凯特吃惊地看着我们走进去。这让我挺迷惑。毕竟，我们来这里不正是因为贾妮的举止异常嘛。

"没事。"凯特说着，很快恢复了正常。"我和苏珊也差不多结束了。"

贾妮在办公室里走动着，想找些吸引自己的东西。我像影子一样，紧跟在她身后，高度戒备。我看到一些桌游，但不见一样玩具。这是一个儿童心理学医生的办公室吗？

贾妮转身对凯特说："你的玩具在哪里？"

"我没有什么玩具。我知道应该多准备些，但是来的绝大多数孩子都比你大一点。"她回答说，"我这边有纸和蜡笔。你想画画吗？"

我掩饰着自己的沮丧，知道这不管用的。但让我吃惊的是，贾妮同意了。

"你想画什么？"凯特在贾妮旁边的桌子边坐下来。

"星期三，我的宠物老鼠。"

"你有个宠物老鼠叫星期三？"

“我有 7 只老鼠。”贾妮边回答边兴奋地画着。我越过她的肩头看过去。她正在潦草地画着好多的圆，一个套一个，仿佛天气预报表上的飓风图一般。

苏珊插话了。“那些老鼠不是真的。她有很多想象的朋友。”

“它们不是想象的。”贾妮回答说，只是略有不悦。

“你有一只宠物狗，叫哈尼。”苏珊提示说。

“我不喜欢哈尼。”贾妮回答说，话语中并无特别的恶意。这可是新情况。我还从来没听她这么说过。她爱我们的狗。

贾妮画完了，把纸递给凯特。

“你画完了？”凯特问道，明显很惊讶。

贾妮点点头，指着一团乱糟糟的图案说，“这就是星期三。”

“你愿意再给我画一幅画吗？”凯特问道，但贾妮已经在走动了。

苏珊把贾妮 IQ 的测试结果递给凯特。“这是她的 IQ 测试结果。”她说，“她是 4 岁的时候测的，是 146 分。我们不知道她现在这种表现是不是与她的天分有关。”

“贾妮？”凯特问，“你觉得菩提怎么样？”

“我恨他。”贾妮回答道，她并没有朝凯特看，而是继续在办公室里翻翻找找。

“你为什么恨他？”凯特问道。

“因为他总哭。”贾妮漫不经心地回答说。

凯特转身对我说：“当小的出生后，大的孩子多半都有个艰难的适应期。”

我越发恼怒了。

“你没理解。我们在谈的不是那种普通的脾气失控。我唯一能打的比方就是，她好比《驱魔人》[1]中的里根。这一分钟她还是个小甜心，是正常的自己，下一分钟就抓狂地要挖出我的眼珠，然后又恢复正常，仿佛一切都没发生过。她不是像普通孩子那样，愿望得不到满足就噘嘴或发脾气。她是正开心着，然后就爆发了，转而又开心了。”

我注视着凯特的脸，期待她的反应。但我看得出，她根本没听进去我的话。我认为她不相信我们。我不知道怎样才能让她信服，贾妮的暴力举动真的有多严重。

贾妮朝苏珊和菩提走过去。

“贾妮。”我抓住她，手放在她肩部，准备把她带出房间。

苏珊本能地抬起手，准备保护菩提。

但是贾妮只是靠在苏珊身上。“我想走。”她哼哼唧唧地说，简直就是一个正常不过的孩子。

“再过 1 分钟就走。”苏珊对她说。

贾妮捶打着苏珊的胳膊，力量之大，听着就好像网球撞到坚硬的墙壁上。但她还是不见一点恼怒，仿佛这么做只是为了打发时间。

“贾妮，别这样！”苏珊喝道。

贾妮神情不变，但身体似乎自发地做出举动，她举起两个拳头，轮流打着苏珊。

我插手了，把贾妮拉开。贾妮住了手，没精打采地被我拉着，好

---

① 《驱魔人》(The Exorcist)，美国电影，拍于 1973 年，导演是威廉 · 弗莱德金。——译者

像捶打苏珊并不那么好玩。我转身看着凯特。

“看到了吗？这就是我们要面对的状况。在家的时候还要严重些。”

凯特又是一脸的震惊。

“贾妮，你觉得你妈咪会是什么感受？你觉得她喜欢被人打吗？”

“喜欢。”贾妮回答说，仿佛只是在问她是否喜欢香草冰激凌一般。

“有人打过你吗？”

“爸爸打过。”

“贾妮，我什么时候打过你？”我质问她。

“当我不乖的时候。当我想打菩提的时候。”

“我没打过你，贾妮。我那是在制止你。我怕你会真伤着了菩提。我没别的办法。我不会让任何人伤害你，也不会让任何人伤害菩提。你们都是我的孩子。”

“嗯，贾妮，你喜欢你爸爸那样对你吗？”

“别叫我贾妮！”贾妮吼叫道，仿佛她已经对凯特说了一千次她的真名。“我叫76！”

凯特又后缩一下，拂了拂她的毛衣，然后又问一遍同样的问题。

“不喜欢。”贾妮回答说。

“为什么不喜欢？”

“因为很疼。”

凯特坐在椅子上，身子探向前。“你刚才对你妈妈那样，也是在弄疼她。你明白吗？”

“是的。我想把她弄疼。”贾妮回复说。

凯特的嘴巴张得大大的。显然她没料到贾妮会这么回答。她调整好表情，问道：“为什么？”

“我想走。”贾妮哼唧说。

“还有其他原因吗？”医生问道。

“没有。”

贾妮又开始打苏珊。

菩提醒了，开始哭闹起来。

“菩提！安静点！”贾妮朝他尖叫着。

可以料想，这样只会让菩提哭得更厉害了。

贾妮尖叫着，菩提放开喉咙大哭起来。

贾妮走过去踢他的汽车座椅。我把她抓住，拖开来。

“我得把她弄走。”我说。

当我努力制服贾妮时，凯特把椅子转到她的办公桌边，拿起一支笔和一张便条贴。“我想对贾妮可能会有用的……”

“我不叫贾妮！”贾妮奋力要去踢凯特。

“是去看看精神病医生。我认识格兰德尔的一个医生，她对治疗孩子特别在行。”

我锐利地看着凯特。“你不认为她只是需要一些情绪控制的心理治疗吗？”

凯特继续写着。“我认为心理治疗将来可能会有用，但她首先需要稳定自己。这个医生叫豪威，”凯特接着说，“我以前也推荐过一些孩子去看她。通常要花些时间才能约到她，但我会给她打个电话，让她知道你们家还有个婴儿。这是个急诊。”

急诊？我感觉当头一棒。是的，我也认为贾妮的行为需要立刻重视起来，但听到这话从一个 30 年从医经验的儿童心理学医生的口中说出，我惊恐不已。

第七章

2008 年新年前夕

豪威医生的办公室里至少有玩具。这儿有一个儿童游乐室，贾妮正在里面玩耍。

“你喜欢娃娃吗？”豪威医生问她。

贾妮举起一个 6 英寸高的男版娃娃。“这是 47。”

“他 47 岁了？”

“不是，他的名字叫 47。”贾妮抓起那个是妈妈角色的娃娃。“这个是 48。”

“那宝宝呢？”豪威问着。

“50。”

“你很喜欢数字？”

苏珊插话了。“她的智商测试是 146 分。我这儿有她的测试结果。”她拿出一份材料，递给豪威医生。

“我不需要看这个，”豪威医生说，眼睛依然看着贾妮。“我已经看出来，这孩子非常聪明。”

我松了口气，依然坚信，贾妮的暴力行为是源于她的身体年龄和思维年龄的脱节。

贾妮站起来，朝豪威医生伸出一只空手掌。“这是我的老鼠，星期三。”

“哦。星期三是只什么样的老鼠？”

“黑白两色。”

“明白了。星期三是真的老鼠吗？”

“是的。”贾妮回答着，然后注意力又回到娃娃上。她不是在玩这些玩具，她是在给它们取名。

“贾妮，你知道自己为什么会在这儿吗？”豪威医生问道。

“因为我打菩提。”她干脆地说。

我插话了。“实际上她从来没打到过他。我们总是守在旁边保护弟弟。”

“知道了。”豪威医生点点头，转回到贾妮那儿，“你能控制自己吗？”

“有时候可以，有时候不行。”贾妮答复说。

豪威医生转过椅子来，对着我们。“我相信她的话。”

她又把椅子转向贾妮那边。“贾妮，我要和你妈妈和爸爸说话，你能自个儿玩儿吗？”

“我能。”贾妮同意了，依然专注在玩偶上。

豪威医生朝我们转过身。“具体是什么情况？”

苏珊开始说起贾妮那些无休止的暴力行为。豪威医生听着，然后询问我们的家族史。

“我从 5 岁到 13 岁服用过利他林[①]，”我回答。

---

① 利他林(Ritalin)，别名利他灵，吕太灵，哌醋甲酯，哌甲酯，抗精神失常药，能提高精神活动，可对抗抑郁症。主要用于轻微脑功能失调。——译者

苏珊插话说："我祖母的哥哥一生都住在纳帕州立医院。他患有精神分裂症。我爸爸说，他从来就没停止过尖叫。"她停顿了一下，脸上浮现出一丝恐惧。"她会是精神分裂症吗？"

精神分裂症？我在心里琢磨着，一边看着苏珊，好像她是个疯子一样。我不知道贾妮怎么了，但肯定不是该死的精神分裂症。精神分裂症是人类目前所知的最严重的精神疾病。精神分裂症患者是那些在大街的各个角落胡言乱语的人。

"现在还不想做这个结论。"豪威医生果断地说。

"那么，你以前见过这种病例？"苏珊问道。

豪威医生看着她的笔记本，一边颔首，好像要努力揣度自己该说什么。"我以前见过一些这种病例，"她抬头看着我们，"但都不像贾妮这么小。"

"我不是贾妮！"我女儿尖叫着。

"哦，对不起，"豪威医生恭敬地说，"我忘了。"

"她 4 岁做智商测试时，医生说她的智力在 10 到 11 岁之间。那是一年前的事了。现在就思维而言，她已经是十几岁孩子的水平了，也许她的举动是青春期的叛逆。"我建议道。

豪威医生又摇了摇头。"我不认为是这种情况。"

"那是怎么回事呢？"我逼问着，想听到一个该死的诊断，一个解释，来说明贾妮怎么了，我们家怎么了！

"我没法看一次就做出诊断的。"豪威医生应道，"坦白讲，我们可能在一段时间内都没法得出诊断结果。"

"可我们没法这么生活下去。"苏珊叫起来。

豪威医生点点头。“我能理解。所以我准备给她开些利培酮[①]。我们先就症状治疗，不必要先知道病因是什么。”

“利培酮是什么药？”我问道。

“是一种治疗精神病的药。”

“治疗精神病的药？”苏珊重复一遍说，她很紧张。

“利培酮也用来治疗焦虑症。目前最低剂量的是半毫克。我要你们再一分为二。”

“所以你认为这只是焦虑症？”苏珊怀着希望问道。

豪威医生边写处方，边摇摇头。

“我刚说过，现在诊断还为时过早。”

她把利培酮的处方递给我。“咱们先看看她吃这个药的效果，过两周，再带她来看。”

我盯着手中的处方。利培酮。治疗精神疾病的药物。可我已经太疲于生活在恐惧中，我愿意尝试一切办法。

---

① 利培酮(Risperdal)，别名维思通，瑞司哌酮，利哌利酮，可以减轻与精神分裂症有关的情感症状(如抑郁、负罪感、焦虑)等。——译者

第八章

2008 年新年

我们把车开到附近的一家停车场。天气寒冷，还下着小雨。从停车场出来，走过满是水坑的泥泞的足球场，便是空无一人的游乐场。当然空无一人。只有疯子才会在这种天出来。我把贾妮带出来，是为了让菩提能安静几个小时。贾妮不在身边了，他可以哭闹，可以很安全。事实上，现在有必要让贾妮尽可能少地和菩提在一起。和过去一样，我陪着她在这儿玩耍。

当贾妮走出车子时，我看了下仪表盘上的钟。

“等一下，贾妮。”我说，一边伸手去拿药瓶。“你得吃下一顿药了。”

她停在车外，门开着，折身看着我。

“利培酮？”她问道。

我点点头。她只有 5 岁，却已经准确地知道自己该吃什么药，吃多少。

我打开药瓶，里面全是整片的药。该死！头天晚上吃的药，我是用切黄油的刀，沿着药片中间的线，把它们切开的，但忘记多切几片备用。这儿没有切药片的工具，于是我把药片放在牙齿中间，咬下去，我感觉到药被分开时，里面那半片的粉末溅进我嘴里。见鬼！我是想把药片正好一分为二，剩下的半片吐回瓶子给她以后吃。

我把半片药和一瓶水递给贾妮。她接过去喝了。

我扭过头，努力想把嘴里的利培酮碎片吐出来，但都太小了。一股粉笔灰一样的气味简直让我受不了，我便抓过一瓶水，喝了一大口，把剩下的药末都吞了下去。

贾妮站在开着的副驾驶的车门旁等着，天下着雨。

“我们走吧。”她哼唧着。

“你先走。我马上就来。”

贾妮在泥泞的足球场上跑着。我看着她。周围空无一人，所以我不用担心任何人会抓走她。我再不用为此担心了。在见识了贾妮几次歇斯底里的暴力行为之后，我毫不怀疑贾妮能击败任何想要抓住她的人。

我用手机拨通了父亲的电话。

“喂，”他大声说，“新年快乐！”

我压根忘了今天是新年。通常情况下，今天苏珊会和其他交通记者一样，在岗一整天，因为是假日，需要工作双倍的时间。但今年不是这样，让我们俩任何一个同时带两个孩子，实在太危险。

“是的，你也一样。”

“你们有什么特别的安排吗？”他问道。

我意识到，打菩提出生了，他离开之后，我们还没通过话呢。感觉好像无比久远了，其实不过两周。我把我们的情况告诉他。

一阵沉默。“爸爸，你还在吗？”

“是的，迈克。我只是无法相信，就是这种感受。天哪。”

“豪威医生让贾妮服用一种叫利培酮的药。是治疗精神疾病的。”

“天哪！”他重复一遍，依然在震惊中。“这种，这种管它叫什么的药，有作用吗？”

我透过挡风玻璃上的雨痕看着贾妮，她正一个人在旋转着。

“我不知道。我觉得没用。她还是要追打菩提。”

“呃，迈克，想尽一切办法把她和菩提隔离开来，直到弄清楚她的病因。”

他的语气中有些东西让我不悦。他好像对贾妮都不抱希望了。

“爸爸，她是个好孩子。她只是需要帮助。”

“这我理解，不过你首要的任务是保证菩提的安全。他无法保护自己。”

“这我知道。我打电话的原因是豪威医生让我问你，我们家里是否有这种精神疾病史。”

“据我所知是没有的。”

我吸了口气。“那我母亲那边呢？”

电话那头一片沉默。每次我提起我母亲，爸爸就心有不悦。他更愿意过去的事情就过去不再提了。

“你母亲那边？”最后他开口说，“就我知道的而言，你母亲从来没被诊断过有这种毛病。”

“这我知道。但显然她有些方面不太对劲。”

“呃，我对此不做辩解。”

“你认为她有精神疾病吗？”

“见鬼，迈克，我不知道。”

“爸爸，她认为你是黑手党的职业杀手，说你有 100 万美金存在一家新加坡的银行。”

“没错，她是有一些奇怪的念头，但是我不能因此说她脑子有病，或曾经得过什么精神病。”

“你想得起来家族里还有其他人有这种病吗？”

“我记忆里没有。家族里从来没有你说的这种病。”

“咱们家族里有人自杀过吗？”我问道，心生恼怒。让我父亲谈论过去就好像拔牙一样痛苦。

“我的表兄，”父亲答道，“就是佩格的儿子。”佩格是我的姑奶奶，也是在澳大利亚那边还健在的最后一位亲戚，我是在那边出生的。“他上吊死了。”

“那时他多大年纪？”

“50 多岁。”

“他有被诊断过什么毛病吗？”

“精神病。”父亲答道。

我让这个字眼在那儿停顿了一会儿。这是我不愿意听到的。

“所以咱们家族里是有人得精神病的。”我说。

“呃，我不知道他是不是真有这个毛病。”

“什么意思？”

“他是在盗车被逮捕之后，诊断出精神病的。我觉得他大概想让警方相信他有精神病，从而逃避坐牢。”

“这并不能说明他就没病。”

“我们小时候在一起待过很长时间。后来，他去了悉尼，本想在那儿找份工作，可一直没能如愿。我和他谈过很多，他只是在惹上官司时才冒出来精神病这事儿。他只是不想去工作。迈克，从根本上说，他是个游手好闲的人。说真心话，我觉得他之所以自杀，是因为生活太难了。”

这正是我害怕的。生活对贾妮来说，也太难了！

当我看到贾妮开始在停车场周围晃荡，明显无聊了，我挂了电话，走出车子。我必须赶过去，让她有事忙活着。我们无其他地方可去，我也很清楚根本不可能带她回家。

我一踏上足球场，脚就没入厚厚的湿泥浆。我没想到它有这么深。水灌进我的鞋子，浸湿我的脚。我开始拔另外一只脚，想往前迈，可泥浆拖住了我的脚。

贾妮看过来，见我要走过去。“爸爸，来和我玩！”

在泥浆里行走可真是举步维艰。每一步都走得越来越慎重。

“爸爸，来呀！”贾妮开始不耐烦了。

“我来了。”我喊道，依然缓慢地迈着步子。这可真是艰难而又累人。一番努力下来，我意识到自己已经气喘吁吁。我停下来喘口气。

“爸爸，你还来吗？”

我当然要来的。我惊讶地回头看看车子。我才走了五十英尺。贾妮还在一百英尺开外的地方。

我又迈了一步，然后再一步。我得使出所有的劲，才能从泥浆里拔出我的脚，往前挪动一步。

我再次停下来，得缓口气。我抬眼去看贾妮，她遥远得让我感觉自己仿佛一步都还没迈开。每走上几步，我就大口喘气。我意识到有些不对劲。

*你刚吞下了半片利培酮。*我记起来了。

不，我想着，把这个念头驱赶开。这不可能是利培酮的原因。我不过吞了一小点，而且只是几分钟前的事。不可能是这药发生了作用。

“爸爸！”贾妮高声喊着，“我要你来陪我玩。”

我抬起左腿，然后感觉到自己太累了，根本没法迈开步子。我迫切地想躺下来，睡上一觉。

贾妮看着我。我甚至能从她脸上看出关切的神情。“爸爸，你没事吧？”

我努力再迈一步，但无能为力。这不可能是利培酮的缘故。这只是小孩子的剂量，我的体重是她的5倍，贾妮吃了同样的剂量，可她一点事没有。

“宝贝儿，我马上就到了。”我喊道，“你先回去玩，我马上就到。”

“可我想你陪。”她哀求着。

“我马上就到。”我高声喊着。我唯一能做到的就是让自己不倒下去。

贾妮不悦地转身去了。

“好吧。那我就和24小时玩了。”24小时是一个女孩子，她是贾妮创造的第一个想象中的人类朋友。贾妮已经没有一个人类朋友了。她跑过操场，爬上一组设备，大声喊着24小时。我低头看着自己的身体，突然感觉仿佛重了几百磅一般，然后又抬头去看贾妮。这不可能。我知道利培酮有催眠的副作用，但它在贾妮身上却没有任何催眠作用。她依然活蹦乱跳呢！压根看不出她服用过任何药物。

第九章

2008 年 1 月

我早上 8 点有课，所以只好在一堆缓慢行驶的车子中间穿梭、飙速，这会儿菩提在后座上开始哭闹了。我知道是自己开车的速度吓着他了，但我别无他法。我注定无法准时到达北岭分校了，而一堂课只有 50 分钟。

我这是开车送菩提到苏珊的老同学珍妮那儿，现在每个工作日的早晨我都得这样。去年 9 月份我接了这些课程，当时距菩提出生还有 3 个月，我毫不犹豫地接下了这份工作。我拿到硕士学位才 9 个月，但在北岭分校已经有足够的授课任务，如此一来，我就不需要像那些兼职的大学讲师一样，奔波在高速公路上，坐着班车从一所学校赶到另一所学校，只为上足够的课来支付各种账单。之所以能做到这一点，是因为高级讲师们不愿意上的晨课，我都接了下来。不过那时候贾妮的暴力行为还没有发作。

天还没亮，我和苏珊就都醒了。在我洗漱的时候，苏珊给菩提穿好衣服，整理好他的宝宝专用包。这样，当贾妮醒来时，菩提就不在家了，苏珊也就不用在自己洗澡时，还得把菩提放在浴室里，锁上门。

我把车开上珍妮家门口的车道上。我没有熄火，就把菩提的汽车座椅解下来，提着他走到前门。我把他放在前门厅，按了门铃，然后跑回到车上，把他的婴儿车拿下来。

珍妮打开前门，她还穿着睡袍。“嗨，小男子汉。”她喁喁细语着，弯下腰，把菩提从汽车座椅上抱起来。我站在车道上，拿着婴儿车，看着他俩。我庆幸苏珊不用看到菩提躺在珍妮的怀里，就好像她是他母亲一般。

她朝我转过身，“嗨，迈克尔。”

“把你的后备厢打开，我把他的婴儿车放在后面”就是我的回应。我心里知道自己这么说很无礼，甚至粗鲁。但我不想说话。我不想思考。一旦思考，我就不得不去应对那些我现在根本没有时间应对的情绪。

珍妮折回房间取来她的汽车钥匙。“情况怎么样？贾妮好些没？”

“老样子。”我飞快地答道，打开她的后备厢，把菩提的婴儿车放进去。

“医生也没任何说法？”她问道，一边把菩提在怀里摇晃着。

“她建议贾妮去看神经科医生，”我回答说，“去排除任何脑部伤害的可能性。因为到目前为止抗精神病的药物并不起作用。”

“我不相信她有精神病。”珍妮答道，一边无奈地摇着头。

我用力把后备厢关上。“你会换尿布吗？”

“嗯，我相信可以。”

“那好，我 12 点半来接他。”我回到车上，把车倒了出去。

我踩下油门，开到马路上，驶离我 6 周大的儿子。我没有对菩提说再见或者吻别。我从来不这么做。我甚至不能在离开时看他一眼，因为我担心如果我这么做了，如果我们的目光对视了，我会放声大哭起来。珍妮也有个女儿，叫罗伦，比贾妮小一岁。每次我来接菩提时，罗伦总是坐在菩提旁边，和他说话，陪他玩耍，逗他发笑。在送他来这里之前，我从来没听到过他的笑声。我看着他们在一起，心里很痛苦。罗伦就像个大姐姐一样，贾妮也本该如此的。

做脑电图的技术员把第一个导体放到贾妮的前额，她立刻把它取下来。

“贾妮，你不能把它拿下来。”我命令着她。

“它好凉。”她抱怨说。

“那是因为涂了凝胶，以便增加你大脑脑电活动的传导性。我知道它凉凉的，但它很快就会和你的体温一样了。”

“我不做这个检查。”贾妮回答说。

“贾妮，你不想看看自己的脑电波是什么样的吗？它就好像你在看你自己的思想一样！”

“不想。”贾妮从椅子上站起来，朝门走去。

我抓住她。

“如果她今天做不了，”技术员说，她的手里拿着好多根电线，“我们可以重新安排一天，等她心情好的时候再做。”

“她每天心情都是这样。”我恼怒地说，心想，*该死的，你以为我们来这里是干什么的？*“没有更好的时候。”

“为了得到准确的读数，”技术员说，“我需要她一动不动地坐在那里。甚至最细微的移动都会影响读数。”

“要多长时间？”我问道。

“理想的话，大约 30 分钟。”

我吸了口气，满心沮丧。

“她是不可能安静地待上半小时的。”如果这个木头女人愿意帮我把贾妮给吸引住，教她认识脑电图仪器，告诉她她的工作内容，也许还可以做到。可是她没有做任何努力。对于那些没法帮我搞定贾妮的人，我变得一点耐心也没有了。

“如果你认为她没法在清醒状态下做，我们还可以给她麻醉。”

“现在可以麻醉吗？”我满怀希望地问。

医师摇摇头。“不行，这个必须在医院做。”

“贾妮，你想去医院吗？”苏珊说道，她吓我一跳。我全然忘记她也在这儿。她在也无济于事。跟我一个人在没有什么区别。只有我可能让贾妮接受这个检查。我会教她知识，扮傻，做任何必须做的事。

“不想。”贾妮答复说。

“那就过来。”我命令着她，“我们把检查做完。”

一共花了20分钟，才把电极放到贾妮的头上。她不停地抱怨说，电极冰凉的，总想把它们取下来。但是我握着她的双手，不停地和她说话，努力给她讲解脑电图的仪器和脑电波。

终于，电极都放好了。

“你看，贾妮，我跟你说过不疼吧。”

“我想把它们取下来。”

“你就盯着我，”我告诉她说，“盯着我的眼睛。”

“好了，”技术员说，“尽量让她一点也别动。”

贾妮在椅子上扭动着，一只手从我手里挣脱了，抬起来去拉头上的线。

我一把抓住她的手，没让她拉到电极。

“现在在读数了吗？”我问着技术员，眼睛却一直看着贾妮。

“她不能动的。”技术员回答说。

“贾妮，坐着别动，好不？”

“我想出去！”她哭着说，尽力想挣脱我。

我能体谅她。即便对一个正常的孩子来说，做脑电图检查都很难受，更别说贾妮了。但是我们需要答案，需要一个解释来说明她暴力的原因。

“贾妮，你可别动。”我冷静地重复道，“你想看看自己的脑电波是什么样子吗？”

贾妮点点头。

“她的头不能动。”技术员凶巴巴地说。

“如果她能看到图像，可能会安静的。”我回答说，对这个技术员越来越生气了。

贾妮扭头去看读数，我也一起看到了。一共有 8 根线，都在按不同的速度移动着。

“那些就是你的脑电波。”我对贾妮说。

贾妮转过身来，这让我很失望。我还指望着这些电波能吸引住她。每次她一移动，屏幕上的几根线就乱跳得厉害。

“我想走。”贾妮又说了。“让我出去。”

我叹口气，不抱希望了。“你能得到什么数据吗？”我问医师。

“我去问问医生，看他想怎么样。”技术员离开了。

她走开了。我一边努力不让贾妮把电极拔下来，一边看着屏幕，努力想看看自己是否能辨识出什么不寻常，譬如哪条电波跳动得激烈一些。但是它们都完全一样。

技术员回来了。“医生说能测试半小时最好，但是我们用不着。她只要能静止两分钟，就足以获得她的基线了。”

希望又燃起来了。“听到没有，贾妮，只要两分钟。你可以做到两分钟的。”

我从120秒开始倒数。数了90秒后，贾妮动起来了。我简直要尖叫了。我们离成功咫尺之遥。

“贾妮！我们还差30秒就好了！”

“我想出去！”她哭着说。

技术员开始取下电极了。“结束了。”她说。

我如泄气的皮球一样，满心失望。“这样我们只能去医院了。”

技术员摇摇头。“不用了，我想已经有足够的数据，至少判断一下是不是有什么不正常。”

“有吗？”苏珊问着，再次让我注意到她也在这里。

“医生需要分析这些打印出来的图。”

“他能今天分析吗？”我问道。

“他今天做不了。”

我失望极了。我想知道结果。不对，我需要知道结果。我不知道自己还能挺多少次，在贾妮狂怒的时候，让她冷静下来，看着她的眼睛，看到其他东西，而不是我的女儿。我需要知道这“其他东西”是什么。然后，我需要知道如何阻止它。

两周后，我们回到神经病科医生那里取脑电图检查结果。

一切都正常。

我无法相信。我太迫切地想知道答案了，如果医生告诉我，她脑袋里长了肿瘤，我都会松口气。我能接受任何导致她暴力的原因。但依然没有人能给我答案。

“贾妮不能安静很长时间。你确信你已经得到足够的读数？”我问道，想让贾妮这次接受麻醉，再做一次。

神经病科医生摇摇头。“我们已经获得需要的数据。重点是要找到不正常的地方，但没有什么不正常。”

我彻底垮掉了。我们又回到了原点。

“你知道是什么原因导致她这种行为吗？”我虚弱地问道。

“你得回头去找豪威医生，”他答复说，“我们已经得到物理结果。但我不能做其他任何结论。”

我坚持着。“只是给个参考意见。”

神经学医生看着贾妮在他的办公室四处蹦跳，无法安静下来，把东西拿到手里，又扔出去。“坦白讲，我觉得是多动症。”

多动症？那是以前家人认为我得的病。我也因此要吃利他林。

当年我一直认为我不用吃这药，觉得只是因为我母亲没法操控我，才让我吃。但现在我不那么肯定了。我现在在吃来士普[①]，一种抗抑郁剂。这些年，我一直在吃各种抗抑郁剂，但它们都不起作用，直到我吃了来士普，这也许是因为我的抑郁症没有表现出抑郁状态。

我怒了……和贾妮一样。

---

① 来士普（Lexapro），通用名为草酸艾司西酞普兰片，适于重症抑郁症的治疗。——译者

第十章

2008年2月初

我们正开着车去伍德兰山的一家室内游乐场，叫“蹦跶蹦跶”，半小时的车程，正好试试看，在改服新药利他林之后，贾妮是否能和菩提坐在一辆车里。

和往常一样，车一启动，菩提就开始哭了。不过这次贾妮并没有什么反应。就好像她没有听到哭声一样。我们还是让她坐在我旁边的副驾位置，苏珊在后排，坐在菩提旁边。

到了游乐场，我吃惊地看到，那儿只有小婴童们。

“和贾妮同龄的孩子都到哪儿去了？”我问苏珊。

苏珊正在安顿着菩提，准备给他喂吃的。

“今天是上学的日子。”她回答说。

我感觉一阵揪心的痛。我都忘了贾妮该上学校了。贾妮的同龄人都在长大，只有贾妮似乎被阻止了。世界正隆隆前行，却把她弃在一边，我哀伤地默想，勾画着她被囚禁的画面。

我没指望贾妮能在游乐场待多久。我想能坚持一个小时就很不错了。可让我震惊的是，贾妮开始帮助小一些的孩子爬进小隧道或者跳进球池。*她在和其他孩子互动！*

是利他林回应了我们的祈祷，这种神奇的药！她不仅不再暴力，而且现在还忙着帮助比她小的孩子。打从她还是个婴儿起，我就没见过她对别的孩子友好过；而现在，在他们害怕时，她会牵着他们的手，安慰他们，把他们送到妈妈身边。她突然成了一个大姐姐，而这是我一直梦寐以求的！

每隔不了一会儿，她就会跑回到我们身边，但说的不再是自己想象中的那些朋友，而是讲身边的其他孩子，告诉我们他们的名字，他们的年龄！

她滔滔不绝地说着。她以前说话就快，现在甚至更快了。

和之前的利培酮一样，我也研究过利他林的资料。与其他治疗多动症的药物一样，利他林也是让孩子安静下来。可事实上它却让贾妮兴奋起来，这只意味着一件事：贾妮并没有多动症。

“她太兴奋了。”等贾妮又跑回去和小宝宝们一起玩了，我对苏珊说。“看上去太开心了！”

“至少她不再有暴力举动。”苏珊应道，“与不开心和暴力相比，我更愿意她兴奋、快乐。”

我赞同苏珊的想法。利他林让我们的女儿像一只风筝一样情绪高昂。她至少很开心，狂躁也不见了踪影。

在“蹦跶蹦跶”玩了一整天后，我们回到车里，准备回家了。我不禁想，自己最初的看法是正确的：贾妮之所以狂躁不安，是因为她卓著超常的智力与她幼小的身体不匹配。这种不匹配导致她消沉，让她变得暴戾。利他林让她情绪高涨，也因此带走了她的暴戾。

薄暮时分，交通拥挤。菩提开始哭起来。贾妮突然对他大喊大叫，要他安静，这让我很吃惊，因为在来这里的路上，菩提的哭闹并没有让她发作。

没事，我对自己说。别惊慌。是利他林的药效过去了。我让苏珊再喂她一粒。

“可现在就给她吃，她会睡不着觉的。”苏珊反对说。“她只能在早上吃的。”

贾妮脱下鞋子，解开安全带，转身把鞋子朝菩提扔过去。我抓住她的双臂，目光在眼前的路和贾妮身上来回转换。

“如果你这会儿不让她吃药，”我吼道，“我们永远也别想回家了。”

苏珊忙着在包里找利他林的时候，贾妮继续朝菩提大叫，使劲想打他。

“贾妮，戴上耳机。”我伸手到副驾驶座的地板上，拿起我给贾妮买的耳机。这种耳机是专为枪手设计的，可以降低35分贝的噪音。我自己试戴过，知道它没法完全阻挡住菩提的哭声，但的确可以减轻噪音，让人感觉声音仿佛在几英尺之外。

我把耳机套到贾妮的头上，但她却把它扯开来，还用双手啪啪地打自己的耳朵。

“贾妮，我让你把耳机戴上！”

“可我还是听得到他的哭声！”她哭着说。

“但耳机会让他的哭声小点。”我坚持道。

“不会的！我还是听得到他的声音！”

“但不会有那么大的声音了。”

贾妮猛烈地摇着头。“还是那么大！”

我不解她的话。怎么可能一样？看她的样子，仿佛菩提正在她脑子里哭闹一样。

* * *

几小时后，午夜时分。

“她眼睛瞪得大大的，心跳也比以前都快。”苏珊从贾妮的卧室里朝我高声喊着。我陪着菩提，边瞅着电视。

“你上床休息吧。”我对苏珊说。“在她睡觉之前，我来陪她。”

“你要看真人秀《生存者》吗？”

“好。”贾妮回答说，她坐在沙发上，依偎在我身边。这是我们最爱看的节目之一。

苏珊和我对视了一下。“不能再吃利他林了。”她说。

我点点头。不能指望再多吃一粒了。第二粒实际上根本没用。我不顾一切地奋力往家赶，用一只胳膊防着贾妮，苏珊则用身体护着哭叫不止的菩提。因为交通拥挤，我们花了两个小时才回到家。而现在，她无法入睡。她的心脏跳得飞快。

我把手放在贾妮的胸口。它依然跳得很快。从心脏第一次开始跳动起，它就有一个生物钟。遗传学已经设定好心跳的次数，次数到了，心跳也就停止了。心跳得越快，就离死亡越近了。

我害怕极了。

第十一章

2008 年情人节

站在一所公立学校外面，等着贾妮结束幼儿园下午时段的学习，这感觉让我陌生。这么久以来，我们都一直在家里教贾妮。因为超高的智商，我们知道，公立学校很快就会让她厌倦，但是她没法通过美利文的入学考试，而我还得工作。贾妮对菩提来说，依然是个威胁，所以我们别无他法，只能把她找个地方放放。这是我们唯一的选择。

“学校怎么样？”当贾妮出来迎着我们时，苏珊不安地问道。我们都如履薄冰一般，希望今天能比昨天好，或者比她上学以来的任何一天都要好。

“挺好。”贾妮答道。

“贾妮，”幼儿园老师叫她，“别忘了你的背包。”

贾妮跑去拿来背包，放在我们站的地方。她抽出自己那个红色的夹子，拿出一个用红色手工纸做成的心。“这是我为你做的。”她激动地把它递给我。我读着上面的字：“情人节快乐，76 赠送。”

“谢谢你，贾妮。我很喜欢它。”

贾妮笑了，朝操场跑过去。苏珊告诉她说，她有个同学也在操场上玩。我看着贾妮，我一直期待她能和别的孩子一起玩。可她从来就没有正眼看过她的同学。

“你们有 1 分钟的时间吗？”老师问我们。

“今天你去吧。”苏珊压着声音对我说。“我已经厌倦和他们说话了。他们无法理解。我已经烦了一再去解释。”

苏珊推着菩提的婴儿车，跟在贾妮后面，我朝教室走去。我已经知道老师要谈的是贾妮的行为问题。这是永远的话题。

我一边走，一边翻开红色文件夹里面其他的纸张。在顶端有一张白色的小纸片，上面是贾妮当日的行为报告：不愿参加活动。尖叫。打其他孩子。

压在下面的，是她一天的功课，我看到每张纸要么胡乱画一通，要么是被一撕为二，每当贾妮出错的时候，她就会这样。她不是该拿出一块橡皮把错误擦去，而是表现得仿佛这些字是写进石头里了一样。有些被撕坏的纸压根就是空白的。当我看到纸上端的文字时，我明白了原因。老师在上面写着“贾纽厄里”，贾妮自然会把它撕扯掉。

“她表现如何？”我愚蠢地问道，希望能听到一些好消息。

老师是一个大学刚毕业的姑娘，人非常好。她耸耸肩。“她去校长办公室待过一会儿，因为她总是打人。”

我女儿才 5 岁，可是已经被送去过校长办公室了。她知道他的名字，而我敢肯定班上其他的孩子不会知道。

“她真的需要会写自己的名字。”她补充说。

“是的，我知道。她不喜欢自己的名字。”我答说。

“可是幼儿园的要求之一，就是学生要在学年结束时会写自己的名字。她必须要做这个。这是加州的要求。”

这并非不合理，但还是让我气恼。她的智商高达 146，但他们却根本视而不见。他们在乎的只是愚蠢的规则。

“那教她一些科学知识呢？”我问道。

“我教过她。实际上，就我和贾妮两人在一起的时候，她表现很棒。只是每当我去指导其他孩子的时候，事情就不对劲了。似乎只要我能一直陪着她，她就很完美。”

我朝白板看过去。白板上有绿黄红三栏，每个孩子的名字都写在其中的一栏里。老师称之为“交通灯体系”。绿色名字的是那些遵守纪律的学生，绿色表示他们可以“走”，或继续他们正在做的事情。黄色名字，意味着这些学生被要求“慢行”，思考一下他们正在做的事情。红色名字，则是那些被要求“停住”的人。贾妮的名字一直要么黄色要么红色。我从来没见过她的名字是绿色的。

“又是红色。”我说道。

老师语带同情。“这个体系对其他孩子挺管用，但对贾妮却不起效。她根本不在乎。所以我才不得不送她去校长办公室。这就是‘红灯’被无视的后果。”

我讨厌让贾妮来经历这些。我知道这不是她需要待的地方。当其他孩子还在学习 ABC 时，贾妮已经知道化学元素周期表。我低头看着地板，祈望我们能够解决她的暴力问题。如果能够做到这一点，我们就可以在家里教她了。

第十二章

2008 年 3 月 8 日，星期六

即便今天是星期六，我依然在工作。我报名参加一个写作考试的评分，这是加州大学北岭分校的毕业必考科目。6 小时的工作可以带给我 250 美金的收入，我们太需要钱了。大学的授课赚不了多少钱。

我想过不接这个活，因为这意味着苏珊得同时照看贾妮和菩提，不过她已经找好一个叫肖娜的临时保姆，她是个年轻的女大学生，在一年前贾妮搞过破坏的那家购物中心的玩具店里做管理。当时，她看着贾妮把玩具店弄得一团糟，却似乎还真心喜欢她，甚至当贾妮跑到收银台，她还逗她说话。她说自己有带孩子的经验，和她患自闭症的外甥生活在一起，所以她能理解我们的艰难。我不在的时候，她会帮苏珊照看贾妮和菩提。

我阅着试卷，但总是忍不住走神去想苏珊和孩子们怎么样了。

上午晚些时候，我们有一点休息时间。我走出去，到走廊给苏珊打电话。“情况怎么样？”

“不好。”苏珊回答说，我第一次听到她用这种声音说话。她听上去……崩溃了。

“你在哪儿？”

“我正在亨利·梅奥医院急诊中心外面停车。”

恐惧在挤压着我的血管。“你为什么会在那儿？发生什么了？”

除了害怕贾妮会伤害菩提，现在更让我无时无刻不担心的是，苏珊会把贾妮送进精神病院。豪威医生一直在督促着，因为贾妮对药物治疗毫无反应。苏珊已经同意，但我不能接受让贾妮去住院。我感觉一旦送她进医院，我们就会迈过那个无法回头的临界点。只要贾妮不进医院，就总存在一种希望：也许这只是一个阶段，她会挺过去。

“她总是要打菩提。”苏珊开始哭起来。“我那时正在开车。要不是肖娜在一边拦着，她都已经打到了。”

我恼怒地低头看着地板，不晓得该怎么办才好。“她从来都想去打他。但这并不意味着你该去急诊中心。”

“肖娜吓坏了，她都让我打 911 了。”

“这只是因为她从来没经历过。”我回答说，“她不适应。”

“我叫了 911。”

我仅剩的一丝自制力开始瓦解了。

“为什么？”我哀鸣着。

“因为甚至肖娜都没法控制她！我不知道还能做什么。他们只是让我把她带去急诊中心。等我到了这里，她睡着了。”

我吁了口气，放心了。*救护车没有来。他们没有把贾妮带走。*

“你先挺住。”我说，“我已经在路上。”

“她这会儿在睡觉。一旦醒过来，她还会要捣乱的。你直接到聚会的地方来找我。”

评完试卷，我奔去位于波特庄园的 Color Me Mine，那儿正在举办一场生日晚会。它正好在我工作的北岭和我们位于瓦伦西亚的家中间。

当我走进去时，我看到苏珊站在那儿，抱着菩提，正和过生日的那个女孩的妈妈在说话。

“贾妮呢？”我问道。

苏珊朝四周看看。“我不知道。”

我走开去找贾妮了，没有搭理“受害者”菩提。我看到她坐在一张桌子边，正在给一只陶瓷狗上色。狗的半边脑袋给涂成紫色，半边涂成黄色。紫色颜料流下来，混到浅一些的颜料中。

她身边没有任何其他小孩，所以宽敞得很，可以容我坐在她旁边。

“你怎么样？”我问她，就好像没发生任何不愉快。

“很好。”她答道。

我看看周围的小姑娘。她们也在涂颜色，却是另一番景象。她们一边涂，一边互相说话。我回头看贾妮，丝毫看不出她有注意到周边任何人。

有个服务人员走过来，抱起陶瓷狗。“你叫什么名字啊，宝贝？”她问道。“我得把你的名字写在底部，这样我们就知道它是谁的。”

“埃罗伊塞①。”贾妮回答说。

那个女士看着我。“埃罗伊塞？是那套故事书里的名字？”

“是的，”我回答说，“我们可是超级粉丝。”我不打算说出贾妮

① 埃罗伊塞(Eloise)，作家凯·汤普森和画家希拉利·奈特在 1955 年创造出来的一个人物，这个古怪精灵的角色，是一个 6 岁的小姑娘，常年住在高级饭店的顶楼，她的生活充满了冒险，受到全世界小朋友的喜爱。——译者

的真名字。我不想触怒她。另外，我确信无疑，这个聚会上不会再有另一个“埃罗伊塞”。

“我想走。”贾妮看也不看我地说。可她不是在发牢骚。她是在乞求，好像待在这里，被所有这些孩子包围，让她身体疼痛。

“好。”我答道，立即起身。我要把她带离这里。我要带她离开任何会提示她抑或提示我说她与众不同的那些人和那些场所，

苏珊还在和其他孩子的妈妈们谈话。我没有和她打招呼就走了，很生气她竟然把贾妮置于这种境地。

我开着车。我没有明确的目的地。我只是想把贾妮带走。

“妈妈觉得我该去医院。”贾妮安静地说。

我第一本能是想说，*你妈妈满嘴胡言*，但是我没说。苏珊怎么说也是她的母亲。“你觉得自己需要去吗？”我反问她。

“我不想去，但是我觉得应该去。”

这话犹如铁锤在击打我。

“为什么？”我问道，话都快堵在喉咙出不来了。

“我总是想打菩提。我控制不了自己。”

我 5 岁的女儿在告诉我说，她认为自己该去住院。这让我实在无法承受，所以在这一刻，我对苏珊的怒火又燃烧起来。如果苏珊有份全职工作，我就可以全天陪着贾妮了。她只是不能适应我们的世界，我们的系统，我们的规则。如果我能陪着她，我就能保护她，远离这个社会。我只想往前开着车，就她和我，一直开到沙漠里，开到我能去的最远处。

“贾妮，会好起来的。”我告诉她说，“我们会挺过去的。”

第十三章

2008 年 3 月 9 日，星期天

我们的澳大利亚金毛牧羊犬哈尼有几个星期都没出去跑一跑了，而且，苏珊又想单独和贾妮待一会儿，我便带着菩提到外面，他的身体靠着我，头放在我肩上。

他还不足 3 个月。他舒服地蜷在我身上，似乎很喜欢被抱着。贾妮从来不会这样。甚至在他这么大小时，她也总是挣扎，努力想下到地上，去走动，去探索。抱着菩提的感觉真好。我亲了亲他一边脸颊。

手机响了，我从口袋里拿出来。我都不用再看来电显示。打电话来的永远都是苏珊。

“你们还在‘比萨厨房’那边吗？”

我期待着苏珊告诉我说，贾妮在她们的“女士外出日”表现不错。

“我们在阿尔汉布拉。”苏珊平静地答道。

“什么？”阿尔汉布拉 BHC 医院是一家精神病院。我四处找着哈尼，想把它叫回来，系上皮带，离开这儿。也许她们还在路上，也许我还来得及阻止这一切。

“快回来，我来带贾妮。”我说道，努力控制着自己的怒气。

“太晚了。他们已经把她带到医院了。”苏珊听上去筋疲力尽，却透着一种解脱感。

我转着圈，寻找着哈尼，感受着自己的无能为力。“为什么？”这是一个可笑的问题。我知道为什么，可是我依然不能接受。

“她一直打我，不停地朝我扔东西。我再也承受不了了。”

“为什么你不给我打电话？”

“因为她需要去那里。你昨晚甚至跟我说，她自己都说她应该去。”

我找到哈尼了，大声唤它过来。

“别对哈尼吼叫。”苏珊告诉我说，“让它慢慢来。”

苏珊刚刚把我们5岁的女儿送进了精神病院，可她竟然受不了我对哈尼的吼叫。

“我努力了！”苏珊在那头说，“我真的努力了！我一直以为我们可以找到解决的办法。”

我怒火中烧。我压根不该让苏珊带着她。我压根就该知道，她是搞不定贾妮的，即便没有菩提。

“你带她去那里之前，该给我打电话的。”我低声呵斥着。

“她自己想去。她需要帮助，需要我们给不了的帮助。”

“你是说你自己给不了吧。”我挖苦道。我感觉苏珊夺走了我的孩子。

我得先把哈尼带回家，然后再去50多英里外的阿尔汉布拉。

我把菩提的汽车座椅放在贾妮卧室的地板上。

苏珊让我装一袋贾妮的衣服过去，我便从橱柜里拿出她的迪士尼公主手提箱，放在菩提旁边的地毯上。我跌坐在箱子边的地毯上，盯着箱子看。在我前面的床上是贾妮最爱的玩具熊英雄。我起身拿到英雄。我不想为贾妮收拾衣服。如果我收拾了衣服，就意味着她要在那里待下去。我不知道自己是否有勇气去把她带出来，苏珊会和我拼命吗？我不知道。我不知道自己是否还可以信任她。她显然在压力面前垮掉了。

我叹口气，把英雄放进箱子。我会收拾衣服带过去的。但是等我到了那里，如果贾妮很害怕，要离开，我会带她走的，不管苏珊乐意与否。

我终于找到阿尔汉布拉 BHC 医院，把车停进停车场。这里与我的想象大相径庭。它根本就不像一家医院。我下了车，看着眼前的一片露天院子被 12 英尺高的铁栅栏围着。栅栏最上面的 12 英寸朝内弯着。我知道这是干吗用的。在高速公路那边，有一个为当地人建的蓄水池。它也是被一圈栅栏保护着，最上面的几英尺也是弯着的。这样弯曲着是为了阻止人们攀爬栅栏。弯曲的方向指示着，这栅栏是专用于将人们圈在里面，还是挡在外面。蓄水池的栅栏，弯曲部分朝外，对着高速公路。而在阿尔汉布拉，栅栏顶部的弯曲是朝内，对着医院，是为了阻止人们出来。

好吧，我对自己说，*我明白了*。这是一家精神病院。大多数被送到这里的人都不是自愿来的。我 16 岁时，曾在一家专为问题孩子设立的精神病房里住了两周。我父亲压根不给我其他选择。我父母那会儿已经离婚了，我和父亲生活。可是之前一直与母亲生活的经历，让我无法再适应“正常的”生活。我开始吸毒，离家出走，放火。最后，

父亲告诉我说，如果我还想和他一起生活，我就得去一个地方，在那儿我能得到我需要的帮助。我记得那儿的窗户也有栅栏。但那个地方是一家完备的医院，我当时待在5楼。楼下是做阑尾切除手术的科室，楼上是宝宝出生的产科。而这里，只有一层楼，没有急诊室，见不到手术或分娩的任何标志，根本就不是一家医院，更像是一所监狱。贾妮只是个5岁的孩子。她不该待在这样一个地方。

当我推着菩提的手推车，拉着贾妮的手提箱，走进候诊室时，苏珊正坐在里面，俯身填一块笔记板。

“哦，太好了，你终于到了。”她说着，听上去就好像我刚刚到家一样。她放下笔记板。“你来负责剩下的部分。我已经填了两个小时的表格了。”

我不敢相信苏珊的表现。她看上去轻松自如。

我强装镇静，但我只能竭尽全力，才控制住自己没有冲进病房，把贾妮救出来。这么多年过去了，我依然记得自己当年透过精神病房的窗户，朝下看着父亲的车开走。那晚我是哭着睡着的。

“她在哪儿？”

“她在后面的儿童区。”苏珊说，一边朝楼房的深处指着。“过几分钟我们就可以回去看她了。就快到探访时间了。对了，6点到7点可以探访。”

*探访时间？*我思忖着。*她是我的孩子，我却每天只能看她一个小时？没门儿！*我不会让别人来告诉我，什么时候能看或不能看我的孩子。

“她是作为自愿的，还是强制性的？”我想起自己当年曾碰到过这些术语，便问道。“强制性”意味着你不能离开，医生已判定你对自己或他人具有危险性。“自愿”是指你自己自愿进来，或者如果你还是未成年人，你父母把你送进来的。勉强来说，我当时是自愿的，因为我还未成年，是我父亲把我送进来的。

“我想咱们这是自愿的，”苏珊回答说，然后想了一会儿。“我不得不签了一个同意书，允许他们治疗她。他们一开始不接收她的。接待处一直说没有床位，但是我告诉他们我不会走的。最后，入院部有人出来，还是跟我说同样的话，说没有床位。于是我就叫了一声‘贾纽厄里’，她就抓狂了，然后又是尖叫，又是打我。入院部的人吓坏了。我就不停地叫她‘贾纽厄里’，她就不停地打我，直到入院部的人接收了她。所以，说没有床位就得这么对付他们，哼。”

我瞪着苏珊，感觉自己的怒火在升腾。

“所以你是故意激怒她，这样她就能进来。”我厉声问道。

“我别无选择。甚至豪威医生都说她需要来这里，以便他们能观察她，找到病因。这对我来说也不轻松。在我们进来之前，我也不知道自己的选择是否正确。那边有一个八九岁的男孩子，他跟我说，‘她跟我一样。’他的话让我感觉好多了。”

可我感觉一点也不好。

6 点钟差不多到了，我们朝一条长长的走廊走去。苏珊推着菩提的婴儿车。我想看我的女儿。走廊的尽头是一扇门，我伸手去推门把手。可门纹丝不动，于是我便一阵猛拉，就好像门被卡住了一样。

“我们得等接待员把门打开。”苏珊告诉我说。

当然，我这才明白，觉得自己愚蠢透了。这门有电子锁，必须在遥控中心那边才能打开。

我又拉了一下门。还是毫无反应。我与我幼小的女儿被一道铁锁隔开来了。我更宁愿去面对她的暴力，更宁愿不断去担心她会伤害菩提。眼下的这些更糟糕。我一直控制着局面。我需要做的只是把贾妮和菩提分开就是了。而现在我束手无策了。

“门还是锁着的。”我对苏珊吼道，“去跟接待员说，我们还是被锁在外面。”

“你可以打那边的电话。”苏珊说，指了指门旁边的一部电话。

门最终打开了，我发现自己走入的是一间自助餐厅。餐厅看上去够干净，和所有医院的自助餐厅都一样。我看到几个成年病人，在和他们的家人一起进餐。即使看不见他们手臂上戴的病人专用塑料腕带，我也立刻就能识别出谁是病人。病人们都穿着睡衣、浴袍或汗衫。他们都披头散发，好像都懒得洗一下。

我跟着苏珊左转，出了餐厅，来到一个院子。我们走在一条石径上。一切看上去都挺美好，直到我们拐过另外一个角落，我看到一堆成年人坐在一栋房子外面。他们都在抽着烟。我自己也抽烟，贾妮也看见过我抽烟，可出于某种原因，我不想贾妮和这群人在一起。在贾妮的生命中，她从来不容易受到影响，也从来没有被影响过。但是，突然我开始感到害怕，怕贾妮开始将自己等同于这些人。真正让我苦恼的，是他们脸上空洞的表情。我不知道这是否是药物的作用，或者只是生活击垮了他们。但是不论哪种原因，我都不希望贾妮认为他们就是她的将来。贾妮禀赋异人，只要她愿意，她可以尽可能早地上大学。贾妮会为人类做出不可思议的贡献，譬如治愈癌症。贾妮会赢得诺贝尔奖。贾妮的余生不该在这样的地方出入。我必须把她带走。

“这儿有个游泳池。”苏珊指着一个围起来的水池，里面飘着树叶和树枝，脏兮兮的，让人恶心。“至少她可以游泳。”

我看着苏珊，仿佛她是个傻瓜。这可不是见鬼的夏令营。这是精神病院。

少儿部在医院的最后面。这儿又有一扇门，旁边也有个电话。苏珊说，我得拿起电话，它会自动接通护士站。我照做着，一边抬头看着围在院子周围的高达 12 英尺的铁丝网。一棵参天鳄梨树覆盖其上。鳄梨树在腐烂，部分树枝掉落在下面的水泥地上。我没法将自己的目光从铁丝网上移开。要这玩意儿干吗？谁又能爬上 12 英尺高的铁栅栏？即便有人能爬过去，爬过去之后他们也无处可去。

一个老人走出来，帮我们打开门。他带着我们走过院子，打开进大楼的门，招手示意我们进去。首先迎接我的就是一阵刺耳的声音。在我头顶上方，挂着一个电视机，正在播放《玩具总动员》。大约有六七个孩子坐在椅子上，但是没有一个在看电影。他们绝大多数都剃着光头，穿着白 T 恤，配棕褐色的宽松短裤。他们正在玩击骰子的游戏，在洛杉矶一些地区流行玩这个游戏，就在穿过房间这几秒钟内，我好几次听到他们在说“我操”、“见鬼”、“同性恋”。我说不太准他们有多大，但是他们都比贾妮要大很多。我看到有个男孩子，独自坐着，抱着双膝，直直地看着前方，好像尽量假装成自己并非身处精神病院。我不是责备他。换了我也是这样。这不是精神病院，这是少管所。

“就是那个男孩说，他知道贾妮有什么问题。”苏珊看到我一直盯着他看，这样说道。

“女孩部在这里。”老人说着，把钥匙插进墙里，旁边是两扇门。

“你们把男孩和女孩分开的？”我说着，大大地松了口气。

“白天是的。”老人说，“晚上有几个小男孩子会进来睡觉。”

他们让一些男孩子和女孩子睡在同一个区域？我心里思忖着，回头看着那些男孩。就这么定了。我会把贾妮带走的。这不是一家医院。这些男孩子来这里，不是因为有心理或精神疾病。他们可能是因为把别人揍得半死，但年纪太小，进不了少管所。

老人打开门。贾妮在里面。她在大厅的中央，被一群小姑娘围着，她们个个都不止 15 岁了。

但是她在大笑，激动地拍手。小姑娘们一起朝公共活动室走去，贾妮和她们一道，走在最中间。这时她看见了我。

“爹地！”她朝我跑过来，一点也不害怕，相反好像自己正兴高采烈地参加一个睡衣派对，而我是刚刚赶来接她回家一样。

“嗨，宝贝。”我双膝跪地，把她揽进怀里，想抱紧她，让她确信爹地现在来了。爸爸来解救她了。

她挣脱我。

“你给我带比萨了吗？”她微笑着问道，一边摇动着手腕，她一激动就喜欢做这个动作。“妈妈说你会把比萨带过来。”

我依然在努力理解发生在眼前的一切。恐惧去哪里了？

“哦，我想尽快赶过来。来的路上有墨西哥卷饼卖，所以我就买了它。”

贾妮皱起眉头，打我。

“我不要墨西哥卷饼！我要吃比萨！”

我瞪着贾妮，难以理解。谁还关心吃什么？你有没有意识到自己是被囚禁在这里？

“能跟我说说你感觉如何吗？”我问她，依然在寻找任何害怕的迹象。贾妮，你只需要说出这个词，我就带你离开这里。

她不理会我的问题，从菩提的婴儿车下面，拿过墨西哥煎饼的袋子。她跑到一张桌子边，拿出炸薯条，开始吃起来。

“贾妮，你怎么样？”我又问了。“你好吗？”

“挺好。”她答道，嘴里满是吃的。“只是饿了。”

这不对头。“贾妮，你知道你在哪里吗？”我问道。

“医院，”她回答的口气仿佛我刚问的是二加二等于几。

“你知道自己为什么会在这里吗？”

“因为我想打菩提。”

“如果你不再想伤害菩提，你就可以回家了。”我提醒她说。

“我没法停下。”她说。

我越来越害怕了。“你知道吗，这样你就得待在这里？”

贾妮点点头。

“你知道爹地和妈咪是不能陪你待在这里吗？”我问她，以确证她并不完全理解这发生的一切。

她又点了点头。“我喜欢这里。”她含着满嘴的薯条说。

不，这不可能。当年我是想回家的。我是不愿意待在精神病院的。

“这儿很好玩。”贾妮接着说。

她看上去心满意足。神情放松。

这是在精神病院啊。

她抬头看我。“明天能给我带比萨过来吗？”

开车回家的路上，天已经全黑了。我把窗户摇了下来，让风吹进来，这样方便我能接连抽烟，把一个烟蒂扔出窗外，再立刻点燃另一根。

我看到了我们的另一辆车在我前面，亮着尾灯，那是我开去阿尔汉布拉的那辆。苏珊正开着它，菩提在后面的座位上睡觉。

我忍不住一直看旁边的副驾驶，因为座位空荡荡的。我把她留在那里了。将近6年前，贾妮从医院回到家之后，这是她第一次睡在没有我们陪伴的地方。

我们离开时，苏珊不断告诉我说，贾妮在那里很高兴，她仿佛也在努力说服自己。“我们一直都想帮她找到能领会她的想象力的朋友，”她说，“现在我们做到了。”她停住了，开始流泪。“我只是从来没想过我们是在精神病院里找到了他们。”

最让我痛心的是，我知道苏珊是对的。这也是我此刻如此怨恨她的原因。此刻的贾妮兴高采烈，比这些年来我印象当中的任何时候都快乐。我希望她找到快乐，但不该是在一家精神病院。

第十四章

2008 年 3 月 13 日

把贾妮留在阿尔汉布拉后的第一个早上，我起得很晚；醒来后的第一件事就是看手机，期待着那边的医生会过来个信息。但是没有。那一整天，我一直翘首等待着，但是一个电话都没有。

我们知道贾妮安然无事，因为我们每天都过去看她。贾妮看上去总是很高兴。她爱那些小姑娘，她们也爱她。她仿佛突然有了一帮大姐姐。贾妮也喜欢那些工作人员。因为他们叫她“星期二小姐”，或者是星期几就叫星期几小姐。

苏珊总是在跟她说：“贾妮，这就好像住宿舍一样。跟我上大学时的生活一样。”

但其实并不一样。我知道苏珊这么说，是说给自己听的，是为了减轻自己的痛苦，也是为了我好；可是上大学时，我们是十七八岁，而不是 5 岁。如果这真是一间大学宿舍，我会尝试着接受它。但她在这里，是因为阿尔汉布拉可能会对她有用。可这里什么安排也没有。他们没有给贾妮治疗。她依然在吃以前的药。他们只是收留着她，时间一天天过去，仿佛未来的情况也将是这样。我想有个医生，我想有好几个医生。我希望他们能研究一下贾妮的病例，讨论然后提出一个计划。我要知道这种禁闭会有终止的一天。

但是唯一见过我们的只有一个社工。整个医院只有爱伦·温菲尔德一个医生。我给他留了 4 天的口信，他才最终给我回了电话。

“我是温菲尔德医生，我听说你想和我谈谈。”

“我们送她进来已经快 1 周了。你有什么计划？”

“我们还在观察她的行为。”他简短地说。

贾妮的住院留诊并不像我想象的那样。我一直以为，会有人辨识出她的问题。我习惯于医生至少有几个答案。我一直都相信他们，因为我没有理由不相信。在我生病时，我去看医生，医生会开了处方，我的病就好些了。现在，在我身处的这个世界，没有任何人能明确任何事情。这个人是个精神病学家。他有着硕士学历，从业也多年。他怎么可能没有任何答案？

“你觉得有可能是双极性精神失调吗？豪威医生是这么认为的。你和她谈过了吗？”

“没有。”他干脆地说。

“你不觉得和她谈谈会有用吗？”我尽可能轻柔地建议说。“贾妮在她那儿看病有 3 个月。”

“坦白讲，我们不觉得和门诊医生交流有大的作用。”温菲尔德说。“我们以这里的眼见为实。”

“可问题就在这里。你看不到的。医院不是真实的世界。她不需要和菩提相处。”

“我相信你说的没错，这也让我怀疑她是不是那种双极性精神失调，或者精神分裂。如果是的，我想她这些症状会在这里持续出现。”温菲尔德的语气改变了。“对了，我想起来了。她和这里每天见面的工作人员和南加州大学的实习生说，她有‘精神分裂症’。这个词一般 5 岁的孩子是不会知道的。”他接着说，“她是怎么知道这个词的？”

“她很聪明，”我回答说，“她的智商有 146。”

“这些我知道，但一定是有人教了她这个词。我问她什么是精神分裂症，她告诉我说，就是你能看到或听到其他人看不到听不到的东西。”

“她说的没错。”我回答说。

“是的，但对一个小孩儿来说，准确得过分了。你或者你妻子有没有告诉她，她有精神分裂症？”他很直接地问。

“好久以来，我们都在与这种局面抗争。前一刻还像个小甜心，下一秒就变得暴躁不堪，然后又变回小乖乖，仿佛什么都没发生。所以我们也一直在努力找出原因。”

“这并没有解释她为什么知道精神分裂症。”

我知道他的关注点在哪里。因为医生们给不了我明确的答案，我曾经很多个晚上都在 WebMD. com 上查阅资料。1 年前我坚持她患的是阿斯伯格综合征①或者孤独症。现在我再来审视她的症状，想尽力确认她患的确实是这病。但其实不是，症状并不相符。我不断地回头去揣摩精神分裂症的内容：“对社交毫无兴趣，情感表现有限，或者毫无情感表现。”我回头去想贾妮说她“憎恶”瓦奥莱特时的平静。

---

① 阿斯伯格综合征(Asperger)，又名亚斯伯格症候群或亚氏保加症，是一种泛自闭症障碍，其重要特征是社交困难，伴随着兴趣狭隘及重复特定行为，但相较于其他泛自闭症障碍，仍相对保有语言及认知发展。阿斯伯格症患者经常出现肢体互动障碍和语言表达方式异常等状况，但并不需要接受治疗。

“离奇的言谈举止等各种行为，让患者显得稀奇古怪。”我想起当别人把她的老鼠视作想象之物时她的暴怒。但她的暴力行为我迫切需要得到解释：“在精神分裂症发作期间，患者可能对他感知到的威胁，表现出失控的愤怒或暴力，尽管这些威胁可能毫无逻辑。”

所以，没错，她是听到我们谈论这个。我们能怎么做？见鬼！她的病消耗着我们的生命。可如果我这样和温菲尔德说，他会认为是我们在“诱导”贾妮。我们从来就没有要去“诱导”贾妮。我们只是尽力想让情况好起来。

“我们有这个家族病史。”我这样答复说，这也是实话。

温菲尔德沉默了一会儿。然后说：“好吧，我们会继续观察她。”

这不是我要的。我要的是一个治疗计划。

“我们需要的只是控制她的暴力行为。仅此而已。她都进来一周了，可吃的药没作任何调整。”

“因为我们还不明确什么药对她有用。她显然是不太能控制自己的愤怒。我没否认这点。”

“来士普怎么样？”

“这是怎么回事？”

“我……”我犹豫着，不知道该怎么说下去。“我以前也一样无法控制自己的愤怒。我会因为鸡毛蒜皮的小事情而大发作，就像她看到弟弟开始哭闹时，又是尖叫又是捶打一样。我能感受到这种情绪的生成，却没法阻止它。”

“她有看到过这些吗？”温菲尔德问道。

“有看到，但非常少。不过我后来去看了精神病专家，他给我开了来士普。这药缓解了我的状况。我曾经和豪威医生说试试这药，但她不同意，因为这药会增加自杀的风险。”

温菲尔德一时默不作声了。“她说得没错，抗抑郁药会增加自杀的风险。”最后他说。

当年我被诊断为慢性抑郁症，但是我的抑郁症的表征就是发怒。也许贾妮也是如此。对我来说有奇效的药，也许对她也有奇效。我并不担心自杀。她毕竟才 5 岁。

“不过，”他接着说，“如果这药对你有作用，也许对她也有作用。咱们试试这个药，看看对她的问题有没有帮助。”

我感受到一阵巨大的轻松。也许这就是答案。如果贾妮和我一样，如果来士普挽救了我，那么也会挽救她。

* * *

第二天，也就是贾妮住院的第 6 天，我们到医院时，我没有看到贾妮像以前那样在走廊里等我们，等我们给她带去的食物，因为她几乎不吃阿尔汉布拉自助餐厅的任何东西。

“贾妮？”我喊着。

一个满是纹身的女护工——我听他们都这么叫，走过来。她看上去像是刚从监狱放出来，但人挺好。“她在禁闭式病房[1]睡觉。”她朝我们左边指指。

我知道“禁闭式病房”是什么。它不是病房。以前人们叫它“橡

① 禁闭式病房（the quiet room），是精神病院中安置狂暴患者的类似于禁闭室的病房。——译者

皮屋”。

我转身，透过开着的房门，看到贾妮躺在光光的垫子上，背对着我们。

“她在睡觉？”苏珊惊讶地问。贾妮是不午睡的。

“她一整天都在等你们来。”护工说，“然后大约1个小时前，她说她要睡觉。”

“贾妮？”我走进去，轻轻地叫到。房间很简单，除了一张床和没有铺床单的垫子，空无一物。

她睡得很沉。我压根不想叫醒她，但我只有1个小时，不让她知道我们来过了，我是不会走的。我不愿让她以为我们压根没来。

“贾妮，我们给你带比萨来了。”

她一动不动。

“贾妮？”我挨着她坐下来，摸着她的背。

还是没反应。

“贾妮？”我起身，走到另一边，看到一摊口水从她张着的嘴角流下来，把她右边的脸浸在其中，头发也湿了。

“贾妮？”我急切地摇着她。

依然没反应。我抬起她的头，她的头就软软地在我怀里，沉极了。她的眼睛毫无反应。

“贾妮？”我简直吼叫起来了。状态很不对劲。她一点反应都没有。“你在这里陪着她，”我对苏珊说，“我去叫护士。”

我冲出屋子，奔向护士站。我等在柜台边。我看到好几个员工在闲转，但似乎没有一个人注意到我。

“有人吗？”我喊道。我竭力控制着，才没让自己跳上柜台，用双手去掐住我够得着的第一个人的脖子。我不能这么做。我早已明白，这些人不会在乎，因为这是我的女儿。他们只关心的是见鬼的规章制度。

“嗨，”我吼叫了。“这里需要帮助。”

护士长过来了。

“怎么了？”

“贾妮醒不过来了。”

“她是太累了。”她麻木地应道。

“她是醒不过来了！”我重复一遍说，试图让这个头脑迟钝的女人认识到，这是医疗紧急情况。“她躺在自己的一摊口水里！我想有个护士能检查一下她的重要器官。”

“她没事。每隔几分钟就有人去看看她的。”

“我们来的时候，她就一个人！你怎么知道她没事？她又没有连着心电图仪器？”

“她只是累了。有时候会是这样的。”

我束手无策了。贾妮可能已经奄奄一息，可压根没人在乎。

“我今晚就带她回去。”我朝这个护士怒吼道。我忍无可忍了。

“呃，那是你的选择。”护士说着，好像她压根毫不在乎。“不过我们需要先获得医生的批准，他今天已经下班了。”

我后退一步，紧握着拳头，想一拳把干板墙打出个洞；可我知道这么做，只会让自己被人赶出去。贾妮是我的孩子，但我却对她的命运束手无策。我不再是一个父亲。我只是一个“探视者”。

我回到禁闭式病房。苏珊不在里面，可能在和某个女孩子说话。我坐下来，把贾妮的头放在我的膝盖上。我和她说着话，一遍遍重复说“爹地在这里”，告诉她说，我带了她最喜欢的加州比萨厨房的奶酪马科罗尼意面，希望她能醒过来。我摸摸她的胸口。我还能感受她的心在跳动。

见鬼，苏珊去哪里了。我把贾妮的头放下来，走出房间去找她。看到她坐在饭厅，和一个女孩子在说话。除了贾妮，这是我见到的最小的一个女孩儿。她看上去大约 10 到 11 岁，不过她的装束吓我一跳。她穿着一件网眼 T 恤，里面是一件黑色的半罩胸罩。她看上去就像个妓女。

苏珊转身对我说："这是卡莉，贾妮的新室友。卡莉，这是我丈夫迈克尔。给他讲讲你刚才告诉我的那些吧。"

我不想听一个孩子说话。我想见的是医生。

"我不是让你陪着贾妮嘛！"我说着，几乎按捺不住自己的怒火。我不是想对苏珊发火，可现在，她是我唯一可以发火的对象。

"我知道，但你得听听这个。卡莉，跟他说吧。"

卡莉开始说起来。"贾妮在床上不停地跳。我让她不要这样，因为我怕她摔下来，弄伤了自己，但是她不听，所以我就叫了工作人员。她也不听他们的。她开始爬窗帘，说她会飞。"

"实际她以前也爬过墙的。"苏珊说着，狠狠瞪了我一眼。

"然后她就爬上家具，跳了下来。"卡莉接着说。

苏珊朝我摇摇头。"是来士普的原因。我就知道。这药让她情绪激动，就像当初的利他林一样。"

我感受到一阵无以言表的绝望。我以为来士普会对她有用。我自大地以为，这药对我有用，对她也会有用。可事实上，它却给她带来这样的结果。

工作人员不能制止她，便给她打了一针。

打了一针？

“什么针？”我问道。

“我不知道，但这针还是不起作用，于是他们又给她打了一针。”

苏珊又狠狠地瞪了我一眼。“早些时候，我打电话过来问她的情况，他们告诉我说她挺好的。”

“不好，吓死人了，”卡莉突然插话说，“不过她是很酷的小姑娘。我真的喜欢她。”

护士长突然出现了。“卡莉，到公共活动室去，”她严厉地说。卡莉立刻跑开了。护士倾过身，压低声音说，“我得告诉你们，不要和其他病人说话。”

“只有他们才会告诉我，我女儿发生了什么事情。”苏珊回击说。

“如果有问题，你可以来问我。”

“你们给贾妮打针了？”我问道。

护士毫不掩饰对我们的敌意和厌恶。

“我会查一下临床病历簿。”这个“病历簿”是个大大的三孔文件夹，里面有所有病人的治疗信息。“同时，如果你们继续无视我们有关尊重病人隐私的规章制度，你们就必须离开。”

我简直不敢相信。“你是说我们不能看自己的女儿？”

“是的，如果你不遵守我们的规定。”

毫无疑问，我们受到威胁了。从她的神情，我看得出，这并不是凭空的威胁。不论他们认为贾妮是出了什么问题，他们显然不认为我们是解决办法的一部分。

“现在，你给我一分钟时间，我看看病历簿。”护士朝护士站走去。

我们照她说的，等在那里。

经过仿佛无穷尽的等待之后，那个护士拿着病历簿回来了。病历簿太大了，她几乎都拿不住。她把病历簿放在柜台上，开始在里面翻找，最后找到了贾妮的材料。

“病历上说，她不听指挥，所以被打了一针苯海拉明。”

“为什么要打？”我问。

“这上面说她不听话。”

“她当时在干吗？”我问。

“她在爬墙！”不等护士回答，苏珊就大声说出来。

护士平静地读着报告。“我没在这里面看到任何有关她爬墙的信息。”

“因为根本没有人记录这里发生的任何事，”苏珊反击道，“今天我打了几次电话，每次你们都告诉我说贾妮挺好的。”

“这是什么时候发生的？”我问道，尽量保持冷静，以防我们被赶出去。此刻，最让我害怕的莫过于不让我看贾妮。

护士又读了更多的内容。“这上面说，她在中午的时候，接受了一次 IM，两点的时候又补了一次。”

“IM 是什么意思？”我问。

“肌肉注射。打进肌肉的针剂。”

怒火在我的血管里奔腾。在我的脑海里，我看见他们把尖叫着挣扎的贾妮按倒，给她打针。

“哪里？”

“哪里，什么意思？”护士迷惑了。

“她的针打在哪里？”我说，我要尽力压住怒火，所以声音缓慢而刻意。他们用针扎我的女儿。

“我们通常是打在屁股上。”

我的双手紧紧抓住桌子边缘，控制着自己没有朝护士挥出拳去。他们把她按倒，而且脱下她的短裤，把针扎进她的屁股？

“为什么？”我努力问出声来，“为什么不给她吃粒药？”

“通常都是因为病人不肯吃口服药。”

这不像是贾妮的行为。她已经吃了3个月的片剂了。

“她这样还会多久？她不会有事吧？”

“她挺好的。我们一直查看的。”

“我们想让她停止吃来士普，”苏珊说，“她这样是药物反应。”

“你得去和医生说这个。”护士答道。

“温菲尔德总是几天才回我们的电话。”我回应说。

“他很忙，”护士冷冷地应着。

“我们要她立刻停止吃来士普。”苏珊要求道。

我突然有了一个主意。“在她开始吃来士普之前，我签了一份授权书的。如果我可以授权，那我也可以撤销。”

护士看着我，明显地不耐烦。没错，我心想，你还不习惯面对懂得维权的父母。

“所以你想撤回服用来士普的授权书？”最后她说。

“是的。立刻生效。把那张纸给我，我现在就签字。”

“等一下。”护士回护士站去了。我依然愤怒不已，但今天我第一次感受到一切又多少在控制之中了。我把贾妮送到这里，以为自己的精力会着眼在如何对抗她的疾病，相反，我却花了更多的时间和阿尔汉布拉的医护人员斗争。

护士拿着药物授权书回来了。我在“不允许给我的孩子服用此药”那一格打了钩。

“你该知道，”在我签名的时候，护士对我们说，“这会被视为拒绝治疗。如果你们这么做了，医生可能就压根不会再管她，因为你们不再听从他的建议。”

我无比憎恶地瞪着她。我们又一次被威胁了。

我回到禁闭式病房。贾妮依然不省人事。我挨着她坐下来，把她的头轻轻地抱在怀里，跟她说“爹地在这里”。有人说，人的潜意识会记得一切事物。我希望这是真的，她能听到我说话。

第十五章

2008 年 3 月 21 日

贾妮今天出院。她在阿尔汉布拉待了两周，我们每天都开车赶过来看她，单程 40 英里，为了陪贾妮一小时，路上一共要花费 4 个小时。前提还得是，我们到的时候，她没有被注射苯海拉明，意识是清醒的，而这药差不多她每天都得注射。

每天我都怀着同一个希望走进去：我会看到贾妮已经出现明显改观。但这并不是我真正寻找的东西。她在这里的暴力从来没有达到她在家的程度。从她进医院那一刻，她的暴力就在减弱，或许是因为她不再需要面对菩提，或者是她终于找到了让她感觉共处愉快的孩子们，即便这些“孩子”绝大多数已经是十几岁了。

过去两周，苏珊和这里的每一个女孩子都交谈过了，询问她们小时候的情景，尽力想发现是否有人和贾妮一样，特别是她们是否有贾妮那样的“想象力”。我们一直称之为她的“想象力”，即使她想象中的朋友已经占据了她的世界，她和他们交谈，当他们是真实的朋友一样。他们似乎有他们自己的生活。但这里没有一个女孩像或者曾经像贾妮那样，甚至苏珊第一天碰到的那个说“她和我一样”的小男孩，也不是这样。他们没有人多半时候生活在一个完全想象出来的世界。

所以，每次过来，我都想了解的一件事情就是，贾妮是否更多地意识到发生在她身上的一切。现在每次见到贾妮，我就会看着她的眼睛。以前我是从来不关注人的眼睛。该死，我和苏珊约会好几年，都还不记得她眼睛的颜色(淡褐色)。但是自从贾妮开始出现暴力倾向后，我有很多次都会把贾妮抱开来，不让她拳打或者脚踢菩提，所以我也得以有机会经常看到贾妮的眼睛。当我这么看着她时，我没有看到它们回望我。它们看上去茫然一片，就仿佛整个世界都消失了一般。我用贾妮的一张照片做了我们电脑的桌面背景。这是在她满两岁之前的那个春天拍的。她坐在公园里，背后的夕阳，让她的金发闪现出金色的光芒。她面带微笑，正视着镜头。这微笑不是那种应你要求拍照的孩子摆出的夸张的笑容，只是一抹确认的微微一笑。在贾妮还没来得及反应时，苏珊就按下了快门。所以这张照片是贾妮在那一瞬间被捕捉到的样子。每次我启动电脑，贾妮的眼睛就出现，正视着我。眼含温暖，眼神里是单纯的幸福。

过去3年来，我一直都希望再次看到这样的眼睛。

还有一张照片，是萨拉在瓦奥莱特的生日派对上拍的。照片中的贾妮面无表情，麻木呆滞。如今再回头看这张照片，我能看出自己当时漏掉了什么：她的双眸一片空洞。每次来看贾妮，我不指望3年前在公园拍的那张照片的眼睛能回来。我想寻找的只是她的表情能慢慢柔化，回归到一种有感情的状态。我在寻找安宁重归的迹象。这是我希望阿尔汉布拉能帮她恢复的。但是他们并没有。

贾妮还在吃着进院时的药物，一种叫思瑞康，是精神抑制药物，还有德帕科特，是一种心境稳定剂。

我看着出院小结。在“病情诊断”旁边，简单地写着“情绪失调NOS，”意即“未另行说明”这意味着温菲尔德并不知道我们的女儿是什么问题。两周过去了，我们依然回到起点。

3天前，我接到苏珊的医疗保险机构“蓝十字”[①]发给贾纽厄里·斯科菲尔德的一封信件。我打开来，信件上写着：“在仔细审核之后，继续住院的要求不被采纳，该结论基于下一条或数条标准：

1. 根据“蓝十字”病人手册规定，患者不再符合急性精神病入院标准。

急性精神病住院治疗的要求是，病人必须是即刻（意即当下这一刻）威胁到自己或他人的安全。贾妮虽然不断地对菩提的哭闹反应狂躁，以致我们不得不提早结束探视，但显然不符合这个要求，因为贾妮并没有清晰地表达自己对他有实际的伤害计划。

2. 当前的治疗方案对病人没有作用。

显然，当你患有精神疾病时，你最好期望第一个治疗方案就奏效。但是，我不认为“蓝十字”会对一个第一轮化疗不起作用的白血病患儿，实施上述标准。

3. 患者不见好转，也无法合理预期患者当前病患会痊愈或好转。”

我抓起电话，就给“蓝十字”打电话，质问“我们该怎么办？”

“你们可以让她去州立医院，”一个女人在电话那头冷冷地应答道。

---

① 蓝十字（Blue Cross），此处作者也许有误，蓝十字其实不是保险，而是美国政府的一项福利计划。政府的基本医疗保险是不包括处方药、牙齿之类的医药开支，但如果参加“蓝十字”，每月交钱，如果开处方药、看牙，就由“蓝十字”按比例报销。——译者

“现在已经没有州立医院了。”我告知她。前加州州长皮特·威尔逊在 1998 年关闭了最后一家州立精神病院，卡马里奥州立医院。讽刺的是，前卡马里奥州立医院现在成了加州大学最新的校区，就是我为之服务的这所大学。还有一大把的地方，都带着“州立医院”的名字，但实际上这些地方只是性侵者的监狱，而不是精神病治疗机构。

那头的那个女人无言以对。

贾妮得出院，不是因为导致她住院的病患已经恢复，而是因为保险公司不再付钱。

我转身面对着贾妮，她正拉着自己的迪士尼公主的拉杆箱，等在门厅。

“你想回家吗？”我问，寻找着她的行为举止中任何一点变化。

“是的。”她答道。我没有从她脸上看到一丝严肃，也没有对即将到来的自由有一丝感激。

“你把英雄带好了？我们可不要把他留在这里。”

“我带好了。我们去哪里吃东西？”

“呃，既然今天是特别的一天，我想我们去比萨厨房吧。”

“路上要多久？”

“呃，现在会有点堵车。可能要一个小时左右。”

贾妮大叫起来。

我看看苏珊，她连忙用双手捂住才 3 个月大的菩提的耳朵。她抬头看我，脸上是毫不掩饰的恐惧。过去两周，我们都没有听到过这种声音，都没有意识到，这可是难得的假期。

护士插话了。“贾妮，我怎么跟你说的？不能尖叫。”

“好吧，”贾妮气呼呼地说。“但是我不想去面对菩提的哭声。”

我看着办理出院的护士。“你确信她可以出院了？”

“你们得允许她有个再调整期。”护士审视着我们的表情，说道。

等我们走回到车上时，斜阳残留，差不多都晚上了。我闭上眼睛，享受着太阳的温暖打在脸上。

我睁开眼，看看贾妮。她的脸毫无表情，她低头拉着她的箱子，沉重地走着。

我们走到汽车旁边，我放好她的包。当我把手放到后备厢盖上，准备关上时，我意识到我的双手在颤抖。我害怕我自己的女儿，害怕我依然可以从她身上感受到的那种暴力，在等待它的第一次大爆发。

我把手放下来，用力搓着。我必须控制自己的情绪。长久以来，都一直活在担心贾妮伤害菩提的恐惧中，以至于我都不记得自己有过摆脱恐惧的时候，我已经患上了“战斗疲劳症”。

贾妮打开副驾驶的门，爬了进去。

“贾妮，你得坐在后面。”我说话了，“这是法律规定的。”

“不行，”贾妮回答说。

“贾妮，坐到后面座位去，”我重复道，尽量用命令的口吻，但我听到自己声音中的恐惧。

“我不想去。”贾妮答道。

“随她吧。”苏珊说。

“不行，”我应道，尽量让声音显得更有力些。“她需要按照我们说的做。”

“没事。”苏珊说。她已经坐在后座上了。“我累了，我想回家。”

我看着苏珊，希望她站在我一边，也理解我。我并不真的在乎贾妮是否想坐前排。我想要的是安宁。我只想我们都能回到家。

当我把菩提的汽车座椅放进车的时候，明显闻到一股味道。我得给菩提换块尿布。他在车里总归要哭，但脏尿布只会让他哭得更厉害。贾妮小的时候，似乎从来不在乎这个。

我把菩提从汽车座椅上抱出来，轻轻地放到车前面的草地上，给他换尿布。

"我要走。"贾妮在车里喊到。

"贾妮，你能给我拿块湿纸巾吗？"

"我饿了！"她大声吼着。

"贾妮，我得给他换好尿布。我以前从来不会让你穿着脏尿布。我总是立刻就换干净的。"我想让她理解，我为菩提做的一切，也曾经为她做过。

贾妮不情愿地下车，给我拿来湿纸巾。我给菩提换尿布时，她就一直站在我身边。我感觉到一阵希望。这就是我想要的，她站在我身边。

"我来把它扔掉。"苏珊说着，准备下车。

"不用，我来吧。"我把换好尿布的菩提递给她，站起来。在停车场那个远远的角落，有一个垃圾箱。

我抬步走去，点燃一支烟。回家的路上我得保持冷静。这可是不短的路程。

我回到车子上，坐上驾驶座。

菩提开始哭起来了。

立刻，我体内的每一根神经都高度警惕。我看着贾妮。有那么1秒钟，她并没有反应。然后她用双手捂住耳朵，开始尖叫。"菩提！

不要哭了！”

“贾妮！”我喊着警告她，声音里透着威胁。“你要去比萨厨房，是吗？”

“他会一直哭的！”

“贾妮，除非我知道你会好好待菩提，否则我们哪儿也不去。”

“让他别哭了！”她对苏珊说，几乎是哀求，好像她真的相信苏珊可以做到。

“如果你不想他哭，干吗不陪他玩？”我说，“逗他开心。”

她抓起身边的一瓶水。

我用手抓住瓶子。“贾妮，如果你用这个砸他，那我们就不去比萨厨房了。”我瞪着她说，希望她接受我的威胁，做出妥协。

她放开水瓶子。我松了口气。“好孩子！”我说着，戴上安全带，回头操纵换挡器。

透过眼角的余光，我看到贾妮脱下她的一只鞋子。我伸手去抓，但安全带困住了我。贾妮在座位上转身，爬起来跪在座位上，把鞋子扔到了后面。苏珊把它挡开了。

我解开安全带，抓住贾妮的另一只鞋子。贾妮开始四处看，寻找能扔的东西。

“贾妮，坐下来！”我命令道。恐惧消失了，取而代之的是肾上腺素。我又回到战斗中了。

贾妮无视我的话，抓起她的 CD 盒要扔。我把盒子从她手上夺下来。我这么做的时候，她出手打我，又开始尖叫。

“她还不能出院。”苏珊在后面叫喊着。

“这我知道！”我顶了回去，“你指望我能怎么样？”

"她应该再回去！"

"不！我们不回去！她是这个家庭的一部分，她必须得学会遵守我们的规则！"我越过贾妮，打开她那边的车门。"出去，"我命令道。

贾妮看着我，那种邪恶的笑容又出现在她脸上。"不。"

"出去！"我又说了一遍。"等你安静下来，你再回到车上。"

她没有动身。相反，她瞪着我，咧开嘴笑着，看我敢不敢拉她出去。

于是我这么做了。我下了车，绕过去，把她拉到外面的车道上，她坐在地上，像个闷闷不乐的孩子。

我回到车后面，把英雄从箱子里拿出来。"喏，拿着他。"我把她的熊递给她。"菩提哭闹的时候，你就使劲捏英雄熊"。我意识到自己像打乒乓球一样，来来回回，一会儿当她是个孩子，一会儿又当她是个叛逆的少年——也许她可能还真是。我不知道她是谁。

贾妮接过英雄。不过她没有抱着他，相反开始使劲拉扯他的头。

"贾妮，你在干吗？"

"我要把他的头扯下来。"

"别这样！"

我把英雄从她手里拿过来。她又夺了回去，把他扔到停车场上。

"贾妮，你为什么要这么做？"

"我不想要他了。他是个坏熊。"

"她不能出院。"苏珊又说道。

突然，贾妮从开着的驾驶室门进了车里，把她能抓到的任何东西都扔到停车场。放在前排的那些东西，在我身后的沥青路上堆了起来。

菩提还在哭闹。贾妮走到后排靠近菩提的门边，开始开车门。我看到苏珊立刻俯在菩提上方。我拉过贾妮，把她从车子边拖离开。

“她得回去！”苏珊朝我大叫说。“你还要等多久？等她杀了他？你会认为医院里的那些白痴，”她指着阿尔汉布拉说，“会在乎她是不是会杀了菩提？他们只会说‘天哪，是这样’。”

我知道。我本应该开两辆车的。我气恼自己，但我决定开一辆车，这样我们一家人能一起回家，证明这个家庭还能正常地运行。但是贾妮已经出来半个小时了，我们甚至还没有开出停车场。我的想法是实现不了了。

“来，贾妮。”我妥协地说，“我们走吧。”

贾妮立刻停止打苏珊和菩提，抬头看着我。“我们去哪里？”

“回到医院。”

贾妮没有抗议。我把英雄从地上捡起来，递给她。这一次她把他搂在怀里。我把她的箱子从后备厢拿出来。

苏珊跟在后面，抱着菩提，我们踏上了40分钟前走过的那些台阶。这是一段羞愧之路。

我拿起大门外的电话。

“护士部。”电话那头回应说。

“我是迈克尔·斯科菲尔德。我们还在这里。我们都没办法走出停车场。贾妮一直又打又叫的。”

“那你想我们怎么样？”那个女士回应说，声音里透着迷惑，好像第一次碰到这种情况。

“我们把她带回来了。”

“但她已经出院了！”

“这我知道，但是情况没有好转。她仍然有暴力倾向。”

“等一下。”

我等着。送我们出去的那个办理出院的护士走过来了。

“怎么回事？”

“什么也没有好转，还是老样子。她还是和以前一样暴力。”

“我跟你说过，她需要点时间才能重新调适过来。”

“我们甚至回不了家。”我应道。

护士叹了口气。“我们马上出来。”

我们等着，贾妮现在安静下来了。护士和一个护工出来了。

“贾妮，怎么回事？”

贾妮突然开始踢苏珊，同时使劲想够到菩提去打他。苏珊把他举得高高的。

“哇哦，贾妮！”护工叫道，走上前抓住她的双肩。“你不能这样。”

“我要去拿把剪刀，把我的脚剪下来。”贾妮宣告道。

我们都吓坏了，一片沉寂。

“你为什么要这么做？”护士问。

“这样，我就不会再踢妈咪和菩提了。”她努力想挣脱护工的手，累得气喘吁吁，她的眼睛依然盯在苏珊和菩提身上。

我的内心万念俱灰……所有的恼怒和沮丧都消失了。我毫无知觉。在我身后，我能听到苏珊开始哭泣。

“好吧，贾妮，”护士说，“跟我来。”她伸出手。

贾妮突然停止和护工的交战，平静地拉着护士的手，另一只手抱着英雄，朝少儿部走去，就好像一个孩子，快乐地跟着母亲走开一样。

只是她的母亲正在我身后哭泣。

“贾妮，”我喊着她，仍然不肯定我做得是否正确。

她回应了，不过并没有停下脚步。“没事的，妈咪爹地。记得探视的时候，给我带吃的过来。”

黑夜里，我们开车回家。我身边的座位空荡荡的。苏珊和菩提坐在后排，谢天谢地，他睡着了，我们一路沉默。我能听到她轻轻的啜泣声。我知道我应该安慰她，却不知道该说什么。找不到任何安慰之辞。

最后，苏珊给她母亲打电话了。

“她说她想把自己的脚砍下来，”苏珊在电话里哭起来。“她想回去。她知道她还不到回家的时候，所以她就跟他们这样说，她知道怎么做，才能够再进去。”苏珊哭得话都说不出来了。“她在里面很开心。”

我开着车，听着我唯一能听到的苏珊这边的话。

“我感觉我要失去自己的女儿了。”苏珊哭着对她母亲说，“而我束手无策。”

这也正是我的感受，无能为力。我以为我能治好贾妮，但不管她脑袋里有什么，它都要比我顽强。

我想把苏珊搂在怀里，不是因为我想去安慰她。没有任何安慰的话语。我们是身处地狱。我是想抓住苏珊，以便不让自己沉陷下去。我的心正在分崩离析。我们就要失去我们的女儿了。

我也需要哭一场，比我人生的任何时候都需要。我能感受到眼泪在涌起，浸染着我的眼眶，模糊着我的视线。我张开嘴，想哭出声来，但是最终出来的，却像是我被呛着了的声音。

我哭不出来。

我从不惧怕展示情感。但不晓得是什么原因，我哭不出来。我的视线开始清晰。眼泪消失了。堵在胸口的巨石开始退去。

我改变过来。我重新抓紧换挡器，让注意力回归到开车上。痛苦过去了，取而代之的是要这个家维持下去的意志力，不管付出怎样的代价。也许是因为苏珊在后排崩溃地哭泣，贾妮仍然需要有人为她而战斗，找出她的病因，或者也许是因为明天我还得继续工作，站在教室里上课，就好像这一切都没有发生过。

第十六章

2008 年 3 月 24 日

贾妮从阿尔汉布拉出院时，温菲尔德正在休假。等他回来，发现她回到医院，他给我打电话了。

“坦率地讲，”他在电话里对我说（我们仍然没有见过面），“我很惊讶她又回来了。她当时在医院里效果非常好。”

我懒得告诉他说，贾妮出院前一整周，他都在休假，他根本不知道发生了什么，所以，我只是简单地告诉他前因后果。

听我说完，他说：“我想再试试利他林。”

我过了一会儿才理解他在说什么。我父亲以前总是告诉我说，疯子就是一次又一次做同样的事情，但却期待不同的结果。

“我们跟你说过她服用利他林的药物反应。”我应答道，尽量让自己的声音显得平静。“这会和来士普一样，加重她的病情，她甚至会变得更狂躁。”我丝毫不能理解，他为什么又要尝试这种药。我从豪威医生那里得知，她没法和他交流贾妮的就诊史，因为他不回她电话。

“我知道你说过这些。”他回答说，“但你也说，你只是给她吃过两次，就停止了。我想再试试，这次持续的时间长点，再给它一次机会。”

虽然我绝对不会对医生们明确说出来，但我对他们的信心已经丧失殆尽。我并不信任温菲尔德。

“不，我们已经试过利他林。它不起作用。它会加速她的心跳，让她去撞墙。我不会同意让她吃利他林。要不试试其他的药，其他抗精神病的药？”

“我不肯定她需要其他的抗精神病的药。我看到的症状不属于精神病。”

“听着，我不会签署用利他林的同意书。”我告诉他说。我不知道他能怎么做。他不可能威胁我说，“蓝十字”会拒绝更久的留院治疗，因为我已经收到他们如是说的信件。我们现在是自己掏钱支付给阿尔汉布拉。对我来说，她还待在阿尔汉布拉的唯一原因是，我需要赢得足够的时间，让她进入加州大学洛杉矶分校，我们想让她去那里。阿尔汉布拉显然毫无头绪。加州大学洛杉矶分校是一所临床教学医院，但它不属于苏珊的“蓝十字”医疗系统。

在我开始在加州大学北岭分校任教时，校方提供给我一份健康保险，但我拒绝了，因为我们已经有苏珊的。但我把自己的状况告知工作单位的员工福利协调员后，我了解到，如果我们终止苏珊的保险，不再有任何保险时，我立刻就能加入加州大学北岭分校提供的一项保险计划，而不需要等到统一报名。我拿着一份健康计划的手册，逐一致电过去，寻找一个包含加州大学洛杉矶分校的医疗保险。结果找到了蓝盾[①]健康维护组织。苏珊在给“蓝十字”写信，她的保险会从3月31日停止。第二天，4月1日，我的保险就可以生效，我们就可以让

---

① 蓝盾(Blue Shield)，即 Blue Shield Medical Care Plans。美国独立、非营利的成员医疗计划，会员发生疾病或伤害时给付医疗费用的保险合作社，散布美国各州。——译者

贾妮进入加州大学洛杉矶分校。还有 8 天就是 4 月 1 日了。我恨自己还得把贾妮留在这个地狱里待 8 天，但我别无他法。她对菩提还是一个威胁，我不能带她回家。

“没错，”温菲尔德说，“我确实需要你的批准，但是如果你不允许我使用利他林，那么我就没有理由留她，我只有让她出院。”

“可她并没有好转。”我抗议说，“如果你让她出院，我们怎么办？她对她弟弟依然是个很大的威胁。”

“这我可管不着，”他冷冷地说，“有好多孩子都在等着床位，如果你不接受我认为可行的治疗方式，我除了让她立刻出院，别无选择。”

“什么时候？”

“今天。”

生活中，有太多医生我都不喜欢。但对于温菲尔德，我感受到的远不只是简单的不喜欢。他已经成了敌人。我有两个选择，要么允许他给贾妮用这种我知道结果更糟的药，要么就让她回家，可能伤害甚至杀死菩提。

我看看菩提，他正酣睡着。

“我同意。”最后我这样说，我的声音很平静。

“太好了，”他说，“我今天就开始安排使用。今天晚上你过来看她时，会有一份授权书等你签字。”

在我们被允许进入女孩部之前，我们被告知说，我们得去护士站登记。护士长，一个性格古怪的俄罗斯金发女人，拿着一张纸走过来。

“医生留了这个让你签字。”她说，“这是利他林的授权书。”

“我知道。”我毫不客气地答着，快速签好字。

在护士点头示意后，护工让我们进去了。“贾妮正在睡觉。”护工对我们说，“在那里面。”她指着禁闭式病房。

贾妮躺在光光的垫子上。她是睡觉了，还是神志不清？我走进屋。“贾妮，爹地来了。”

贾妮没有移动。我在她旁边跪下来。她的头发搅成一团，盖住了脸。我捋开她的头发，又看到一摊口水。我凑得很近很近，去感受她的呼吸，确认她还活着。

我起身，朝护士站冲去。我不再惊慌。我只是想知道到底发生了什么见鬼的事，因为他们从来不给我们打电话。透过眼角的余光，我看到苏珊悄悄走到贾妮的室友那儿问她。还好，那个叫拉切特的俄罗斯裔护士隔了好久才过来，并没有看到苏珊。

“怎么了？”她不耐烦地问，仿佛我正在无事生非地打扰她。

“贾妮又神志不清了。”我说，几乎不再掩饰自己的怒气。

让我吃惊的是，拉切特护士并没有说，她需要查看病历簿。

“她拒绝参加集体治疗，还开始打医护人员。”护士说。

我叹口气，握紧拳头。“她当然会这样。这都拜利他林所赐。我跟温菲尔德说过了，这药会加重她的病情，但他不听。”

这个护士毫无任何同情心。

“这个你得和医生说去。我们只能给她打两针氯丙嗪。”

氯丙嗪。我的血都变冷了。我读到过氯丙嗪的报道。这是一种旧的抗精神病药物，已经都不太用了。过去是用来稳定有暴力行为的病人。

“为什么不用苯海拉明？”我逼问道。

“如果病人只是不配合，我们用苯海拉明。当他们有暴力行为，对医护人员和其他病人产生威胁时，我们用氯丙嗪。”

这不是事实。真实状况不会是这样。

我转过身。我必须得转身。不然，我会干出点对不住她的事。

我走进屋。苏珊已经回来，躺在贾妮旁边。

“都是因为利他林。”她说，“他们给她吃利他林，她就又歇斯底里了。”

“我知道。”我回答着，坐在贾妮旁边。我闻到尿骚味。我移开她上面的那条腿，看到两腿之间的短裤上有污渍。她尿裤子了，他们就也让她那样。她身上还是昨天那套衣服。

“贾妮？”我唤着她。她动了一下，一只胳膊垂下来。我又叫了她好几次，跟她说我在这里，然后她坐起来了。她看了一圈，眼神空洞，似乎无法聚焦。

“贾妮？”

她转身对着我，眼睛无精打采。她的头发凌乱，打着卷。她又歪了下去。

我托起她的背。“贾妮，你怎么还穿着昨天的衣服呢？”

她低头看自己。“我没有干净的衣服。”她回答说，好像也并不在乎。

“贾妮，你在这儿洗澡吗？”苏珊问。

“不洗。”她答道，努力想再睡下去，但是我托着她。“他们这里没有浴缸，只有淋浴。”

“那你洗淋浴吗？”苏珊问她。

“有时候洗。”贾妮摇摇晃晃地答说。

苏珊用手梳着贾妮的头发。“有人帮你洗头吗？”

“没有。”贾妮含糊地说。

“为什么没有？”苏珊问。

“没有人会给我洗。他们说我得自己做这些事情。”

“所以你的头发还没洗过？”

贾妮摇摇头。

“她得冲个澡，”苏珊对我说，“我去她房间，拿她的干净衣服，还有洗发水和梳子。”

“我们不能进他们的房间的。”我提醒她。

“我才不在乎，”苏珊坚定地回答道。“他们没有好好照顾她，所以别理会。”

我无以争辩。

“我不想洗淋浴。”贾妮虚弱地说。

通常，我会任由她去。贾妮一直不太讲究卫生，但我希望她讲究。我知道她才5岁，但是一旦邋遢，她就迈出了第一步，开始和我每天在这儿看到的那些成年人归于一类了，他们大白天都穿着睡衣。

“贾妮，你得洗个澡。我们速战速决。来。”我站起来。

“我走不了路。”贾妮抱怨说。

“那我来抱着你。但是你得洗个澡，换身干净衣服。”

禁闭式病房里就有浴室。我去拉门把手，但是被锁住了。

我让贾妮待在床上，走过去找那个纹身的护工。“我需要给贾妮冲个澡。”

“冲澡时间在早上。”她告诉我。

“她尿裤子了。我得给她洗个澡，换身衣服。”

那个护工回头看见苏珊从贾妮的房间里出来，拿着洗发水、梳子和一身换洗衣服。

“你不能去那里的。”护工喊道。

“你们不照顾她，”苏珊回复说，“只好我们自己来。”

护工看看苏珊，又看看我。我感觉她意识到，我们是不会让步的。

“好吧。”她叹口气，“在禁闭式病房的浴室里有个淋浴器。我可以把门给你们打开。”

苏珊表现出一点礼貌。“谢谢。”

“你们要知道，这是违反规定的。”护工一边开门一边说。

“我还需要毛巾。”我跟她说。我不太在乎这是否会给她惹麻烦。我不会把我女儿就这样丢下。

“好的。”她走开去拿毛巾了。

“贾妮，”苏珊问道，“你是希望妈咪还是爹地给你洗澡？”

“爹地。”贾妮答道。

护工拿着毛巾回来了。“谢谢。”我说。

“来，贾妮。”我拉着她走进浴室。

我正要关身后的门，护工喊起来，“等等。你要和她一块儿在里面？”我回身看她，她一脸的警觉。

“她自己不会洗。我只能帮她，不然就洗不了。”我说着，关上了门。

我打开淋浴器，把一只手放在龙头下，直到感觉温度合适。“好了，贾妮，脱衣服吧。”

“我脱不了。”她哼唧着。

“好吧。”我跪下来。“把你的一只手放在我肩上。”我对她说。

我怕她不抓住我，会在抬腿脱短裤的时候，摔在地上。

我把她的衣服脱下来。她走到水龙头下。我给她洗头。她的头发乱极了，我拿梳子梳着她浸湿的头发。

“噢！”她把头扭开。她讨厌别人梳她头发。

“贾妮，我得把打结的头发梳开。”

“可这样疼！”

我本要和她分辨几句。然后我想到，算了吧。她这一天也受够了。我在浴巾上擦了些肥皂，然后给她洗身体。她就站在那里。

“转过身来，这样肥皂水才能冲干净。”我告诉她说。我必须得告诉她做每一件事情。在家里是我和苏珊轮流照顾贾妮洗澡，但这次感觉不一样。我们是在一家精神病院。我突然感到一阵恐惧，不知道贾妮长大以后，我是不是还得如此。

我关掉龙头，给她擦干身体。我帮她穿上内衣和睡袍。

我打开浴室的门。贾妮走出去，我跟在她后面，很高兴重新回到凉爽的空气里。

“贾妮，现在你想干吗？”我问道，“你想吃东西吗？”

“我想回去睡觉。”

“我带她回房间，安顿她上床。我把英雄带来了。”苏珊说。

“好的。”我吻了一下贾妮。“我爱你，宝贝儿。”

她没有回应。

我看着她们离开，然后推着菩提的手推车到门厅，等着苏珊。

拉切特护士在等着我，她怒目而视。“我听说你们坚持要给贾妮洗澡，甚至在我的员工跟你们说了不行之后。”她说，瞪着我，声音冷漠。

起初，我以为一定是那个护工给她说，以免自己丢了那份低等的工作。

“她穿着自己尿湿的衣服。”我回答说，“你会让自己的孩子就这样穿到早上吗？”

拉切特护士眼睛都不眨一下。“我的员工告诉我，她跟你们说过了这不合规矩，但你们根本不理会她，强行要给贾妮洗澡。”

我想说，*如果你的员工坚决反对我们给贾妮洗澡，那么你觉得我们又是怎样拿到浴巾的呢？*但是我心里开始琢磨她说话的语气。我知道哪里有些不对劲，但我又累又怒，已经分辨不清。

“我要求你们在贾妮住院期间，再也不要给她洗澡了。”她说完，就走开了。

我们回到家，9点半。我不想去做晚饭。但苏珊饿了，所以趁着苏珊给菩提洗澡，我做了晚饭。

就像我给菩提洗澡时一样，她也在浴缸里给他洗。我们给贾妮买过一个婴儿浴盆，但从来没用过，所以我们就没有再给菩提买。在浴缸给他们洗，要方便得多。

我正在洗碗的时候，听到重重的敲门声。哈尼一下子从她的窝里跳起来，对着门疯狂地叫。

我抬眼看炉子上方的钟。10点半。只有一类人会在晚上10点半来敲你的家门。

“有人在敲门。”我对着浴室的苏珊喊道，用手巾擦干手，然后把它折叠整齐。

“是谁？”她回喊道。

我已经知道是谁，甚至不用去透过门上的猫眼看，一定是一个西班牙裔的男人拿着笔记板，脖子上挂着证件号，等在外面。在他两边，各站着一个洛杉矶县警署的警察。在某种程度上，从今晚早些时候，我看到拉切特护士脸上不信任的表情以来，我就在等着这一切。

“你得穿好衣服。”我对苏珊喊道。

她从浴室走出来，抱着菩提，两个人都浑身湿漉漉的。“怎么回事？是谁？”

“你只管把衣服穿上。”我平静地回答说。

她冲进卧室，关上门。我抓住哈尼的项圈，打开门。

“你好。”那个西班牙裔男人对我说。哈尼还在叫着，想朝他们扑过去。那个人只能大声喊着，才能压过狗的叫声。

“很抱歉这么晚打扰你。你是，”他低头看他的笔记本，“迈克尔·斯科菲尔德吗？”

“是的。”很奇怪，我超级冷静，甚至一片平和。我毫无畏惧。也许是因为我无法控制会发生什么吧。

“你是贾纽厄里·斯科菲尔德的父亲？”他问道。

“是的。”

“你的妻子，”他又去看笔记本，“苏珊，在家吗？”

“她在卧室穿衣服。她刚给我们儿子洗澡。”

“她是贾纽厄里的生母吗？”

“没错。”

他在他的笔记板上记录着。“我们能进来吗？”

他的发问让我觉得很可笑。这情形似乎并不允许我说不。

“当然。”我后退一步，随手拉着哈尼。“很抱歉，我们的狗会叫。她胆子很小。”

苏珊穿着浴袍出来了。让我恼火的是，她腰带都没系紧，浴袍敞开来，很暴露。我希望她穿着一件正式的外衣。她会需要它们的。菩提根本没穿衣服，还光着身子躺在她怀里。

“你是斯科菲尔德太太？”那个人问道，面对眼前衣衫不整的苏珊——即便她是无心的，他的脸上并无表情。

“是的。”苏珊答道，她看上去就像车前灯下的小鹿。

“我叫卡洛斯，是儿童与家庭服务部的实地调查员。我得和你们俩谈谈。”

“好的。”苏珊应道，她站在那里一直没动，看看我，又看看卡洛斯，然后再看我，好像指望着卡洛斯开口告知他为什么会在这里。*哇*，我心想，*她还真是一头雾水*。她不知道眼前发生的是什么。她没有领会到，卡洛斯希望她邀请自己到没有我在的私密空间，因为他们的工作就是这个。美剧《法律与秩序：特殊受害者》我看了很多，知道这是怎么回事。

意识到苏珊没有理解他的策略性要求，卡洛斯又开口了。“斯科菲尔德太太，有什么地方咱们能私下里谈谈吗？”

他看着我。“你不会介意的，是吧？”

我摇摇头。“一点不。”

他点点头。“斯科菲尔德先生，我也需要和你谈谈的，然后和你们俩一起谈，但我想首先和斯科菲尔德太太谈。”

你当然需要，我思忖着。他想把苏珊隔开，看自己能不能让她交代一些实情。这是他们的工作方式。

“卧室吧。”苏珊说，突然从迷糊中醒悟过来。卡洛斯和我裸露着大半个身子的妻子进了卧室。卡洛斯在身后关上了门。

我转身面对着警察。我依然抓住哈尼的项圈，不让她扑上去伤害他们。如果他们需要拘禁我，我得把哈尼隔离开。

“听着，你们介意我把哈尼放到车库去吗？”我问站得最近的警察，一个肌肉发达的大个子男人。

他看看哈尼。“当然不。”他退到一边，让我们过去。“你不会逃跑的，是吧？”我开门的时候他说。

我回身看着他。他正微笑着，好像在开玩笑似的，但我知道他不是。他们认为我骚扰了自己的女儿。我相信他更希望我逃走，这样等他抓到我，他就可以把挂在皮带上的那根威风的警棍，合法地用在我身上。

“不，我不会逃走的。”

“那好吧。动作快点。”

我把哈尼带去楼下的车库。我拿着一个喝水的空碗和几瓶水。我打开一瓶水，倒进碗里。我不知道自己什么时候会回来，或者是否还能回来，所以我得确保哈尼有水喝。我拍拍她，这可能是最后一次，然后亲亲她的鼻子，关上门。当我上楼回到客厅的时候，我还能听见她的叫声。

第二个警察正在我们家四处转悠，拿起一些东西看看，又放下。我知道他在搜查。他指望能找到什么？儿童色情产品？

“你不介意我们四处看看吧？”个子大一些的那个警察问我，其实他们已经在这么做了。

“随便看。”我不在乎。我也没什么好掩藏的。

好吧，我对自己说，*现在该做点什么？*我环视一下家里，努力去决定优先顺序。我感觉自己精神高度集中。在他们把我带走之后，怎

么让苏珊的生活更容易一点？

我回去继续洗刷盘子。

我看到另一个警察在咖啡桌前倾过身，拿起一个叫“喂猫咪”的游戏的盖子。当然了，“猫咪”是女性解剖学的一个俚语。可这个游戏是有一个真的猫咪，游戏目标是不要猫咪吃你的老鼠。你得通过掷骰子来决定你该喂猫咪多少只老鼠，最后谁的老鼠最多，谁就是赢家。

显然，警察意识到这个游戏没有任何性指向，放下了盖子。

我听到苏珊大叫一声。这吓着了我。我可没料到这个。她难道相信卡洛斯的话？她怎么可能相信？

卧室的门开了，卡洛斯抱着菩提走出来。

“你能抱一会儿菩提吗？”他问我。

“呃，当然。”我回答说，接过菩提。我觉得这很奇怪。如果他认为我是虐童癖，又干吗把菩提交给我？透过开着的卧室门，我看见苏珊坐在床上，弓着身子在抽噎，她的浴袍几乎全松开了，里面一览无遗。

“谢谢。”卡洛斯对我说，“我担心你妻子会失手摔了他。她很难过。”

他回到卧室，关上门。*嗬，要折腾这么多才能把事情弄清楚*，我心想。

我走到我们的摇椅边，坐下来，把菩提搂在怀里爱抚着。我开始轻轻地摇着他，就像5年前我对贾妮那样，那时她还是个小宝宝。

那时候，我可从来没料到有一天会发生这事。

我看着菩提，享受着他身体的分量和温度。这种感觉，仿佛又像是我第一次抱着他一样。也许是因为这是我最后一次抱他吧。我知道自己没有骚扰过贾妮。但我也知道我无法去证实，我想，这也正是我并没有愤怒的原因。这些警察是以虐童癖嫌犯的名义，来拘禁我。他们会把我带去本地的警察局关押，然后我会被转移到洛杉矶县那个最主要的监狱“双塔”，等候我的听证会。我是熬不到听证会那一步的。我知道虐童癖在监狱里会有怎样的境遇。我看过有关监狱生活的电视剧。犯人们都乐意我永远出不去。当我走在监狱里，猛不丁就会遭遇袭击，被戳上几刀，被干掉，以确保进了医务室，也没人能救得了我。我估计，一个星期下来，我就没命了。奇怪的是，被杀死和死亡本身，一点也不让我焦心。我焦心的只有贾妮。那是我唯一不想死的原因。那样贾妮就彻底完蛋了。从此她的生活会是什么状态？我唯一害怕的是，如果我不在了，贾妮未来的一切机会也都随之消亡。渐渐地，她也就虽生尤亡了。如果有任何一个我信任的、值得托付贾妮的人，我也无所谓命终了。我把自己的脸贴在菩提脸上。他还太小，根本不会记得我。但是贾妮会。她怎么可能忘记我？我紧紧地抱着菩提。我是那么爱他。他是那么漂亮。

突然，我想嚎啕大哭。他的人生似乎太不公平。他的一切都将被毁掉。但是又一次，泪水似乎就堵在那里，无法流出。

卧室的门开了，苏珊走出来。她的眼睛红红的。她擦了下，伸手要抱菩提。

“出了什么事？”我明知故问。

她只说了句“他会跟你说的”。看到她低着头，压根不看我的眼睛，这让我不安。

我把菩提交给她，站起身。卡洛斯在卧室门边等着我。我走进卧室，大个子警察跟在我后面。他关上门，站在门边，双手抱在胸前。

卡洛斯看了一会儿他的笔记，然后抬头看我。“呃，斯科菲尔德先生，我很抱歉占用你们的时间，打扰你们吃晚饭。”他好像在真诚地表达歉意，这似乎很奇怪，他不是在和骚扰自己女儿的男人说话吗。“你知道我们为什么在这儿吗？”

我觉得没必要兜圈子，假装自己不知道。“我猜是因为我被指控骚扰什么的吧。”

卡洛斯犀利地看我一眼。“你为什么会这么想？”

*因为我不是傻瓜。*我想说。

“你们来还能有别的什么事呢？”我反问道。

卡洛斯好像在琢磨我的话，然后又回去看他的笔记板。

“有道理。你多久给她洗次澡？”卡洛斯问。

*所以一切都是关于今晚我给她洗澡的事，*我心里想。“我们轮流，”我回答说，“有时候我洗。有时候苏珊洗。”

他点点头，飞快地记录着，一直没抬头看我。

“你给她洗的次数占多少比例？”

“50。苏珊和我分担着照顾贾妮的工作。什么事都是五五分。”

卡洛斯点点头，仍然在记录。“你给她洗澡时，洗她的隐私部位吗？”

“洗的。”

“当你清洗她的生殖器时，她可有抱怨说疼或者不舒服，她有让你停止吗？”

我叹口气。我得实话实说，虽然这听上去会有损到我的形象。

“是的。”我说，“当我清洗她阴部时，她会怪我手太重。”

他抬起头。“然后呢？”

“我就道歉，然后停下。”

“这是什么时候的事？”

“去年夏天的某一次。”

他又回到他的笔记板上。

“还有其他什么吗？”

“我不记得有。”

他点点头。“好的”，他的眼睛移开笔记板，抬头看我。“是的，你说得没错。我来这儿是因为有人指控你性骚扰。”他深吸一口气，不适地移动自己的双脚。“具体指控是你把手指放在她的阴道里。”

一阵恶心袭来。出于某种原因，我没有准备好他会如此具体地描述。这种念头施加于任何一个小姑娘都是可怕的，但用在贾妮身上，尤其让我无法容忍。

我弯下腰，担心自己可能会呕吐。

“你没事吧？”我听到卡洛斯问。又一次，他的声音真诚得蹊跷。

我说不出话来。

“你要休息一会儿吗？”卡洛斯问。

我挺直身子，吸着气，仿佛我在强力呼吸一样。“不用，我们把这个谈完。”

“你确信自己没事。”

“继续吧。”我喘着气，“你该做什么就做什么。”

他点点头。“好的。我实在不愿意问这个，但是法律要求我得这么做：你曾经有把手指放在贾纽厄里的阴道里吗？”

又是一阵恶心。

“没有故意放过。”我努力撑着。

“什么叫‘没有故意放过’？”

“如果她说我这么做过，那一定是我给她洗澡时，不小心碰到，就像我刚给你说的那次。”

“你能想到还有其他什么原因，让她这么说吗？”

我感觉身体发烫。血液正在撞击着我的身体。“没有，”我绝望地说。她认为我在用这种方式伤害她，这个事实比所有一切都更挫伤我。

他抬头看着我，顿了一会儿；我正等着他告诉警察拘禁我，相反他又回到笔记板上。

“呃，她并没有这么说。”

我瞪着他。

“什么？”是我唯一能说的话。

他放低笔记板。“我已经和贾妮谈过了。先去看了她，再来这儿的。她并没有证实这种指控。她和你说的一样……”他翻阅着自己的笔记。“一半时间妈妈给我洗，一半时间爸爸给我洗。”

“她……她没说……那些话？”我忍不住重复他的话。

卡洛斯摇摇头。“没有。”

“那么为什么……为什么你要那么说？”

“因为报告里说，打电话的那个人说她说了。”

“那个人是谁？”

卡洛斯摇摇头。“我不能告诉你。虐童举报人是受保密法保护的。”

“那么现在干吗？”我问道。

“呃，因为她现在也不在家，没有处在紧迫的危险中。我们要求的就是你配合我们的调查，遵守医院的规定。他们已经要求你，贾妮在医院的时候，你不能再给她洗澡。不仅你不能，你妻子也不可以。”

他把笔记板上的一张表递给我。“这是官方许可证，允许我们把贾妮送到法医病理学家那里接受检查。这只是照章办事。在结束调查之前我们必须得这么做。”

我慢慢地伸手，去拿他递给我的笔记板和笔。“就这些？”

他点点头。“就这些。”

我在文件上签字，卡洛斯伸出手。“斯科菲尔德先生，非常感谢。很抱歉这么晚打扰你。”他朝门走去，逼得大块头警察退到一边。

“结束了？”警察问，放下双臂，一脸的惊讶。

“结束了。”卡洛斯答道。“走吧。”

警察似乎有些失望。

“我还能探视贾妮吗？”我问卡洛斯。我们都还站在餐桌边，签署调查程序的一些必要的文件。

“我觉得你该干吗还是干吗，”他说，“只要你遵守医院的规章。另外，我觉得她需要见到父亲。如果你不去了，她会无法理解的。”

“所以你不认为我干过这种事？”我问他。

他没有立刻回答我，然后说：“我怎么想不重要。”

我点点头，理解了他的话。

“不过，”他突然加了一句，“不管重不重要……”他看着我的眼睛，“是的，我不认为你干过。”

到了第二天晚上探视时间，我和苏珊带着菩提走进去。拉切特看到我，显得很吃惊。我想问她，怎么可以那样指控我，但我决定听取卡洛斯的建议，不再理会。而且，这次贾妮是醒着的。

“嗨，宝贝儿。”我喊她，不太肯定在这起调查之后，她会对我有何反应。

但她和平时毫无两样。实际上，比平时更冷静些。

“你们带吃的了吗？”她简洁地问。

“啊，”我退缩了一下，准备着面对她的尖叫或捶打。

“我们忘记了。”苏珊连忙道歉说，“不过明天你想吃什么我们就给你带什么。”

贾妮想了一会儿。“墨西哥卷饼吧。”

我很惊讶。她没有发作。

“你今天吃过东西了吗？”苏珊问。

“我吃了烤奶酪。”贾妮回答道。

苏珊和我对视了一下。

“所以今天没有打针？”苏珊问。

“我打了一针氯丙嗪，”她说着，那语气就好像她得到了一块糖果一样。

苏珊和我又对视一下。

“什么时候？”我问道。

贾妮耸了一下肩。“就今天的一个时候。”

“为什么？”苏珊问。

贾妮又耸一下肩。“我总是忍不住打人，所以我就要求打一针，这样我就不打人了。”

我不敢相信自己听到的一切。

“你要求打的？”苏珊重复了一遍，也显然不相信。

贾妮点点头。“它帮助我安静下来。”

我起身走到护士站，朝拉切特护士问道：“贾妮今天打过氯丙嗪了？”

“我想应该没有。”她回答说，显然不想和我说话。

“你能看看病历簿吗？”

她走开了。过了几分钟，她回来了。“我记错了。她打了两针。”

“两针？”

“打第一针是因为她辱骂工作人员。然后两个小时后，她过来说她还需要打一针。”

我转身走开，简直要昏厥了。贾妮今天打了两针氯丙嗪，还这么清醒。她不只是清醒，她比我印象中任何时候都更冷静。任何时候。

第十七章

2008 年 4 月 5 日

每天早上，当我从停车场走到教室时，我会开始放下所有的情绪。当我打开教室门，对我的学生说早上好时，这个过程几乎已经完毕。我坐在教室前面的桌子前，拿出我的教义。一堂课只有 50 分钟，但我没法立刻开始上课。我得在那里坐上几分钟，沉默不语，因为我仍然在思考，贾妮到底怎么了。这样的思绪占据脑袋时，我是没法上课的。

我看着他们上周交上来的作业，我还没有批阅。我不能抬眼看我的学生，现在还不能。我不能，是因为此刻我鄙视他们。我恨他们，是因为他们根本不知道我在遭遇什么。我恨他们，是因为即使我尽力解释给他们听，他们还是不理解。他们才 18 岁。我也曾经有过 18 岁。那个时代也并不遥远，但那却是另一种人生。我恨他们最主要是他们在这里的人生充满希望。而我却不再感受到任何希望。我由此而羡慕他们。羡慕演变成憎恨。

我听到学生们在清嗓子，在等着我。我站起来，在教室四周踱着。我停在教室前面。转换完成了。我不再是贾妮的父亲，苏珊的丈夫。我转身，第一次看着我的学生。

“好吧。”我面带微笑地说，准备开始上课。突然，我活力四射了，风趣幽默，用一个个笑话吸引得学生全神贯注。而他们永远不知道我经历的一切。

课一结束，斯科菲尔德教授不用再扮演任何人。我一个人待在自己的办公室，贾妮的父亲又潜入回来，蚕食着斯科菲尔德教授。我与他战斗着。我还有工作要做。

我的手机响了。是苏珊打来的。我打开手机，立刻转换到苏珊丈夫的角色。“小雌鹿？”我接通电话，出于习惯，我还是喊自己给她取的昵称。我能听到电话那头有风的声音。苏珊在路上。

“我正在带贾妮去加州大学洛杉矶分校的路上。”

“出了什么事？”我问道，声音呆板。苏珊的丈夫此时没有感受。他无法去感受。我知道有事发生了，但这不可能是贾妮与菩提之间有麻烦，因为菩提还安全地和珍妮在一起。不管发生了什么，苏珊都吓坏了，现在我的工作就是让她安静下来。

“她早上在伯班克的一家百吉饼店发疯了。我们本来要去动物园参加一个游戏日，但我只能取消。她冲到柜台后面，开始扯东西，然后扔在地上。我只能让店里的员工来帮我把她弄出来。我跟他们解释说：‘很抱歉，我女儿患有精神分裂症。’”

我叹了口气。“她不是精神分裂症。”

“那么这是怎么了？”苏珊朝我吼道，“呃？你知道吗？所有的员工都来帮我，我才能给她注射氯丙嗪，这已经是她今天的第二针了！”

“她从阿尔汉布拉出来才 4 天。”我平静地应答着。我感觉苏珊放弃得太快。“他们说了会有个适应期的。”事实上，我并不希望她回医院去，甚至包括加州大学洛杉矶分校。现在还不是时候。她从阿尔汉布拉出院回家时，她回到的是一个全新的家，两居室，在同一个单元。她住院期间，我们搬家了。我骄傲地给她展示她自己的房间，是按照她的要求装饰成彩虹主题。我父亲甚至还来帮过我。

“我不在乎阿尔汉布拉怎么说的。”苏珊反驳说，“她需要重新回到医院去。”

“她现在怎么样？”我问道。

“她睡着了。氯丙嗪终于起作用了。”

我叹了口气，放松了点。“你干吗不直接回家？我马上就走，家里见。”

“不。我要带她去加州大学洛杉矶分校。如果你愿意，你可以去接上菩提，然后回家。你不用过来。上次就我一个人，今天我也可以。”

这个“不”的力度让我震惊。我们的婚姻一直是平等的。我们以前总是沟通，以确保双方意见一致。现在，在贾妮的问题上，苏珊丝毫不考虑我的感受，就做决定。

“如果他们没有床位怎么办？”我回应说，尽量让自己的声音平静。“她在睡觉，等我到家的时候，她还会在睡觉的。都结束了。回家去吧。”

“不，”苏珊又说了，甚至更具挑衅。

“为什么？”我大叫道。

“因为明天你会去工作，而我得留下来一个人面对贾妮。我做不到。她需要加州大学洛杉矶分校。就照我说的，你不用来了。去接菩提就是了。”

这句“你不用来了”让我的血液沸腾起来。感觉她的言下之意，是我已不再被需要。我可以出局了。

“我来了。”

“你不用来。”她挑衅我。

“我会接上菩提，再来跟你们会合。”

我挂上电话，起身收拾我的东西。事情有点不对劲。苏珊第一次送贾妮进医院时，我相信我本可以不让她入院的。我为此感到愧疚和恼怒。但是这一次，我感觉恐惧，因为不论贾妮会发生什么事情，我都是没有能力去补救的。然而，恐惧并不是解决问题的有效情绪。贾妮的父亲才能解决问题。他能处理麻烦。他有工作要做。他必须让他的家庭挺过这一天。这是他唯一的目标。

等我到了加州大学洛杉矶分校的急诊中心，我看到贾妮浑身精光，在走廊上跑着。护士们奋力把她抓回诊疗室。她把自己的衣服脱了，竭力想跑出急诊中心。

苏珊只是坐在诊疗室的一把椅子上，看上去累坏了。我很惊讶她没有任何行动。

“她光着身子在大厅里跑！”我对她说。

“我知道。她发了疯，把水洒在自己身上，然后把衣服都脱了。他们给她一件罩袍，但她不要穿。”

“她不能光着身子在大厅里跑！”

“我知道，”苏珊回答的语气，就仿佛我是世界上最大的傻瓜，“但是她不听我的，也没有人可以帮我。”

“我们得至少把她弄进屋子。”

苏珊摇摇头。“我尽力了。我已经疲于独自来面对。让她光着身体在大厅里跑吧。他们需要看到每天我们要面对的现实。然后也许他们就会抬起他们的屁股，去找个精神病医生来。”

“她连心理咨询都还没做？”我难以置信地问。她们已经 4 个小时前就到了。

“没有。”苏珊答说。“我想他们没有太把我们当回事。我想她只有在大厅里光着身子奔跑，把他们的电脑系统弄得一团糟，他们才会当回事。”

我很愤怒，因为一直都没有一个精神科医生过来。我更愤怒的是苏珊。她好像已经放弃了。我把菩提的汽车座椅放下，冲出屋子去追贾妮。我不会让她受伤的。等我抓到她时，她正在敲打一个心脏监视器的按钮，还好，监视器是闲置的。

“贾妮，你得回到屋子来。”

她朝我转过身，满脸微笑，然后又去敲打键盘。我抓住她的胳膊，要把她带回她的房间。贾妮就势卧倒，但我不会让她光着身体躺在坚硬的地上，这就迫使我得托住她全身的重量。

“贾妮，你得站起来。医院的地板很脏的。你不知道上面都有什么。”

她不仅没有站起来，相反还把双腿抬起来，像骑脚踏车一样，踢我的胃部，力度很大。

一个护士走过来。“她不能在外面。她得待在她的房间里。”

我蹲下身，把她整个身体搂在我怀里。她的重量让我有些脚步不稳。

“你以为我在干吗？”我朝这个愚蠢的护士气呼呼地说，贾妮打着我的两边脑袋。

我把贾妮带回到她的房间，放在床上。“贾妮，你得穿上衣服，”我气喘吁吁地说，累得筋疲力尽。我一松手，她又朝门冲去。我抓住她，把她抱回来，她就一直踢我的小腿，捶打我的胳膊和肚子。

“让她去，”苏珊命令道，“这儿是医院。他们应该来帮忙。我猜没有更严重的事发生，他们就会袖手旁观。”

我已经受够了苏珊。“你不是袖手旁观，是吗？”

“我不是，他们是。”

我朝苏珊发火了，一边挡着贾妮的捶打，一边还得抱着她。

“如果我们任由她这样疯狂地跑，你认为会发生什么事情？”

苏珊朝我倾过身，好像我愚钝到不能理解她的话。“他们以为我们来这里是干吗的？醒醒吧？”

我被踢得喊痛了。“在他们看来，眼下发生的只是一个母亲不采取任何行动去管束她的孩子。”

“我没法管束她！”苏珊顶了回来。

“如果我们就任由她这样，你知道他们会干吗吗？他们会叫警察的。”

“那又怎样？让他们去叫好了。也许我们最终倒会得到一些帮助。”

我朝她靠近些，咆哮道：“我正在被调查是否骚扰自己的女儿。如果他们报警，警察来了，看到她这样光着身体跑，没人管束，他们会谴责谁？”

“医院。”苏珊答道。

“是我们！他们会把她带走。你似乎都不明白这些！他们会把她送到州立看护所，因为我们显然不是称职的父母。”

“那我们该怎么办？”

“想办法解决。”

“我已经厌倦了整天被打，被扔东西。”苏珊反击道。

我转过身，尽力控制自己的怒火，然后再转过来。“你带着菩提回家吧。我会陪着她的。”

“不。我不相信你会在这儿。你会走，带着她回家。一切都不会改变的。”

我注视着她。没错。这正是我的打算。

“本来一切也不会改变的。”我最后说。

* * *

又熬了几个小时之后，贾妮接受了心理咨询。他们告诉我们说，他们可以让她住院。我对苏珊的怒火减弱了。她是对的。是我没有勇气去面对，但我们最终把贾妮送进了加州大学洛杉矶分校。

然后，精神科主治医师回来告诉我们说，他们不能让她入院。

我瞪着她，机会已经在离我们而去了。和苏珊一样，我也已经疲于奔命了。

“这个科室有两个十几岁的大男孩现在乱发脾气，”精神科主治医师告诉我们说，“我们不能接受她，是因为不能保证她的安全。不过，别担心，像这种情况，我们会安排转院到最近的医疗机构……就是阿尔汉布拉 BHC 医院。”

“不行！”苏珊和我都一致反对。

“我们已经在阿尔汉布拉住过了。”苏珊解释说，“那儿不好。”

精神科主治医师点点头。

“我理解。我们不会送她去你们感觉不好的地方。”其他能接受贾妮这个年龄的病人，而且有床位的精神科病院，就只有洛马林达大学的医院，在加州的雷德兰兹，距离100英里。

第十八章

2008 年 4 月 6 日

探视贾妮的路程，来去各 100 英里。探视时间是下午 6 点到 7 点，所以我们得确保下午 2 点就出发，这样才能准时到，有完整的 1 小时。洛马林达是由基督复临安息日会主办的，他们比阿尔汉布拉管理严格得多。他们不允许带任何食物进去。我们努力解释说，贾妮只吃某些食物，我们担心她会瘦下去；但是巴尔博社工跟我们保证说，贾妮会没事的。又一次，没有任何医生来电话，我电话里也找不到任何医生。

不过洛马林达至少将青少年和幼儿部分开来，安排也不一样。我能安下心来，知道贾妮在这里很安全。

到了那里，我们得等着贾妮被带过来，在探视室见面，那儿有玩具、图书和拼图。

贾妮走进房间。巴尔博跟在后面。苏珊和我站了起来。

“嗨，宝贝，你怎么样？”我们俩都问道。

“我很好。”贾妮说，“菩提！”她看到他在汽车座椅里，激动地叫起来。我很紧张，准备阻止她，但她只是跪在他旁边。“宝宝。我想你。”

她想他？我震惊了。

“她怎么样？”苏珊问巴尔博。

“她挺好。”巴尔博说，“她是个意志力很强的孩子。她只做自己想做的事情，有时候不得不进进‘禁闭房’。”

“她用氯丙嗪吗？”苏珊问着。

“我们这儿不用氯丙嗪，”巴尔博回答说，“我知道有些医院用这个药，不过我们不用。”

“不过这个药对她真的挺管用。”苏珊进一步说，“这药对控制暴力行为有用。”

巴尔博微笑了。“我们不太相信氯丙嗪。我们医嘱上用思瑞康。”思瑞康是另外一种抗精神病药，属于“非典型”，是过去几年发展起来的最新抗精神病药。

“但她用过思瑞康。”苏珊回答说。

“你们只有 1 个小时。干吗不陪陪她。”巴尔博建议着，然后走开了。

苏珊担忧地朝我看一眼。“我不喜欢他们不给她用氯丙嗪。”

“我知道，但是她刚不是说她想念菩提嘛。”

贾妮搓着手。“我爱菩提。”

这是同一个孩子吗？

“我以为你讨厌他哭闹。”我说。

“我是讨厌他哭闹。”贾妮答着。

我看到一盒乐高。“乐高！”我对贾妮说，“我从小就爱乐高。贾妮，你想建一所房子吗？”

贾妮看着乐高，在考虑是否想玩，然后走过来了。我感受到希望在升起。首先，她想菩提了，现在，她投入到游戏中了。

“你在这儿吃什么？”苏珊问她。

“黄油吐司。”贾妮回答说。

“还有其他什么？”苏珊问道，明显很担心。

“没有了。”

苏珊看着我，发怒了。“我跟他们说过，她不吃其他东西的。”

我关心的只是顺利度过这次探访，让它成为一次美好的经历。每一次美好的探视，都意味着也许我们正在摆脱那些置我们于困境的任何麻烦。我不想苏珊毁了它。

“她不会饿肚子的。”我说。

“老鼠们不喜欢菩提，”贾妮突然宣告说，却依然埋头在乐高上。“我的 7 只老鼠。他们害怕大宝宝。”

“他们不用害怕菩提，”我说，“菩提不会伤害他们的。你能告诉他们吗，菩提不会伤害他们？”

“我说了。”

“那他们怎么说？”我问道。

贾妮正要在我搭的房子上加一块积木。“他们不会听我的。”

“贾妮，如果你要他们听，他们会听的。”

她努力想把积木放上去，接着又把它扔掉，然后把一盒乐高玩具都倒出来。

“贾妮！你干吗要这样？过来帮我整理好。”

“不。”

“那么，贾妮，”苏珊问道，“其他小姑娘怎么样？”

“挺好。”

“你喜欢她们吗？”

“不喜欢。”

“她们对你好吗？”

“是的，但是我不喜欢她们。”

“为什么不喜欢？”

“贾妮，你看！”我喊着她，把完成了一半的乐高房子举起来，尽量想把她吸引回来。

“她们像你一样有想象力吗？”

“没有。”贾妮回答说。

我恼怒地叹了口气，瞪着苏珊。我知道她不是故意的，但我担心她这么做，是在提醒贾妮，自己与其他人是不同的。

贾妮朝苏珊走去。看上去她仿佛要去拥抱她一样，所以当她举起拳头打苏珊的胳膊时，我毫无准备。

“贾妮，别打。”苏珊说，但是贾妮还是继续打。

苏珊努力抓住贾妮的双臂。“她需要用氯丙嗪。”她对我说。

我去到护士站。“巴尔博在哪里？贾妮刚莫名其妙地打苏珊，”我说，“我认为她现在用的药还不够。”

巴尔博从护士站过来，进了探访室。

我跟在后面，期待她亲眼看到。

“贾妮，你刚才打你妈妈了？”

“是的。”贾妮毫无表情地说。

巴尔博叹了一声。“贾妮，你知道这里的规定。不可以打人。如果你打人，你就会失去被探视的资格。”她用手抓住贾妮，贾妮尖叫起来。

巴尔博抓得更紧了。贾妮卧到地板上，另一个护士也加入进来。

“起来，贾妮。”

让我极度震惊的是，她们把贾妮拖出了屋子。作为父母的每一点本能都告诉我，我该冲上前，告诉巴尔博把她的胖手从我女儿身上拿开。

“我们不想她走，”我大喊起来，“我只是想让你们知道她吃的药不起作用。”

“贾妮知道这里的规定。”巴尔博咬牙切齿地说，一边继续拖着又叫又打的贾妮走过走廊。“贾妮，我们必须去‘禁闭房’。”

“她控制不了自己，”苏珊哭喊道，“她就是因为这个，才在这里。”

“贾妮知道胡闹是违反规定的，是不是，贾妮？”巴尔博问她。

贾妮依然又踢又叫，仿佛在为自己的生命而战。而我，她的父亲，只是任其发生。

“你们现在就得离开。”巴尔博告诉我们。

“我们等在这里。”苏珊答道。

“她不会再回来了。她的探视结束了。”

“我们开了100英里来看她，我们只有一小时！”苏珊恳求着。

巴尔博不为所动。“她需要知道，自己的行为是有后果的。”

“她需要更多的药。她需要氯丙嗪！”苏珊大声说。但是菩提开始哭起来，苏珊只能回头照顾他。

我看到巴尔博伸手去拿钥匙卡，打开了禁闭房。

“我爱你，贾妮。”我虚弱地说。但是贾妮没有看到我，护士把她扔到橡皮垫子上。然后，当她起身又想打时，护士飞快地摔上门，门锁上了，留下贾妮在里面尖叫。

在贾妮入院5天后，巴尔博来电话告诉我们，他们计划让贾妮周四出院，我们都惊呆了。

顷刻，那种压倒性的、瘫痪一般的恐惧感回来了。她还不到时候。导致她出现暴力的那些莫名的东西压根就还在那儿。她对菩提来说，仍然是个威胁。我一直在等待她好转的明确迹象。我想看透她的眼睛，感受到暴力已然不再，她已然向好。但是没有。她还是莫名其妙地就发作暴力。即便以前菩提是导火索，但现在他不在她身边。我们已经尽了最大努力，甚至到了不让贾妮感受到他存在的地步。主啊，如果有办法，我们不会让他发一点声音。我们已经做了所有能做的，去尽可能减少他对贾妮的影响。

但是在我内心深处，我知道原因不在菩提。他可能是最后的引爆点，但是这些年，我一直看着贾妮在变化。我只是自己不愿承认而已。

现在洛马林达准备让她出院，是因为他们认为她已经足够稳定，可以回家了？他们想让我们白天早点来接她，但是我们拒绝了，要求见到医生。医生只有在星期四的探视时间才见病人父母。

“但她还是有暴力行为！”当我们在巴尔博的办公室等着见医生时，苏珊大声说，“什么也没改变。你们甚至都没有调换她的药。”

“一切会变得完美吗？”巴尔博对我们说，“不会，当然不会。贾纽厄里不是个好对付的孩子。”

“但是她对菩提依然是个威胁！我该怎么样才能保证他的安全？”

“你要咬紧牙关，对她严厉。”巴尔博坚持说。

“我更愿意看到你把她当个臂弯里的婴儿对待！”苏珊顶了回去。

“听着，”巴尔博答说，刻意要显得善解人意，结果却转化成一种傲慢，“我也有孩子，有一个孩子也特别有韧劲。没人说做父母轻松。”

“我们从来没指望‘轻松’，”苏珊反击道，透着沮丧，“但是我们不能总担心她会伤害菩提！我们没法这样生活！”

巴尔博点点头。“我听到医生在外面。我带他进来跟你们说吧。”

她走开了，随手关上了门。

巴尔博带着医生回来了，他看上去仿佛刚刚打完 18 洞高尔夫球归来。他晒得黑黑的，穿着一条难看的格子高尔夫裤子，我爷爷在世时曾经穿过。他坐在巴尔博的办公桌边。

“我听说你们想见我？”他问道。

“是的。”苏珊开口说。“你都没有调整药物。实际上，你什么都没做，就要让她出院。”

“我不认为她的药物需要调整，”他微笑着说，“实际上，我相信在未来的 6 个月，她都不需要任何药物。”

我感觉一阵极大的轻松。他看上去信心满满。

“那她的精神分裂症？”苏珊逼问着他。

“我没有看到任何精神分裂症的迹象。她和这里的护理人员相处得挺好。”

“那么她的暴力行为呢？”她弹回去，“它还在。是不是只有她杀了菩提，你们才会采取措施？”

“苏珊，”我轻轻地说。我已经厌倦了她对每个人喊叫。或者说，可能我只是厌倦和这些人作战。

她转身对我开炮。“你总是认为他们会关心，但他们并不关心。如果她杀了菩提，他们只会说‘多悲伤啊’，然后生活继续！”

“你这话不对，”巴尔博应答道，“我们非常关心。”

“我来问你个问题，”医生对苏珊说，“她在阿尔汉布拉待过 3 周，对吗？”

苏珊点点头。“他们也狗屁事都没做。”

医生理解地点点头，好像他是著名的诺曼 · 罗克韦尔①的画作中走出来的医生。“在你们带她去洛杉矶分校之前，她在外面待了多久？”

“4 天。”苏珊说。

医生坐回去，脸上带着恍然大悟的表情。“所以在你们把她带回医院之前，她只在外面待了 4 天。这说明什么？”

“这说明她仍然没有任何好转，她可能有精神分裂症，但因为她的年龄小，没人会听她说话。我一直让她跟医生说实话。她说她告诉你们了，但你们都不相信她。”

“为什么你就这么确信她有精神分裂症？”他问道。

“因为唯一能阻止她暴力行为的药就是氯丙嗪。”苏珊答道。

“氯丙嗪是一种镇静剂。它可以治疗任何人的暴力行为。”

“这不对。贾妮以前也吃抗精神病的药物，但它们不起作用。她四处奔跑，好像无处可归一样。”苏珊反驳道。

---

① 诺曼 · 罗克韦尔（1894—1978），美国 20 世纪早期的重要画家和插画家，以绘《星期六晚邮报》的封面画而闻名。——译者

我不知道自己为什么不想说话，任由苏珊面对所有这些争论。也许我已经厌烦了不确定性；厌烦了活在恐惧中；厌烦了没人能治好贾妮的病。

“虽然我不能这么讲，”医生回应道，“但是你们不认为出院才4天，你们就又送她进医院，她在外面世界的时间太短了？”

“我们对付不了她！她根本不受控制。”

医生的语气柔了下来。“你们知道我对贾妮的诊断是什么吗？严重的焦虑症。”他叹了口气，好像正努力让我们理解一个我们没有领会到的很难的概念。“作为成人，我们不记得它对一个孩子意味着什么。世界是相当可怕的。”

“我们怕的是贾妮伤害她的弟弟！”苏珊恼怒地说。

“你们说她在阿尔汉布拉待了3个星期，她喜欢那里。她不想走。然后她出院了，过了糟糕的一天，孩子们会这样，我们大人也会这样。然后你们就直接把她带回到医院。”医生说，“你们知道这样会教会她什么吗？”

苏珊瞪眼看他，恼怒地等着他的答案。

“这是在教她，当生活变得很难时，就逃走。这就是为什么我们在这里看不到你们描述的那种暴力行为，虽然我并不怀疑在家时她确实如此。她甚至喜欢这里。她告诉巴尔博和所有员工说，她喜欢这里。”

“因为她和跟她相像的孩子在一起。”苏珊驳斥道。

医生摇摇头。“不对，她喜欢这儿是因为她不用面对她的世界里的问题，譬如她对菩提的感受。我不怀疑你们关心她。你们俩都是很有责任心的父母。但是每次你们带她回医院，你们的做法，就是让她有了一个逃避生活的办法。就是这种做法，让人们变得没有章法。以前州立医院还在时，我曾经见过这种病例，这也是同样的道理。它并不是你们在电影里看到的那样。大多数病人都不愿意离开。他们不愿意离开是因为生活在里面要更容易。”

“她控制不了自己，”苏珊坚持说，“她说她控制不了自己。”

医生耸耸肩。“她想控制的时候，她是能控制的。问题是，你们两个可曾真正问过她，是否能控制，或者你们只是接受她有问题，而你们对此无能为力？”

“自打她出生那天起，我们就开始和她战斗！”苏珊因为吼叫，几乎气都喘不过来了。“她一直与别人不一样。她睡觉就不像个婴儿。我们得全天把她带出去，每天都是，让她受到足够的刺激，她才能睡一小会儿。即便生病，也没能让她节奏慢下来。我们依然得带她出去。”

“你能让他说话吗？”我最终插话了，“发火不能解决任何问题。”

“他们毫不作为！”苏珊驳斥我说，“他们根本不听她说。”

“我们还要把她带回到医院多少次，来获得同样的答案？”我问道，“难道你就没有想过，也许我们总听到同样的答案，是因为也许他们是对的。”

“好吧，”苏珊说，“如果你愿意相信这些傻瓜，你相信好了。”

我惊得一缩身子。我知道她和我一样泄气，但是我讨厌她这样公开攻击医生。

“那么你建议我们怎么做？”我问医生。

“面对她。”他简明地说。

“她从来都不要听‘不’字！”苏珊恨恨地说。

“她最终会的。”医生回答说，“这会很艰难，我不想对你们撒谎，但是你们必须坚强面对，站稳立场。现在她在你们这里看到的只有恐惧，这又激发了她的恐惧。这就是她为什么要打人。不再害怕，她就不会再打人。”

“他是对的。”我说。

苏珊怒视着我。“你什么意思，‘他是对的’？”

“我们活在对她不断的恐惧中。”

“我们活在恐惧中，是因为她总想伤害菩提！”

“但实际她从来没有这么做过。”

“因为我们制止了她。”苏珊咄咄逼人地说。

“但我们是父母！”我拍拍自己的胸说，“我们不应该活在对自己孩子的恐惧中。”

医生温和地插话了。“我跟你们说，你们需要对她更严厉点。一开始会非常难，因为你们必须方方面面都很严厉，不要有一点让步。要让她知道，她的行为是不被允许的。”

“这我们都试过！”苏珊大声道。

“没有，我们没这么做过，”我回应她说，“每次暴力一发生，我们就直接退缩了。我们从来没有直面她。”

“是你总是屈服她，只是为了息事宁人。”

“我错了。”

“你怎么突然这么笃信不疑了。”

我真的不知道。也许是因为医生不停地告诉我，贾妮没有任何问题，所以我的目标就唯有苏珊。“我已经厌倦了做一个要承担一切、让这个家庭运转的人。”

“你没有承担一切！是谁带着贾妮，然后你才可以工作。”

“你做了什么？不断在我工作的时候打我电话，说你如何对付不了她！”

苏珊看着我，眼神里透着厌恶，好像我是一只蠕虫。“你是最完美的，不是吗？”

医生伸出手，一只放在苏珊肩上，一只放在我肩上。“看到她对你们俩的影响没有？她在毁灭你们这个家庭。任由她去，对你们谁都没好处，特别是对她。如果你们现在不去正视她，情况只会更糟。”

他是对的。我们一直活在恐惧中，我已经厌倦于此。贾妮已经朝少年犯的道路奔去。她未来的一切可能，她所有的潜力，都会丧失；我不会让这一切发生的。如果我必须要做一个我以前不想做的那种父亲，做一个丝毫不让步的严厉的父亲，那么我认了。我不会让贾妮把自己的人生毁掉。

一旦贾妮交付给我们，就再没有时间争吵了。焦点又回到贾妮身上。苏珊和我之间一触即发的愤怒只能被扑灭了。

从洛马林达办好出院手续，我们就去了附近的“红龙虾”庆祝贾妮的回家。这压根不像是一场庆祝，倒更像是在一战的战壕里努力吃点东西，因为不知道什么时候炮弹就又袭来了。

苏珊坐在我对面。桌子边上是菩提坐在他的汽车座椅里。和平时一样，贾妮选择坐在我旁边，虽然“坐”是一个弹性的词。她一直跳来跳去，会站在座位上找她要吃的食物。每次我让她坐下来，她都依从，然而却拿起一个盐瓶，准备扔出去。

“贾妮，如果你扔了，我们立刻就走。”我说着，已经努力要转换成“严厉的父母”，这对我来说并不容易。我真正想要的是一个愉快平静的晚餐。通常，在餐馆里等着上菜时，我得不停地设法吸引着她，但是今晚我不会了。今晚她得等着。

贾妮看着我，努力在判断我是不是认真的。我给了她一个眼神，表明我是的，她便放下了盐瓶。“可是我饿了。”

“这不是扔东西的理由。”我回应道。

“可是我饿了。”贾妮又说了一遍，好像这可以解释自己的行为。“吃的怎么这么这么这么久还不来。”

实际上，服务员 5 分钟前才拿到我们的点单，必要的烹制时间，对贾妮来说毫无意义。

“那吃块饼干。”我递给她一块。

“不吃。”

“那么你就不是太饿。”

“我以前吃东西也很挑剔。”苏珊说。

我瞪她一眼。她是在帮倒忙。如果这种方式有用，我们需要的是统一战线。不能让贾妮认为父母中的一个会屈服，另一个不会。实际上，在我们离开洛马林达之后，这是苏珊和我说的第一句话。

女服务员拿来了芝士条，贾妮抓了一根。

“它们很烫的。”我告诉贾妮。

贾妮不理会我的话，咬了一口，然后立刻张开嘴，把嚼了一半的芝士条，吐到座位下的地板上。

“好烫！”贾妮抱怨道。

我恼怒地叹口气。“我跟你说过它们很烫。你得等一会儿，让它们凉下来。”

贾妮并没有等，相反她又拿起另一根芝士条，咬了一口，然后又吐了出来。

“贾妮，我说了要等一会儿！”

“可我饿了！”她牢骚道。

“如果它们还很烫，你又干吗要急着吃呢？给它们一点时间凉下来。”

贾妮又拿起一根芝士条，放进嘴里，然后抱怨太烫了，又吐了出来。

“贾妮。”我喊道，对她这样不知道等待很生气。“你这是在浪费！”

贾妮突然就溜到座位下面，躺到地板上。

“贾妮，你在干吗？”我呵斥道。

“你能不要对她吼叫吗？”苏珊抗议道，“她刚刚才出院。”

我弯腰看贾妮在桌子下干什么。她正弓着背在地板上，吃她吐的芝士条，像老鼠把它们塞进嘴里。

“贾妮，别吃掉在地上的东西！”我抬高了声音，但是她不听。这一幕让人不安，这不是蹒跚学步的孩子去捡地上的糖果，而是饿极的人在搜寻掉落在地板上的食物碎屑。

“贾妮，盘子里还有足够多的芝士条。”我说着，尽量和她讲道理。

“让她去吧。”苏珊说。

我抬头怒视她。“我不会让她吃地板上的东西！这是不对的！”

“从什么时候，你开始关注社交礼仪了？”苏珊说，她选择这个时候给我另外一击。

但这不一样。贾妮好像一个野蛮人。这会儿她甚至没用手，而是把头低下去，直接用嘴巴吃地上的东西。她没有丝毫好转，相反退化了。

“贾妮，站起来，不然我们就走了。”

她不理会我。

我把手伸下去，抓住她，要把她拉起来。我不会让自己的女儿变成动物。

“小心！”苏珊提醒道，“当心她的头。”

贾妮飞快地爬到桌子下面更远处，我够不着。我暗自发狠，弯腰到座位底下，抓住她的双腿，拉她出来。她尖叫着。震耳欲聋的尖叫声让整个餐馆的人都在看着我们。

“好，一切结束了。起来，贾妮。”

“我们要去哪里？”

“我们要去‘禁闭房’。”

“我们又不是在家里，”贾妮洋洋自得地说，“这儿没地方给我关禁闭。”

“我们去车里。”我答道，从桌子下面爬出来，拖着贾妮，几乎碰倒了菩提的座椅。

贾妮出来后，又叫又打我。我看不到，但我感觉到餐馆里的其他食客都在背后指指点点。

“我们会到车里去等着，直到你认为自己可以守规矩了。”

“可是我饿了。”贾妮叫道。

“你必须得规规矩矩地吃东西，才能回到餐馆。”我答道。

贾妮哀嚎着，拉扯着我。我知道她绝不会和我一起走出餐厅的。

我别无选择，只能抓起她，把她像一袋土豆一样放在肩上。我扛着自己尖叫的女儿穿过餐厅，无视她捶打着我的后脑勺。

当我们走到门口时，一路喧闹惹得迎宾女招待抬眼看过来，她满脸的震惊。

“没事吧？”她站在那里，傻傻地问。

“你能打开门吗？”我恼火地问道。

迎宾女招待从惊讶中回过神来，跑去开门。我扛着贾妮走出去，尽量不让她的头碰到门，然后我们出来了。

等我们走到车那里，天已经黑了。我打算把她放下，来拿车钥匙。我刚一放下，她就立刻准备要跑回餐厅去，但是我的胳膊条件反射一样伸出去，抓住她。我感觉我胳膊的筋，就像绷直的鱼线一样，被拉得生痛。贾妮被拽回来，弹到我身上。

我开了车锁，打开副驾驶座位的门，把贾妮推了进去，然后迅速关上门，不让她的手放在门框上。但我还不够快，没有把门彻底关上，贾妮就开始从里面推。我和她以力相对，可怕的是，似乎势均力敌。她用她所有的力量推门，我用自己的身体抵上门，按了钥匙上的“落锁”键。

贾妮尖叫着，不是通常那种不合她心意时的叫声，而是持续不间断的尖叫，就好像此刻死亡和她共存车内一样。但是我没有时间去思考，贾妮足够聪明，知道如何开车锁。她按了车内的开锁键，副驾门开了。

我左手把门推上，右手按了“落锁”键。她转过身，跳过车中间的仪表台上的换挡器，到了驾驶座那里。我从车前跑过去，在车门打开前，用整个身体压住它，又按了“落锁”键。

她又使劲开门，但我把门关得死死的。

“我要出去！”她对我尖叫，用两手捶打着玻璃，嘴里的热气喷出来，把玻璃弄模糊了。

“你不安静下来，我不会让你出去的。”此时，我并不生气。她只是得知道，自己是不会得逞的。

她爬过仪表台，冲向驾驶座后面那个门，但是我先到了那里，用我的手抵住了门，不让她开门。贾妮转身爬过后面的座位，越过菩提的汽车座椅的底座，跑到副驾驶后面那边。看到她爬过去，我飞速冲到另外一边，这样我才能抵住副驾驶后面座位的门。我在脑海里记录着这疯狂的一幕，就像变态的“打地鼠”游戏。不管她爬去开哪扇门，试图逃跑，我总是先到门边，把门关牢。

“等你安静下来，跟我说，你会守规矩，我就让你出来。”我透过车窗玻璃，镇静地说，“这不是惩罚。只要你安静下来，咱们就结束。”

贾妮爬过后排座位，到了我们这辆小 SUV 的车尾。我奔到车后，观察她是否有安静的任何迹象，这样我就能让她出来了。她敲着车尾的玻璃，力气大到肯定弄痛了她的手。

“贾妮，别这样！”我透过车窗喊道，“你会把自己的手折断的！”我知道真正会让她的手折断的人是我，但是我们这样一场闹腾，总得在某个地方终止。

“让我出去！”她大叫道，“求你了！”

“你不安静下来，就出不来。”我重复一遍，使劲让自己的声音保持平静。

贾妮转身，四处寻找。车上有我们以前去公园时带的沙滩玩具。

她拿起一个桶，扔到玻璃上。桶安然地反弹回去。

她疯狂地在玩具中翻找，一遍又一遍把它们扔到玻璃上。贾妮，放弃吧。我知道世界对你来说是愚蠢的。我很抱歉，坚持这条道路不会让世界看到你的天才。它只会把你送进精神病院。

再没有东西扔了，她爬到前排座位，拿起她的CD盒，用它敲打着挡风玻璃。

“贾妮，如果你把CD打坏了，我不会再给你买新的。我不在乎你是不是会毁了这辆车。你不安静下来，我是不会让你出来的。”贾妮，你不会赢的。我宁愿我毁了你，也不要世界毁了你。

最后，她把自己摔靠在驾驶座旁边的车窗边，泪水奔腾而下，脸上浮现着一种可怕的表情。每一点本能都在督促我放她出来。我不知道这样做是否正确。我奢望着有个专家在这里，跟我确认，我的所作所为是正确的。

“送我回去！”她哀嚎着。

“回哪儿去？”

“医院！”

回医院。她想逃回到医院。与这外面的世界相比，她实际上更喜欢里面。这个世界让她害怕。

我得让她克服这种恐惧。

“不行。”我回答说。我无法忍受她这个样子。我可以面对暴力，但无法承受恐惧。现在的她只像个孩子。但是我得让这一切挺过去。我可能是唯一能拯救她的人。我狠下心肠。“我们不会回医院去的。”

“我得回去！让我回去！”

她就像一头困兽。我扭开头。迈克尔，你必须得这么做，否则她就没有章法。她不想离开阿尔汉布拉。洛马林达医院是对的。她必须学会面对生活。

我回头看她。"贾妮，我们不会回医院去的！"

"求你了！我需要回去！"

"我不会送你回去的。"

"我想回去！"

"不行。"

她从窗户边移开，跪坐在驾驶座上，抽泣着。

我叹口气，筋疲力尽地靠在车门上，看着车里的她。也许我们已经过了拐角。她对我使出最严重的暴力，而我坚持了下来。

"贾妮，没事的，"我透过玻璃说，"我们会挺过去的。"

第十九章

2008 年 5 月

贾妮的卧室门上也有把锁，这和大多数卧室的门一样，用来保护主人的隐私。

我从我的工具箱里拿了一把菲利普斯的十字螺丝刀，把里外的门把手都拧开来。然后我转动把手，把在卧室门外面的把手的锁安好。

如果贾妮尖叫，我不会再对她吼。如果她打人，我也不会告诉这是不可以的。我只是要求她到自己的房间关禁闭。她当然是不愿意去，所以我只能把她拖进去。

今天早上，我洗完澡出来，看见苏珊抱着菩提，惊慌地冲进我们的卧室，锁上门；贾妮站在门外，用拳头狠狠地捶着门。于是我抓住贾妮，把她拖进她的房间，一边在心里责骂着苏珊连一个 5 岁的孩子都对付不了，我连 5 分钟洗澡的时间都没有，我一走开，一切就分崩离析了。苏珊一听到我过来，就从卧室里出来，只是为了提醒我要小心贾妮。

“别伤着她了！”我拉着贾妮的双脚，在地毯上拖着她时，她这样大喊着。一秒钟前她还尖叫着说贾妮打人了，让我别洗澡了，来解救她，下一秒她又批评我的行为。

把贾妮拖进她的房间后，我让她反省自己刚才的行为，然后我抬脚出去。贾妮立刻站起来，想在我关上门前冲出去。我需要赶在贾妮用手堵门之前，迅速出去。我不想夹着她的手。

于是，我们就会在她的门槛边展开一场战斗，她想努力推开门，我要把她推回去。最后，我能关上门的唯一办法就是，狠狠地把她一扔，让她向后摔倒在床上。

她倒在床上，坐起来，脸上是惊恐的表情，好像她不能理解我为何要这样对她。我受不了她这种眼神。我转身关上了门。

今晚在贾妮的幼儿园，有恳亲会，我们会去参加的。我看见苏珊在洗手间化妆。我都不记得上次看她化妆是什么时候了。我穿上我的西装外套，扫了一眼苏珊，她穿着漂亮的黑色礼裙和高跟鞋。看着镜子中的我们，没有人能知道过去 5 个月我们遭遇了什么。

贾妮走进来了，穿着苏珊给她买的一件黑白两色的礼裙。

“真漂亮。”苏珊对她说。

贾妮一阵尖叫，每当有人赞美她，她就这样。

“贾妮，”我严厉地说，“够了。”

“我得给你梳头。”苏珊伸手拿过梳子，开始梳理贾妮的一头自然卷。贾妮叫喊起来，把头扭开。

“贾妮，”我警告她说，“你想关禁闭吗？”我的声音平静、冷酷而克制。

“好疼。”贾妮抱怨说，努力想把头扭开，不让苏珊梳。

“那是因为你不梳它，”我平静地回答说，“你要么让妈咪梳，要么你自己梳。你选吧。”我十分清楚地告诉她，只有两个选择。

“我自己梳。”贾妮从苏珊手里拿过梳子，戳进自己的一头乱发里，用力地往下拉，扯断了一缕缕头发。

“轻点，”我命令道，“你不必要这么用力。”贾妮使在自己头发上的力道，比苏珊大得多，可她却没有抱怨。

“轻轻地梳。”苏珊说着，努力想帮她，但是贾妮扭到一边，继续往下拉扯头发。

“这不疼吗？”我问她。

“不疼。”贾妮干脆地回答。

贾妮梳好了，放下梳子。我看着镜子里的我们。这和一个正常的家庭没什么两样。

苏珊推着菩提的手推车，我跟在贾妮的后面，一起朝幼儿园的教室走去。从1月份入园开始，贾妮已经有4个多星期没有上课了。幸运的是，错过的这些课程她也没有不会的。

在教室里面，我和其他的父母打着招呼，我以前从没有这么做过。我和其他学生的父亲握握手，稍微交谈几句，聊聊工作。

贾妮让我们看她的课桌和她做的艺术作品。我不再像以前那样开些傻乎乎的玩笑，相反，学着其他父亲那样，做一些温和的评价。透过眼角，我观察着其他的父亲，模仿着他们的行为举止。他们把儿子女儿都视作孩子。这是我的错。我以前总是把贾妮当成人对待。不管她有多聪明，她还只是个孩子，她需要一个强大的父亲或母亲。

一个小姑娘走到贾妮身边。“嗨，贾妮。”她喊道。

“嗨，”贾妮回应着，声音冷淡。

这个亚裔小姑娘蹦跳着跑开了。

“她看上去挺友好，”我对贾妮说，“她叫什么名字？”

“阿曼达。”

“你和她一起玩过吗？”

“有时候玩。”

“那你干吗不去和她说话？她也穿了条漂亮的裙子。走过去告诉她，你喜欢她的裙子。”如果我只能逼她去参与社交活动，我会这么做的。但是贾妮顺从了。

我在教室里踱着，努力考虑着我自己该怎么做。我已经太习惯做贾妮的影子。我感觉自己仿佛刚刚出狱。周遭的一切，教室，和其他的家庭共处，这些让我感觉仿佛是另一种人生的遥远记忆。

我听到苏珊在和老师说话，老师正在评价，说贾妮从洛马林达回来之后，表现如何好。

出于习惯的驱使，我朝四周望着，寻找着贾妮。我没有看到她。我走到苏珊那里。“贾妮呢？”

苏珊朝教室前面转身，手一指。“她在那儿，和阿曼达一起玩。”

我顺着她的目光看过去。贾妮正在阿曼达的右边。她们俩一人拿一支记号笔，肩并肩地站在黑板前画画。

“贾妮，贾妮，”我听到阿曼达说，“你会画这个吗？”她开始画一幅画。贾妮跟着她画。我听到了笑声。贾妮在和阿曼达一起笑。

我朝她们右边的白板上的“交通灯”系统看去，从左看到右，从红色到黄色到绿色。没有人的名字是红色的，黄色的名字有几个，但大部分都是绿色的，包括贾妮的。

我为贾妮感到骄傲，但我不动声色。我依然平淡、冷静和克制。贾妮还在吃思瑞康与德帕科特，但我相信不是这些药物让她在改观。我为她制定了法则。我在强迫贾妮面对真实的世界。

第二十章

2008 年 6 月

今天是我们去豪威医生那儿的周复诊日。

“我必须得承认现在的状态好多了，”苏珊说，“以前每天有 10 到 12 次暴力事件发生；现在下降到两三次。这并不完美，但是可以控制的了。”

豪威医生点点头，朝贾妮转过身，她正在玩具屋里玩。“贾妮，你怎么样？”

“挺好。”贾妮冷淡地回答道，头也没抬。

“学校呢？你有没有更喜欢它了？”

“是的。”

“我听说你现在有个朋友了。”

“魔力 61，”贾妮回答说。

“不对，贾妮，”我说，“是真的朋友。”

“她是真的。”

“谁是魔力 61？”豪威医生问道。

“一个女孩子。”

“那阿曼达怎么样？”苏珊逼问下去，“你喜欢阿曼达的。”

"不像喜欢我其他朋友一样喜欢。"

"为什么不?"豪威医生问。

"我其他的朋友永远都陪着我。"

"你认为我们可不可以开始减少她的药量?"苏珊问道,"她依然吃 300 毫克的思瑞康和 500 毫克的德帕科特。"

豪威医生点点头,朝我们转过身来。"嗯,她这会儿似乎表现是不错。我们先保持现状吧。"

我心存困惑。"可是,她在去洛马林达之前,也吃的是同样的剂量,那时候却没效果。直到我开始对她更严厉了些,才开始有变化。"

豪威医生斜视着我。"有时候药物生效是需要时间的。只要不出问题,就别调整。"

我想起贾妮从洛马林达出院后,我们第一次来豪威医生这里的情景。我告诉她说,洛马林达的医生说,估计 6 个月后,贾妮就不需要再吃药了。

"也许吧"是豪威医生当时唯一的反应。对于减少贾妮的剂量,她依然很谨慎。

现在她很高兴贾妮表现好转了,却依然不愿意减少她的剂量。她似乎依然不能确信过去 6 个月笼罩着我们的暴力风暴已经真正过去。我愿意去相信,也需要相信,一切真的结束了。

我坐在客厅里的沙发上,苏珊在给贾妮洗澡。

我已经不再给贾妮洗澡。自她从阿尔汉布拉回来之后,我就没再给她洗过。

在我公文包的侧边袋子里,装着一封儿童和家庭服务部今天寄到的信件。我们有关性侵犯指控的调查已经正式结案。所有的指控都是毫无根据，未可证实的。

未可证实。我不喜欢这个词。我意识到这可能是格式化的信件。但是“未可证实”则还留着一扇门，这件事刚发生时，我更担心的不是我自己，而是这事对贾妮的影响。我知道自己无需有任何隐瞒。我料到儿童和家庭服务部会进行调查，最终一切都会结束的。现在这封信到了，我想一切也就结束了。然后苏珊说：“以后也还是我来给贾妮洗澡吧。”

我瞪着她，不理解她的话。

“只是不值得冒险。”苏珊接着说。

“可我什么都没干。”

“这我知道，但是你不还是受到指控吗。是的，你是清白的，但是如果你又被指控了怎么办？他们会翻开他们的文件，看到你以前被指控过一次；干吗要冒这种风险。你没必要再给贾妮洗澡了。”

“我认为自己是个好父亲，想帮忙而已。”

“我知道，而且你也确实是。但是你不能再这样了。听着，我并不喜欢这样。这意味着我得干更多的活了。她真的需要开始自己洗澡了。而且，你也得确保自己再不要跟任何小姑娘单独在一起了。”

这番话惹怒了我。

“除了贾妮，我什么时候和其他小姑娘在一起过？”

“我只是说，你不会想让自己处于一个会惹出任何麻烦的位置。”

说到这里，我才意识到，这件事永远也结束不了。不管信件里怎么说，这件事都会伴随我余生。

苏珊转身走开。

“你大叫起来。”

“什么？”

“他们来的那晚。我听到你在卧室里大叫了。你当时简直难过到菩提都管不了了，卡洛斯只好把他交给我。”

“我当然难过。我无法相信他跟我说的那些。”

“你相信他的话？”

苏珊迟疑了，我知道了答案。

“我不知道该相信什么，”她回答说，“他跟我说那些情况，好像真有那么回事一样。”

我感觉到自己被撕裂开来。她怎么可能相信我会干那种事，哪怕是一闪而过的念头？

“你问她了吗？”我问。我的声音出奇的平静。

“是的，我问了。如果你处于我的位置，难道你不会问吗？”

我点点头。“当然会。如果你不问她，我倒会担心了。”但这是一句谎言。我极度震惊。苏珊已经认识我 13 年了。我以为她对我的了解要深刻得多。

第二十一章

2008 年 9 月

晚饭过后，我走进贾妮的卧室，打开她的书包。她的“课后”任务夹比平时要厚一些。先是两三页与当天课程有关的游戏。然后是“当日家庭作业”单。每个学生都有“阅读”、“写作”、“拼写/词汇”的任务。所有这些任务需要连续两三个小时才能完成。然后在这一堆作业上，夹着一个白色的小便签纸。这是她一年级的新老师帕里斯夫人留的。我读了上面的内容。

贾妮拒绝在课堂上做作业。我把这个给她带回家，和常规家庭作业一起完成。

我翻了翻便签下面的卷子。这并不只是贾妮今天拒绝在课堂上做的作业。这像是一个星期的作业量。

我坐到地板上，感到不知所措。现在是晚上 8 点。贾妮在外面的沙发上，今天的思瑞康和德帕科特终于让她睡觉了。我没有办法让她完成哪怕一半的作业。我深呼吸一下，努力保持冷静。

“过来，贾妮。我们需要来做你的家庭作业。”

“我累了。”贾妮在客厅里大叫道。

我看着未完成的作业。有一页是分辨名词和动词。贾妮两岁不到时，就知道这些。我记得我开着车的时候，考问她这些，她总是都能答对。

我从贾妮的房间出来，走进我们的卧室；苏珊已经上床睡了。

“如果你能让她一放学就做家庭作业，会比较好一点，那会儿药效还没发作。”

“我接到她，就得带着她在外面，分散她的注意力。你都忘了贾妮是不会乖乖待在家里的吗？我怎么可能让她专注上 5 个小时，直到你回家，我还要保护菩提？”

“让她做她的家庭作业。”

“在我怀里还抱着个婴儿的时候？”

“把菩提放下，和她一块儿做作业。”

“你都不知道你上班的时候，我得怎么应付他们两个。你都忘了。”

“你去工作的时候，是我带着他们俩。”苏珊刚刚被解雇了。

“那不过两天时间！现在贾妮一放学，我就得不歇气地陪着他们。我带他们去那些能让贾妮开心的地方。你不回家，我就不能回家。”

我叹了口气，怒火中烧。“这点上，责任在我。你也得对她严厉点。”

“我已经筋疲力尽了！”

“我也是。我一整天都在上课。”

苏珊怒气冲冲地坐起来。“这不一样。你不用担心贾妮跑掉。如果这种事发生了，我该怎么办？抱着菩提去追她？或者就丢下他？”

“冷静地告诉她，如果她不回来，你就走。如果真有什么后果，她就会终于得到教训。但你不去强化这些规则。你总是把她带到她想去的地方，这样你自己就会省事了。”

“是的，我就是这样。”苏珊挑衅地看着我。“我就一个人。我尽一切努力把一天熬过去，直到你回来。”她又躺了下去。“再说了，就是她在学校的时候，我也没闲着。每天我都得带着菩提，然后去学校看贾妮。”

“你不应该去学校了。”

“我必须去。让贾妮上学的唯一办法，就是我答应去陪她吃午饭。”

这话不假。每天早上我把贾妮送到学校时，贾妮就会问我，妈咪什么时候来。

“她已经学会了如何在集体中生存。”

“帕里斯夫人不喜欢她，贾妮感受得出来的。”

“不对，是你不喜欢帕里斯夫人，因为你认为她没有教贾妮需要学的东西。”

“没错！她是个天才！”

“没人会理会这个，除非她学会了遵守规则。”我转身离开苏珊，回到客厅；贾妮在沙发上睡着了。“来，贾妮，我知道你累。妈咪应该让你早点开始做你的家庭作业的，可她没有。”

“我不想做，”贾妮喃喃道，“我太累了。”

“我们就做一点，”我应道，“我会帮你的。”

贾妮走进自己的房间，在我们专门给她配置的课桌前扑通一声坐下。

“我好累。”她抱怨说。

“我知道。我们就做3题。你想先做哪一题？”

“这一题。”她指着一张上面有猫咪的作业卷。

“好的。”我读着做题提示。“写一段话，然后圈出名词。这应该很容易。”我递给她一支铅笔。

“我应该写什么？”她问。

“写猫咪吧。”我答道。

我有一只猫咪叫400。她是一只橙色的斑猫。她开始写“斑猫”这个单词中的“y”①，但是把y的最后一笔一直往下写，就好像她停不了手一样。她一直写到了纸的最下面。

“我写错了。”她说，这话更像是说给她自己听，而不是我。

“没事。”我说，递给她一个橡皮擦。但是贾妮拿过橡皮擦，就扔了，然后把那张纸撕碎了。

“贾妮，你本来已经写好了！现在我们得重新来过！”我闭上眼睛，使劲保持冷静。

“我不想写。”贾妮直直地盯着眼前的墙。

我吐了口气，压住怒火。“贾妮，你得做你的作业。”贾妮朝我转过身，开始打我的胳膊。

“好，贾妮。打人得关10分钟禁闭。”我开始往外走，贾妮朝门冲过来，要抱住我的脚踝，不让我出去。但是我很容易地就出去了，随手锁上了门。

我听到有东西重重地打在门上的声音。一定是她的椅子。那是她房间里唯一一样她能举着扔出去的大件东西。每次她一关禁闭，就会操起她能举起来的任何东西，砸在门上。

① “斑猫”对应的英文是tabby。——译者

“现在变成 15 分钟了。”我喊道。

她又在扔椅子了。她会把它砸坏的。

“20 分钟。”我大声说，感觉自己就像一个法官，对不配合的罪犯增加惩罚一样。

我等着，以为会听到更多的东西砸在门上的声音，但是声音没有了。我把耳朵贴在门上，试图听见铅笔在墙上刮擦的声音。通常，一旦贾妮没东西扔了，她就开始在她房间的墙上写字。写她想象中的那些朋友的名字，譬如“里昂”，和一些毫无意义的词语，像“万狗”之类的。

“贾妮，”我隔着门喊道，“你知道的，如果你在墙上写字，你就得把它擦干净了才能出来。”即使墙上的字是不可能擦掉了，特别是用红色马克笔写的那些，不论多么用力地擦，可我还是这么说，

没声音。

“贾妮？”

我打开门锁，发现屋子里狼藉一片，作业扔得到处都是。台灯也倒在地板上。

但是不见贾妮。

“贾妮？”

步入式衣橱的灯亮着。我走进去，看到贾妮坐在地上，正紧紧咬着牙，把一件 T 恤的袖子缠在自己的脖子上。

“你在干吗？”我呵斥道，一把从她手里扯过 T 恤。“不许这样！你会把衣服拉变形，以后就穿不了了。”

“我想把自己的脖子折断。”她答道，声音听上去充满向往，同时又坚韧有力。她把另外一件 T 恤从衣架上扯下来，绕到脖子上拉扯，

力度大到我看见她的手都在颤抖。

“贾妮，住手！”我抓住第二件T恤，想把它扯开，但是她死死地抓着，好像它就是一个救生圈一样。

“别这样。”我说着。可我的话让我自己都觉得愚蠢。我在命令她不要自杀吗?

“我想知道怎样才能把脖子折断！”贾妮尖叫说。

我本该问她到底为什么要自杀，但是我没有。过去9个月来，我们的生活已经走到一个我未曾意料到的境地。我已经麻木了。没有任何东西能震慑到我了。什么都不行。甚至她这种自杀行为。

“你不能这样。”我只是干脆地告诉她。

贾妮用手卡住脖子，用力地挤捏。

“贾妮，别这样。”我吼道，伸手去抓她的手，想把我的手指塞进去，这样就能拉开她的手。

“她在干吗？”苏珊叫着冲进房间。

“她说她想折断自己的脖子。”我答着，转过身。我知道自己应该感到害怕，然而，除了略有恼怒外，我很麻木。

“哦，天哪！贾妮！”苏珊跑了过去。“你为什么想伤害自己？”

“我想折断自己的脖子。”

“你折不断的，贾妮。”我扭过头说，“不管你用多大的劲，都没用。最后，你只会昏过去，然后手就会松开。”我无法相信自己的漫不经心。我很不对劲。或者我只是厌倦于和她不停地战斗。可她是我的女儿啊!

“怎样才能折断自己的脖子？”贾妮问，挣扎着想继续卡自己的脖子。

苏珊看着我。“来帮帮我！”

“她没事的。”我说。我的声音听上去并不像是我自己的。

“她在卡自己的脖子！”苏珊朝我吼叫道。

“如果她还能说话，她就还可以呼吸。”

最后苏珊只好试图自己去拉开贾妮的手。贾妮捶打着她。

“为什么？”苏珊满眼是泪地问道，“你为什么想折断自己的脖子？”

“我不想活了。”贾妮回答着，又回头卡自己的脖子。

苏珊再一次努力想拉开贾妮的手，然后她朝我转过身，眼睛里满是怒火和恐惧。“她得去医院！”

“有什么用呢？”我回答说，“他们还是会让她出院，她还是老样子。”

“这是不对的！”苏珊朝我尖叫说，“难道你看不到吗？”

没错，可是 6 个月前，为了让治疗奏效，我只能让自己变得麻木。而现在，我已经回不去了。

“我们得给豪威医生打电话！她需要更多的药物！”

我转身对着贾妮和苏珊。我一点主意也没有。

“太晚了。她已经下班了。”我愚蠢地说。

“她需要到医院去。”

“哪一家？阿尔汉布拉？”我顶了回去。“她不用去医院。小孩子有时候会干些奇怪的事。我小时候把自己的牙龈抠得血淋淋。”

“这不是一回事！”苏珊大叫说，“她是想自杀。”

“你能不能不要再这么说？”我吼了回去。

“你想我说什么？”苏珊呵斥着，把贾妮搂在怀里。我听见菩提在另外一个房间哭起来了。

“给她洗个澡，让她上床睡觉。我来给豪威医生留个口信。”

我走出贾妮的房间，来到电话机旁，拨了豪威医生的电话。非工作时间的留言信息说：“如果有生命危险的紧急状况，请挂机拨打911。其他状况，请留言，我们会在下一个工作日回复你。”

让我留言的哔哔声响起。我张开嘴，却什么也没说。我该说什么？*哦，是的，嗨。这是迈克尔·斯科菲尔德。我女儿是贾纽厄里·斯科菲尔德。她想拗断自己的脖子，豪威医生可以在第一时间回我电话吗?*

我挂断电话。

“拨911。”留言说。

我们已经这么做过一次，这也无济于事。

我不知道还能做些什么。

第二十二章

2008 年 10 月

我认定贾妮想勒死自己的念头并不是真的，只是想逃避掉关禁闭。她只需装作要伤害自己，苏珊就会让她出来，整个禁闭自然也就结束了，这禁闭本是让她去反省自己为何会被关禁闭。我在尽力把行为和结果联系起来。

于是我提出更高要求。每天下班回家，我通常得准备两份晚餐：一份是我和苏珊的，一份是贾妮的，因为贾妮不吃我们吃的食物。她只吃奶酪马科罗尼意面或奶酪比萨。

这种状况必须得改变。

今晚，我只给大家做了一份晚餐，米饭，我让贾妮也吃这个。

她低头看着它，好像这是一盘子蠕虫。“我不吃这个。”

“可这就是晚餐，贾妮。”

“我要吃奶酪马科罗尼意面。”

“你吃了太多奶酪马科罗尼意面。”

“我只吃这个。”

“我给你盛什么，你就得吃什么。”我回答说，这些话从我的嘴里说出来，听上去并不自然。

贾妮转身看着苏珊。“妈咪，给我做奶酪马科罗尼意面。”

苏珊开始起身。

“不行，”我厉声说，“没有奶酪马科罗尼意面。我们吃什么，她就得吃什么。”

苏珊没有睬我，她从冰箱里拿出一盒奶酪马科罗尼意面。“这不是什么大不了的事。”

“这是！她得学会妥协。”

“我小的时候也很挑食。你也一样。我记得你父亲跟我说过，只有把食物用搅拌机搅到一起，你才肯吃。”

“那只是我母亲的疯狂行为。”

苏珊把食盒放进微波炉。“也许不是。也许只是你自己要这样。”

这话让我火冒三丈。“我们的重点不在这个。重点在于你在让她离间我们。我们需要统一战线。我们给她什么，她就得吃什么。我们是大人，而她不是。她如果不吃，就不吃好了。最后，她饿了自然就要吃的。”

“我不会吃的。”贾妮步调一致地说。

“那你就没东西吃。”我对她说。

“你和你母亲一个样。我不会让她饿肚子的。”苏珊回答说。

我转过身，以免因为恼怒说出狠毒的话。“贾妮，坐在桌子边。”我喝令道。

“我不吃米饭。”

“你如果要吃奶酪马科罗尼意面，就得吃些米饭。”

贾妮拿起勺子，塞了满满一嘴米饭，然后又立刻弯下腰，吐到地板上。

“够了。”我说道，“关禁闭。去你的房间。”

“我饿了！”

“快去！”

贾妮拿起盛米饭的盘子，把米饭都倒在地上。我抓住她的胳膊。“走！”我说。贾妮让自己的身体瘫软下来。见鬼，她为了自己变得可够精了。她知道自己软绵绵的，我就得拖着她全部的体重，把她弄进房间里，就要难多了。我不会拽着她的胳膊的，免得让她关节脱臼。于是我抬着她的两腿，把她从地毯上拖过去了。

“你不是甘地。”我对她说。我以前给她讲过甘地和他的非暴力不合作的故事。“这不是对抗压迫的非暴力不合作。”我现在和她说话的方式又变得成人化了，但这只是因为她的思想和身体的“脱节”。如果我不惩罚她这样乱发脾气，那么日后所有人都将目睹到她的胡搅蛮缠。

我把贾妮拖进她的房间，放开手。“10 分钟。你反省一下自己为什么会关禁闭。”

当我迈腿走过时，她伸手狠狠地打我的小腿。“现在增加到 20 分钟。”我走出去，锁上她卧室的门。

我没听到她扔东西砸门。倒也不如说她房间的东西已经所剩无几了。在她从阿尔汉布拉回家之前，我给她拾掇的那个漂亮的房间，已经被破坏得面目全非了。

我把耳朵贴在门上，努力想听听是不是有什么动静，她是不是又在勒自己的脖子。

什么动静都没有。她只要告诉我，自己干了什么，承认错误，然后规规矩矩，我就让她出来。

“贾妮，你为什么会关禁闭？”

好久都没有声音。我想她是不会回答我了。这就是问题所在。她需要把前因后果关联起来。作为一个智商如此之高的人，她似乎做不到这一点。

“我恨菩提。”

这话让我很惊讶，因为这次并不是这个原因。

“是的，因为你总是想打菩提，这通常是你关禁闭的原因，但是今天不是因为这个。”

“我打妈咪了。”

我开始不耐烦了。“不，你没打妈咪，”我说，“贾妮，别耍滑头了。你越早正视自己的行为，就可以越早出来。”

“我尖叫了。”贾妮隔着门答着。

“是的，没错。不过这不是主要原因。贾妮，一分钟前你做了什么事，让你被关禁闭？你只要承认了，我就让你出来。”

“我打人了。”贾妮又说一遍。

“谁？你打谁了？”

“菩提。”

“不是。”

“妈咪。”

“不是，贾妮。”我回应说，很沮丧。“贾妮，你可以马上结束这一切的。只要为自己的行为承担责任就是了。”

“你告诉我。”

“不，我不会说的。如果是我说了，这禁闭就白关了。”

“跟我说吧。我不记得了。”

“你怎么可能不记得？你一分钟之前才做的事。是你刚刚干的最后一件事。”

“让她出来。”苏珊要求道。

“不。”我对她说，感觉自己好像要打一场败仗了。“她得面对一些后果。”

“我不记得了。”贾妮在门那边重复说。“你告诉我，我干了什么。”

我打开门。贾妮站在自己的床上。我怒目而视。“你故意把饭洒在地上，还打我。”

“哦！”贾妮说，“那我现在可以出来了么？”

我摇摇头，走开了。

* * *

这是10月中旬的一个星期六。我们牵着哈尼，绕着贾妮的学校，跑得大汗淋漓。贾妮本不想来的，但我跟她说，她别无选择。我不能把她留给苏珊和菩提。

突然一帮孩子，骑着自行车，进了学校的操场，我看见哈尼加速朝他们奔去。这可不妙。哈尼不咬人的，但她生来就是牧羊犬。这些孩子如果不熟悉狗，看到狗扑过来，肯定会吓坏的。

“别担心。”我跟在哈尼后面，隔着操场朝他们大声喊着。“她不咬人的。”

“当心星期三，”贾妮突然喊道，“她咬人的。”

孩子们转身看着哈尼，他们脸上的表情，让我意识到，他们以为哈尼是星期三，贾妮想象出来的那只老鼠。

“贾妮，我希望你没有那么做。现在他们以为哈尼就是星期三，他们就会害怕的。”

“但我得提醒他们当心星期三。”贾妮抗议说。

“贾妮，星期三不会伤害他们的。”我恼火地说，“哈尼！过来！”

“会的，她会的。她会咬人。她会咬我。”

“见鬼，贾妮。我可以向你保证，星期三不会伤害他们。”

“会的，她会的。她会咬他们的头。”

她这番话，惊得我都忘了担心哈尼会不会吓到那些孩子。我转过身。贾妮看我的神情，仿佛她终于引起了我的注意似的。

“如果我不照她说的做，她就会咬我的头。这就是我为什么要打菩提。如果我不照做，她就会咬我。”

她一脸严肃地说着这番话。没错，她的臆想症已经失控了。她已经完全被控制了。

“贾妮，你得控制星期三，不是被她控制。如果她要你打菩提，你得拒绝她。”

“我是这么做的，可是她不听，然后她会抓我，咬我，直到我按照她说的做。”

这太荒谬了。“贾妮，星期三是你创造出来的！她是你想象的一部分。你可以告诉她该怎么做。”

“不，我不能。”

我感觉自己在一点点失控。“贾妮，星期三并不存在，知道不？她是你想象出来的。你可以让她走开。跟她说，让她走开。”

贾妮摇摇头。“我做不到。”

“不。是你不想。你不想是因为……因为我不知道为什么。”我停下来，努力思考着该怎么说下去。她还嗷嗷待哺的时候，我就开始当她是个成人一样说话。我知道她能理解我接下来要说的话。“因为你能控制星期三，让她按照你的要求做。在和真实的孩子们玩耍时，需要有来有往。与真实的玩伴比，你更愿意和想象中的朋友玩，是因为你能控制他们，却拿孩子们没办法。你不能控制真实的世界，这让你害怕。我懂了，贾妮。真实的世界让人恐惧。但是你已经6岁了。到了该放弃你那些想象中的朋友的时候了。”

“他们不是想象出来的。他们是真实的。”

“我不想听这些，知道不？”我用手指戳戳她的脸。“我已经听够了卡利里尼和你所有这些朋友。我再也不想听到他们的那个世界。我只想听到真实的人，真实的地方。”我粗声呼吸着。3年了，我一直在顺从着她。再也不要这样了。她必须得面对现实了。

贾妮瞪着我，一脸茫然。

“他们是真的。”她平静地回答说，然后朝我们的车走去。

“贾妮，回来！”

她充耳不闻。

一阵愧疚感袭来。这是我的错。我曾经一直很担心关掉她的想象之门，就会限制了她的天分。是我把她塑造成现在的样子，这一刻，她的感受也许是，我正在弃她而去了。

苏珊有天晚上跟我说，贾妮告诉她说：“我希望自己是个哑巴。”

我开始追过去。“贾妮，等等我！”我叫了好几次，她才转过身来。“记得带着星期三。”

有那么一秒，贾妮的眼里一片茫然。然后，她说：“我带着呢。你看？”她举起空空的手掌。“吱吱吱！”

“我看到了。”她没有笑，但是我从眼睛里看到了那一抹转瞬即逝的快乐。

第二十三章

2008 年 11 月

为了贾妮的“个别化教育方案”[1]，我取消了今天的课，和苏珊在贾妮的学校碰头。“个别化教育方案”的首要目的，是为了明确一个孩子是否符合接受特殊教育服务的要求。一个月前我们申请的时候，原本是为了让他们给贾妮提供难度更高的课程，借此希望能有一些东西激发起她的兴趣，促使她愿意去学。

我们待在会议室里，另外还有校长，校长助理菲茨杰拉德夫人，橡树山学校的心理学医生温迪及贾妮一年级的老师帕里斯夫人。通常，“个别化教育方案”的课程，是在放学之后开展，但是因为没有人照看贾妮，我们提出要求，希望贾妮能留在课堂上，给她使用替换的教材。

我不由得注意到，她们都坐在桌子的另一边。苏珊和我，坐在空空的这一边，菩提睡在我们中间的手推车里。我不知道这种安排是碰巧，还是故意，但是却让我感受到，这是一场我们和她们的战斗。

“贾妮跟我们说，她没法休息。”苏珊暗含指责地说。

我恼火地叹口气。每次和学校见面，苏珊都会这样。她总是立刻就摆出一副好斗的气势。

“我们先听帕里斯夫人说吧。”我说。

“她偶尔确实会被罚坐板凳。”帕里斯夫人冷冷地说。

“什么叫坐板凳？”我问道。

“如果一个学生不守规矩，会被警告一次。如果再次犯规，他们就被取消休息的权利，得留在教室里，反省自己的行为。”

我想象着贾妮坐在板凳上，看着其他的孩子玩耍。

“这有用么？”我反问道，因为我知道这招是没用的。我已经在家执行了6个月了，它并不管用。

“不，没有用。”她叹气说，“斯科菲尔德夫人，我能问你一个问题么？”还不待苏珊回答，她就接着说：“每次我取消一项权利——”

“休息对贾妮来说，不是权利。”苏珊打断她说，“我不知道你们是否意识到了这一点，但是贾妮是压根停不下来的。取消休息对她来说，只是折磨。她甚至不和任何人玩。”

“先不谈这个，”帕里斯夫人接着说，“贾妮说，‘没问题，我妈咪会带我去比萨厨房的，这是真的么？”

“是的，没错。”苏珊回答说，“之所以这么做，因为只有在那里，她才会吃东西。我不能让她饿肚子。”

帕里斯夫人吸了口气。“如果贾妮知道，无论我怎么做，她得到的都是去‘比萨厨房’吃一顿，这只会让我越来越难管束她。”

---

① 个别化教育方案(Individuallized Education Program)，美国联邦政府于1975年颁布的“全体障碍儿童教育法案”中，第一次提出个别化教育方案，它是由一位地方教育机构代表(负责提供或督导一项专门为符合障碍儿童的特殊需要而设计的教学计划)以及教师和该儿童的家长或监护人，并在适当情况下和障碍儿童本人一起制订的学习计划。——译者

“好吧，那你能让她吃我给她准备的午饭么？”苏珊反击道。

“不能。”她坦然相告。

“她控制不了自己！”苏珊怒吼道，一一扫视着每一个学校领导。“她脑子有病。”

我叹口气。“这我们并不知道。”

苏珊怒视着我，好像我是个傻瓜。“她以前还想勒死自己呢。”

“那是因为她知道，这么做，她就可以不用再关禁闭了。”

苏珊哼了一声，转过身去，满脸憎恶。“你愿意相信，就相信好了。如果你想像他们一样愚蠢，我没意见。”

我咬紧牙关。她这样辱骂我，可这不起作用。“我们是来努力想解决办法的。”

“我们知道解决办法是什么，但是他们不会那么做的。”苏珊反驳说。“贾妮需要更难的课程。她是个天才，但是这些傻瓜貌似并不会这么去做。”

我转过身，努力想保持平静。现在的苏珊才像个傻瓜。

“斯科菲尔德夫人，我们想帮忙的。”校长说，“但是这样侮辱我的员工是起不了作用的。我可以向你保证，”他接着说，“帕里斯夫人是一位优秀的老师。我这里所有的老师都是精心挑选的。他们都是最棒的。”

菩提在他的婴儿汽车座椅里动起来。苏珊把他抱起来，搂在怀里拍着，很可能因为这一刻，他是她唯一的安慰了。

“听着。”我边说，边用自己的手盖住苏珊的手，而不让她再冲校长喊傻瓜。“我相信面对正常的学生，她一定是优秀的老师。”我在撒谎，话说得并不底气十足。老师的职责就是激发孩子，可帕里斯身上毫无一点这种特质。“贾妮非常敏感。如果她认为帕里斯夫人不喜欢她，那么关系就僵了。”

“这不只是认为，”苏珊说，继续着她的愤怒。

“这不对。”帕里斯夫人平静地说，“我很喜欢贾妮。当我一对一地和她在一起学习时，她是个很好的学生。但是还有其他 16 个孩子需要我。让我很懊恼的是，虽然贾妮对学习的内容了如指掌，可绝大多数孩子不是这样。他们比贾妮更需要我的帮助。但是每当我去辅导其他学生时，贾妮就拒绝做她的功课，我知道这些功课她都会。更糟糕的是，她会故意捣乱，尖叫，还扔东西。”

“她的智商是 146。”苏珊插话了，她的身体猛地一动，把睡在她怀里的菩提吵醒了。

“我们知道她有多聪明。”校长说，“按照个别化教育方案，我们做了一系列测试。因为贾妮的不配合，我们没办法得到尽可能多的信息，但是我们已经再清楚不过，她是这个学校，也许是整个地区，最聪明的孩子。”

“这就对了。”苏珊胜利地说。

“但是，”校长继续说，“如果她不能在教室的环境里发挥她的智商，这是没用的。”

*不能发挥。*我想象着贾妮未来孤僻无依的景象，就像几年前看到她在瓦奥莱特的生日聚会上的表现时，我当时的想法一样。

“我本来不想提的，”帕里斯夫人接着说，“但是我刚刚开完家长见面会，有好几个家长投诉贾妮。他们很不安，孩子们回家都说，他们没法学习，因为她总是尖叫，或者扰乱课堂。”

无情的愤怒让我浑身发抖。*其他父母都投诉我的孩子？*一瞬间，护犊之心占了上风。“那你怎么跟他们说的？”我冷冷地问。

帕里斯夫人耸耸肩。“我告诉他们，我会尽最大的努力确保每个学生都能得到必要的关注，但是我得实话实说。他们并没有得到。贾妮占用了我的大半时间，这对其他孩子是不公平的。甚至其他孩子开始对她敬而远之了。”

“那是因为他们从你这里得到暗示。”苏珊隔着桌子开火。

帕里斯夫人摇摇头。“我竭力确保其他孩子不孤立贾妮。但这对他们来说很难，因为她实在太不可捉摸。他们想和她玩；他们喜欢她，但坦率说，我感觉他们已经不再想和她打成一片。”

我转开目光。各种情绪浮上来。各种担心、恐惧和沮丧包围了我。

“让她跳到高一些的年级怎么样？”最后我开口建议说。

“我不认为这是个好主意。”校长说。

“我最大的问题，是没法让她写东西。”帕里斯夫人补充说，“她知道该怎么做，可她不做。到高年级，书写的量只会更大。”

“还有一个社会交往方面的问题。”校长接着说，“我们不能肯定她是不是会很好地融入一个大孩子的班级里。”

“她需要一些跟她更接近的孩子。”苏珊说。

“她也许在智力上已经到了他们的级别，但是情感上并没有。”校长回答说。“她到我的办公室来过很多趟。我了解她的。她大部分时间都在和她想象的朋友说话。我担心让她待在大孩子中间，只会让她更被孤立。”

“听着，”校长接着说，“我们的心愿都是一样的，希望贾妮成功、快乐地生活在她的环境里。我知道你们认为在高年级，或者换个老师，她有可能变得更好，但是考虑到贾妮控制不了自己的行为，而且扰乱课堂，我不认为有任何理由支持这一点。”

“所以，你们打算什么都不做。”苏珊嘲讽道，“就看着她越来越严重。也许等到她冲出教室，跑到停车场，被车撞了，你们才会采取措施。”

“苏珊，”我说道，“说这些没用的。”

她转身对我说：“她以前就这么跑过的。他们是正好在停车场抓住了她。但是如果他们最终没抓住她呢？你总认为他们在乎。他们不在乎。如果她死了，他们只会说，‘天哪，太可怕了。要是我们当初做点什么就好了。’失去女儿的人，是我们！”

“我希望你不要用这种语气讲话。”我尽量保持平静地说。“你把它描述成似乎是不可避免的。”

“就是这样！我能看见它在一步步发生！”

校长抬起一只手。“我们的答案不是不作为。我们认为贾妮需要的是一个主流教室无法提供的。”

一听到*主流教室*，我就知道事情的解决办法了。

校长倾身向前。“眼下我们觉得最适合贾妮的地方，就是 SED 教室。”

“什么是 SED？”我问道。凡沾公立教育，就会有这些讨厌的缩写。

“激烈的情绪扰乱，”校长回答说。

会议室死一般地寂静。我想起我的心理医生汤姆去年跟我说的……*听上去她很不安*。

我猛烈地摇头说：“不，不可能。我知道那种教室。你们想把她丢进那些会抽烟、会咒骂老师的孩子里去。不可能。这样只会让她退步，而不是进步。她需要上和她智力程度匹配的课程。”克制了好几个月的那种愤怒和痛苦，在我内心翻腾着。他们并不想帮她。他们并不当她一回事。他们只是想摆脱她。“你们想摆脱她，因为有其他家长投诉！贾妮有权利和他们接受一样的教育！”我感觉自己在为贾妮的未来而战。如果苏珊和我不坚定立场，如果贾妮被送去这种学校，那么这将是完蛋的开始。“她需要有人来教她！”我的目光如一把匕首一样，射向帕里斯夫人。我但愿自己有时间去教贾妮。这些蠢货看不到她身上的潜力。他们所见的，只是她的行为举止。

校长抬起他的手。“斯科菲尔德先生，事实并非如此。这种班级是针对那些有情感和行为举止问题的学生的，它们比传统的班级能提供更多。她能够得到一对一的关心，这是我们无法提供的。”

“那么这里的一对一呢？”我问。

“我们认为这里不足够。”

“你们都没试过呢！”我咆哮起来。“得试试看。根据法律，你们必须先用尽办法让她待在主流班级，之后才能让她去SED班级。”

校长和他的团队交换了一个眼神。“你说得没错。”最后他回答说。

“所以你们得试试一对一，但你们没有。我们希望在帕里斯夫人班级里能这样。”

“在这种常规班级，她并不快乐。”校长回答说，“干吗要她受罪？”

我摇摇头。*不，你们只是要摆脱她。*“效仿一下我和苏珊每天必须做的事。努力尝试。给她安排一对一地教学。”

校长看看帕里斯夫人，然后回头看着我们。“好的。”

我站了起来。我不会因为贾妮“让人头疼”，就让他们丢弃掉贾妮的潜能。爱因斯坦也曾经“让人头疼”。

第二十四章

2008 年 12 月

寒假到了。贾妮的学校停课 3 周；这意味着可以消停一段时间了，不用与帕里斯夫人周旋，也暂时摆脱学校打来的无穷尽的电话，抱怨贾妮的行为问题。

又一次，我带着哈尼，让贾妮一起和我到学校操场跑步。天黑了，操场上空无一人。操场周围有栅栏，所以我解开哈尼的绳子，让她自己跑去。

"哈尼！"我举起一个网球。我得消耗掉她的一些体力。

哈尼过来了，但是我没有把球扔出去。我得让她好好跟这个球玩一玩，再去追它。

"来，哈尼！跳起来！"我抛出球，她跳起来要接。但是接着我把球抛得更高，超过她接得住的范围，逼她跳得更高。我一遍又一遍这么做，直到哈尼彻底没耐心了，然后我把球扔到黑暗处，哈尼追了过去。

贾妮独自荡着秋千。她说上学时，她几乎不去荡秋千，因为有时间限制，只能荡 20 秒。我不愿意看到她一个人荡着秋千。

贾妮跳下秋千，走过方方正正的球场，去找球了。

我朝哈尼看过去，她找不到球，急急地朝贾妮走去。

我走过操场，想在漆黑一片中找到球。

“噢！”我听到贾妮大叫。

“怎么了？”我问道，着急地朝她跑过去。怕她摔倒了。

“哈尼踩到我的脚了。”

我松了一口气，慢下脚步。“哦。”这没什么大不了。哈尼只有45磅，而且已经朝另一个地方跑去了。

但是我看见贾妮扬起胳膊，快步跑去追她。

“贾妮，”我喊道，“你干吗？”

“我必须得打她。”她说得一本正经。

“贾妮，这是个意外。哈尼并不是故意的。”

“是的，她是的。”

“她怎么可能故意？她只是一只狗。”

哈尼还在小跑，四处闻闻，完全不知道举着拳头追在后面的贾妮。

“贾妮！”我在100英尺远的地方喊道，“别打哈尼！”

“我必须打。”她回应说，好像她正痛苦难耐，这是唯一缓解的办法。

“哈尼！”我朝她喊着，“快跑！”我朝哈尼奔去。我不知道贾妮会使多大劲打哈尼，是轻轻拍拍，还是不停地打。但这不是重点，我不能允许她动手打动物。贾妮以前没有打过动物的，但是我没有时间去思考这些了。

哈尼抬头看见我全速跑过去。她当这是个游戏，便跑开了，贾妮的手只差几英寸，就打到她了。

贾妮朝哈尼追过去，但是我伸手抓住了她的胳膊。

“放开我。”她冷冷地说。

“贾妮，这只是个意外。”

“我必须打她。”

“不，你不能打。”

“不，我必须打。”贾妮使劲要挣脱我，哈尼在20英尺开外的草地上闻来闻去。

“贾妮，我不会让你打哈尼的。”

贾妮转身朝我，仿佛才意识到是我在抓住她的胳膊，但是她的目光没有落在我的脸，只是看着我的胸前。

她打着我的胳膊，然后是我的胸部，她的拳头仿佛雨点一般，重重地落在我身上。对于这些，我现在已经太习惯了，只管承受疼痛就够了。

“我得打她。”贾妮跟我说的神情，仿佛我理解力有问题一般。

我站在她和哈尼之间。“那你先得过我这一关，”我开玩笑地说，仿佛这只是一场捉人游戏，而不是我的女儿要打她心爱的狗。

我把自己当成一个替换的目标。我比哈尼更合适。我最不愿意看到的是，哈尼开始害怕或者不信任贾妮。我无法接受这一点。“我打赌你追不上我。”我嘲弄着她。

也许她会对我很恼怒，然后不再关注哈尼。如果我能让她放弃哈尼，而来追我，我可以跑到直到她累趴下。我挑衅着她，祈祷这招管用。贾妮捶打着我，但我跳开了。“来呀，”我调皮地笑闹着，“来抓我。”

她开始跑起来追我。我松了口气。我的计划奏效了。她离我也就

3 英尺的距离了，近到我足以看到她呆滞的眼睛。这不是我女儿的眼睛，但是现在我没有时间去思考这些。她的拳头朝我飞扬过来。我退后到她够不着的地方，然后又朝后慢跳了几英尺，依然面对着她。

“来呀，你可以做得更好！”

她一靠近，我就猛地跳开。我感受到她的拳头在我身边落下去。我笑起来了。“哈哈，没打到。”

我快跑几英尺，然后扭头看，确信她在追我，而不是哈尼，我看见哈尼在球场另一边。

贾妮看见她了，然后立刻不再追我，而朝哈尼跑去。她依然没放下这事。就仿佛哈尼杀了她的全家，她必须报仇雪恨似的。我朝哈尼跑去，我的鞋子噔噔地踏在草地上，我赶到她和贾妮中间。

“贾妮。你打我！”

“我要打哈尼。”

“我想你来打我。”我朝她靠得更近些。“来，打我。”

贾妮调头朝我，我像个拳击手一样跳开来。“来呀，”我喊道，“这是任意球。没有暂停。不过你首先得打到我。”

我开始围着她兜圈子跑，希望她最后会明白过来，如果她直冲过来，她就能抓住我，但是她一直没能突破我的线路。

但是不对劲了。她并没有显得累。而我力不从心了。我不再兜圈子，而是朝后跳着，一边掏出我的手机看时间。20 分钟了。我转身一阵疾跑，想拉开足够远的距离，然后我可以停下来一刻，缓口气。

我跑到操场边缘，气喘吁吁地回头。我两腿的肌肉疼得要命。我扛不了多久了。我看着贾妮，她还在跑。她没准备停下来。

突然，她放弃了我，又开始追哈尼。我不顾两腿酸疼，肋下绞痛，全力朝她跑去，直到我站在她和哈尼之间。

“嗨！”我喘着粗气。“我不会让你这么做的。”她举着拳头朝我奔来。我太累了，再也跑不动了。我静静地站着，任由她打我的胳膊，然后我的胃部。

“用力啊！你打得就像个小姑娘。”

但是她改变方向，又向哈尼跑过去。

“哈尼！”贾妮喊着。“过来，哈尼！”听上去就像《闪灵》[①]里的那句“约翰尼在这里呢”。

哈尼顺从地转身了。

“哈尼，别过来。”我朝贾妮跑去。

“哈尼，过来。”贾妮喊道。

不。*她是在诱骗哈尼靠得够近，然后打她*。这太邪恶了，这与她的性格太不相符了，但是又一次，我无暇顾及这个了。

我伸出胳膊，抱住贾妮，我们俩都摔倒在地上，我让她面朝上，压在我身上。

她使劲想挣脱。

“我得打哈尼一顿。”

“不，你不能打。”

“不，我得打。”

她的后脑勺狠狠地撞着我的鼻子，我不知道她是故意地还是不小心。但是我很震惊，便放了手。她又站起来，去追哈尼了。

---

① 《闪灵》(Shining)，斯蒂芬 · 金的小说，曾改编成电影，由杰克 · 尼克尔森主演。——译者

“贾妮，”我无力地在她身后叫着。“来打我。打我，别打哈尼。”

但是贾妮不理会我，正好哈尼走过来，看我们在干什么。

我跳起来去追，拦腰抱住贾妮，又把她放倒了。我把她裹在怀里。她踢我的腿，用后脑勺撞我的脸。

“让我去打哈尼！”

“贾妮，我不会让你得逞的。她只是一只无辜的狗。”

“你得让我去打！”

她扭动着想挣脱，我抓住她，屈膝下蹲，让她躺到草地上。我固定住她的胳膊。

她没打算住手。见鬼，我该怎么样把他们俩都弄回家，还得保证贾妮不打到哈尼呢？我带他们过来，是为了找点快乐，而现在，我只能打电话，让苏珊过来，这样哈尼可以坐她的车，我带着贾妮。但是她还得照顾菩提。我不希望在这冷风瑟瑟的夜晚，把菩提给拽出来。

我站起身，把贾妮提起来，这样我就不会在水泥地上拖着她，然后开始朝隔得挺远的停车场走去，一路上，她还在不停地打我的头。我已经毫无感知，只有唯一一个念头：把她弄到车里去。

我们到了车那里，我把她放在后座上。如果哈尼坐在前排，我更容易保护她一点。我可以用我的胳膊挡着。贾妮最后又来了一拳，这次打在我嘴上。很疼，但我只是关上了门。

我不知道这会儿哈尼在哪里。漆黑一片，我看不见她，只是默默地咒骂自己怎么来了这里。

“哈尼！”我在黑夜里喊了一阵子，然后她出现了。

我把她的皮带系上，打开副驾的门。哈尼跳上去，我关了门。

当我绕过车头，刚要拉开驾驶座的门时，车内的顶灯被打开了，我看见贾妮从后座靠到前面。我还没坐到驾驶座上，她已经举起拳头，打了哈尼的鼻子。

哈尼缩开了，但也没其他反应。

我猛地拉开门，准备扑到贾妮和哈尼之间。但是贾妮已经打到了。现在她直直地看着前方，准备回家了，仿佛什么都没发生。

她说得没错。她只是得打打哈尼。

我没能制止贾妮打哈尼。这次只是一下子，那下一次呢？我该怎么办？把贾妮留在家，菩提就在她眼皮下，或者带她出来，她又可能要打哈尼？

仰望着没有星星的夜空，我一筹莫展。我只想让大家都快快回家，贾妮上床睡觉，结束这如同生活在地狱中的一天。

第二十五章

2008 年圣诞节

我们的朋友戴夫和他 11 岁的儿子卡梅隆，会来和我们一起过圣诞节。戴夫在 KFI 广播电台工作，90 年代中，我来洛杉矶时，第一份工作就是这家电台。13 年前——好像一辈子那么遥远，我和苏珊刚认识那会儿，戴夫就在那里。苏珊最近通过网络和戴夫联系上了，开始跟他倾诉贾妮的问题。

我们有好几年没见过他了，但他和我们有共同语言，他的儿子卡梅隆也有问题，因为阿斯伯格综合征和抑郁症，在服用药物。我感觉到苏珊觉得与我相比，她和戴夫更容易沟通。她以前工作单位的朋友特蕾西有两个自闭症儿子，她从她那里也得到不少同情。他们仨通过 Facebook 联络着。苏珊依然认为，贾妮的脑子有毛病。但是我压根不让她跟我提这个。这毫无意义。即便贾妮脑子有毛病，除了我们自己，也没有任何人能帮她。

然而，当戴夫和他儿子来了以后，我很高兴，因为当贾妮失常时，他甚至连眼睛都不眨一下。没有评判或者惊讶。他知道被你自己的孩子攻击是怎么回事。

我们准备出去吃晚饭，但是首先我得把哈尼带出门。因为戴夫在这里，我可以带着她真正地去散个步，一个完整的散步，不是通常的那种匆忙了事。如果贾妮追打菩提，戴夫会帮我一把。他是地球上我唯一信任的人，唯有他在，我才能放心地让贾妮和苏珊及菩提在一起。

不过这次，贾妮想要和我们一块，卡梅隆也是，这就意味着戴夫也得来。我本该拒绝的。哈尼和其他狗相处得很好，但是换到人，除了我们自家人，她不太能和别人相处很好。

但是我答应了，因为实在疲于应付在我说了不的时候，贾妮的崩溃和暴力行为。

我走在前面，领先他们几英尺，这样哈尼就全心在地上嗅着，而不用理会戴夫和卡梅隆。

我们才走了 100 码，贾妮突然停下来了。

“我不能走了。”她倒在停车场的沥青路面上，躺在那里。

见鬼。我没法一边牵着哈尼，一边把她抱回去，我也不能把哈尼交给戴夫，即便她不咬人，也会朝他扑叫的。

“起来吧，贾妮。就再多走一点点。”

“不走了。”

“贾妮，是你自己说要来的。我们得再走一走。哈尼需要遛一遛的。”

“不。”

这些我都经历过的。最好的解决办法，就是等着，表现出对此毫不在意。贾妮从来不会在一个地方待很久。最后，她会厌倦了，决定放弃，接着走下去。

“我会等你的。”

“我不走了。”

“走这点路不碍事的。”

“坚决不走了。”

“好吧。”

我等着，一边睁大眼睛留意着可能从停车场开来的车。

仿佛本能地读懂了我的心思，戴夫走到停车场边上，把自己当成人肉路障。如果有车冲过来，他会是第一个被撞的。

“贾妮，我们至少得走出停车场。你知道的，车子开过来，速度很快的。”

“不要。”

“我只是不想你被车撞了。”

贾妮纹丝不动。这次比平时时间长。或者是因为我饿了，或者至少有这么一次，我想有个宁静的晚上，但是我开始失去耐心了。

“贾妮，如果你不起来，我们就不去红龙虾餐厅了。”

贾妮坐起来，站直身体。我松了口气，觉得自己诱惑成功了。但是她朝哈尼走过去，呆滞的目光低垂着。她的拳头高举着。

不，别又来了。哈尼的狗绳还系着，没法跑开的。我转身挡在贾妮面前，想拦住她，但是我被狗绳绊住了，倒把哈尼拉得更近了。贾妮出手很重，我都听到了砰砰声。

“贾妮！”我在停车场上后退着，努力想把哈尼拉开，但是贾妮一直追在后面。她又打哈尼了。哈尼只是低垂着头，好像做错了事似的。你们都无法相信，去年春天，我得护着县里的警察，才能让哈尼不要伤到他。也许，在某种程度上，哈尼也知道这不是真实的贾妮。

贾妮还在打着哈尼，只要她还系着狗绳，我就没法保护她。我希望我能让她跑开，但是那样哈尼就会威胁到戴夫和卡梅隆。

戴夫走过来，想帮忙，但是哈尼把狗绳都绷直了，朝戴夫汪汪直叫，全忘了贾妮在打她。

“贾妮，”戴夫轻轻地喊道，“到我和卡梅隆这儿来。”

“贾妮，别那样。”看到她打哈尼，卡梅隆补了一句，这让我更不安了。如果他都无法忍受贾妮对哈尼的所作所为，那么贾妮的状态就比他更糟糕了。

但是贾妮还是继续打着哈尼。我不断移动着，正面对着她，努力想把自己的身体挡在贾妮和哈尼之间，但是哈尼还被系着狗绳，除了绕着我打圈，无处可逃。贾妮仿佛来自地狱的旋转木马，紧紧跟着她。

“你想我抓着她吗？”戴夫问。

我真想把哈尼交给戴夫，但这样不行。也许贾妮不会对戴夫动粗吧。

“好的，把她抱起来。”

戴夫一抓住贾妮，她就立刻打他的头。

“贾妮，你住手！”我命令道。

“没事，”戴夫平静地说，“我都习惯了。这算不得什么。”

我跟着戴夫，朝家里走去。贾妮竭尽全力，对他又踢又打，卡梅隆走在他父亲身边，努力哄劝着她。

“贾妮，你冷静点。”他说，“你还想去红龙虾餐厅呢。你还想吃奶酪马科罗尼意面呢。”一个精神有毛病的孩子安慰着另一个，这边哈尼还在朝他们又叫又扑的，逼得我只能用狗绳朝后扯着她。

我们回到楼上自己的家。

“怎么了？”苏珊看到戴夫抱着贾妮走过去，贾妮还在打着他的头。

“她莫名其妙地开始打哈尼。”哈尼当戴夫和卡梅隆是入侵者，一直不停地朝他们叫着，使得我们说话都很困难。

“你想把她放哪里？”戴夫问道。贾妮还是用力打他的头，把他的眼镜撞掉了。

“苏珊，把菩提放下来，你把哈尼接过去，”我指挥道。

我把贾妮从戴夫那边接过来，一顿拳头立刻落在我头上。我走进她的房间，把她放下来。

“好，现在关禁闭。你得一直待在这里，直到你安静下来。”

“我饿了！”她朝我尖叫道。

“除非你安静下来，不然我们不会去的。”我准备关上门，但是贾妮想冲出来。我伸手把她推到一边，然后好锁门。我知道关禁闭并不会改变她的行为，但是我得有个地方安置她，便于我把哈尼带出去。

立刻有东西撞上了门，可能又是她的椅子。

“现在怎么办？”戴夫问。

“你去遛过哈尼了吗？”苏珊问。

“我压根没机会。才到停车场，她就不想再走了。哈尼还得再去遛一遛。”

“我带她出去遛吧。”苏珊主动说。

贾妮的门后又传来碰撞声。我听不下去了。

“不，我带哈尼去遛。”

我带着哈尼在街区慢慢走着，不想回去，即便现在贾妮可能已经安静下来。但是我知道时间很晚了，便把哈尼放在车库里，上了楼。

一进门，我便看到卡梅隆站在贾妮开着的卧室门边。他转身看着我，满脸是泪。

“她不扔东西了，我就问我是不是可以进去。苏珊说可以，我一进去，贾妮就掉到窗子外面去了。”

我从他身边跑进贾妮的卧室。苏珊抱着菩提站在里面哭泣。“贾妮，快进来！”她乞求着。

当我顺着苏珊的眼光，朝贾妮卧室的窗看去时，时间都缓慢了下来。

窗子是开着的。

戴夫的身体，紧紧贴着滑窗没打开的那一边，满脸通红，满头大汗，眼镜虽然没掉，但也挂在脸上了。他使劲拽着贾妮的脚，夹在左臂下。

“我得逃走。”我听到贾妮在开着的窗户外的夜色下尖叫着，“让我走！让我走！”

我的脑子再不能思维。贾妮……一心想……跳下……窗去。我的女儿，我的小宝贝，在她还是个小宝宝的时候，我曾经保护着她，不让其他孩子欺负她，现在她一心想要跳下窗去；而我却束手无策，我不知道自己有何策可施。

“贾妮！”戴夫把她拉进窗时，我无力地喊了她一声。戴夫满脸通红，猛地把窗户一关，然后靠着墙跌坐下来，筋疲力尽。

“贾妮，你在干吗？”我问道。贾妮努力想再打开窗户。戴夫挣扎着站起来，把窗户按住。

“我想逃走。”

“贾妮，你刚才那样，会一头栽下去，命都没了的。”我的声音是那么无力，好像自己在消亡一般。

“我必须得逃离。”

“逃离什么？”

贾妮突然从窗户那里扭过头。“我饿了。我们能去红龙虾餐厅么？”

我知道自己应该逼着她去反省刚才的行为，但是我没有。我害怕。我害怕是因为她想努力“逃离”。不管她要努力从这里，从她的房间里逃离的是什么，那都比从二楼窗台坠下去更可怕。

第二十六章

2008 年 12 月 29 日

我坐在豪威医生办公室的沙发上，苏珊正在说着贾妮想跳窗的事。

我在思考着，但与这事无关。我没法让自己去琢磨这事。我知道如果去琢磨了，我会崩溃的。我本该是贾妮的守护者。我愿意为她献出自己的生命。然而，当这事发生时，我却一片麻木而无法应对。但是那种麻木又是我唯一的反应。

事实上，我想的是自己的小时候。我父亲有私人飞机飞行员的执照，他曾经带着我和他一起飞行。他总是让我参与其中，让我感觉仿佛是个真正的副驾驶员。飞机副驾驶的一个最重要的工作就是给机长阅读各种清单。这样就确保机长执行了所有该做的工作。

我记得自己把所有的清单都读给他。我每读一样，他都会重复一次，确保相应的程序都执行过了。

燃油指针居中？

燃油指针居中。

燃油混合比富油状态？

燃油混合比富油状态。

发动机罩打开了？

发动机罩打开了。

总开关打开了？

总开关打开了。

我回忆着，在允许贾妮离开自己的房间前，我逼着她告诉我，她被关禁闭的原因。

你干什么了？

我打菩提。

不对。你干了什么？

我尖叫了。

不对。

听上去她是在猜着各种答案。

哦，我的上帝。

“她在猜测。”我突然大声说。

“你说什么？”豪威医生和苏珊同时说。

我盯着地板。“每次关她禁闭时，我都会说，只有她承担起责任，承认自己是因为什么原因关禁闭，她才可以出来；但她只是在猜测答案，却从来没有猜对过。她总是先说‘我打了菩提’，然后说‘我尖叫了’，她总是把自己可能做过的每一件事都过一遍，直到找到正确的答案。”

我揉揉眼睛。“我总认为她是在耍花招，但现在我明白了，她是真的不知道。”我盯着豪威医生的眼睛。“她不是在耍滑头。她是真的不记得了。”

豪威医生沉思了一会儿。然后她抬头看着我们，我感觉她在掂量着要不要跟我们说些什么。

“她不记得了，”最后她说，“是因为她分裂。”

分裂。这是医生的说法。是他们独特的“语言”。我记得第一次学到这个词是在大学时候的心理学课上。它听上去并不是那么吓人。那是因为豪威医生没有把后半部分说出来：与现实。

分裂的人，是那种在两种现实之间来回转换的人：我们的世界和他们的世界。

“这是什么意思？”苏珊问。我能听到她声音里的恐惧。

豪威医生朝贾妮看去。“我觉得以前诊断她是心绪失调，可能是错的，”最后她说，“原来我认为她精神错乱，是心情不定导致的。”她目光回过来。“我现在开始想，这是反过来的。她的心情不定，是她精神错乱的后果。”

“这是什么意思？”苏珊又问一遍，目光逡巡在我和豪威医生之间。

“现在这么说还为时过早。”豪威医生回答说，“我真的希望我们能让她去加州大学洛杉矶分校，在那里，他们可以长时间地观察她。”观察她什么？她没有说。

“你在说什么？”苏珊知道不妙，只是不知道是什么不妙了。我朝贾妮看过去，看着我的小宝贝。

“可能是任何一种病因。”豪威医生回答说，“所以她才要去加州大学洛杉矶分校。”

苏珊看着我。她知道我明白答案。

我叹了口气。“第一是双极情感障碍伴精神病特征。第二是精神分裂症。”

苏珊瞪着我。我垂下眼睛，无法直视她。

“所以她有精神分裂症。”苏珊静静地说，仿佛这已经是事实。

豪威医生一边开处方，一边摇摇头。“我没这么说。”

“那还可能是其他什么病症？”

豪威医生看着我们。“还记得一年前你们第一次来的时候我说什么了：抓准症状比诊断结果更重要。”

她从记事簿上撕下处方，递给我。“我想试试小剂量的氟哌丁苯。”

氟哌丁苯。我知道这种药。我以前了解过。你们在电影里看到过那种坐在角落里，口水直流、目光呆滞的病人吗？他们就是吃了氟哌丁苯的。

“氟哌丁苯是用来治疗精神分裂症。”我说。

“这是治疗精神失调的常用药。”豪威医生说，却不直视我的眼睛。

“我了解过这种药的。它只用于那种最极端的精神分裂症病例，那些病人已经对其他药物都毫无反应了。”

苏珊惊慌地看着豪威医生。“你以前说过齐拉西酮的。”她说着，因为恐惧几乎已经胡言乱语了。“我们还没有试过这种药。”

豪威医生一脸漠然。“我并不认为它有作用。利培酮对贾妮不起效，齐拉西酮在化学成分上与利培酮成分非常接近。”

“她得的是精神分裂症，是吗？”苏珊说，她的眼里涌上泪光。“我就知道是。”

“我们还不能这么诊断。”豪威医生说。

但是大坝开裂了。如果豪威医生愿意，她可以用手指堵着裂缝，但是洪水却再也不可止泄了。

“为什么不能？”我问道，“还有什么不能确诊？”豪威医生为何不承认？干吗还要存留这渺茫的希望？精神分裂症一直都好似一只800磅的隐形大猩猩，是最糟糕的结局。但是如果她能确诊，就直接告诉我们得了。至少我们知道实情了。我朝贾妮看过去，她在玩具屋里玩着。让我们享受没有她吵闹的片刻安静。

“不能很轻易地就诊断是精神分裂症。”豪威医生说。

“为什么不能？”我又问一遍。

“就是不能！”豪威医生重重地说。我吓了一跳，还没见她这么惊慌过。“得先观察很长一段时间，超过一年时间，才能做出这种诊断。”

她恢复了镇静，又开始在处方簿上写着。“你可能得先给药房打个电话，确认他们有氟哌丁苯。这药已经不是常用的精神抑制药。”

“你以前开过这种药吗？”苏珊问。

豪威医生停下笔。

“没给这么小的孩子开过。”她坦言道。

“为什么？”我问道，虽然我已经猜到了答案。

豪威医生看着说：“以前从不需要。”

豪威医生开始送我们出来。苏珊走在前面，推着菩提的推车。贾妮跟着她，我和豪威医生走在后面。

“3天后给我打电话，跟我说说氟哌丁苯作用如何。”她说。

我点点头。

她凑近我，小声说：“继续想办法让她去加州大学洛杉矶分校。”

我瞪着她，点点头，依然努力在消化她的话。

第二十七章

2009 年 1 月 12 日

我打量着贾妮。这是她回学校的第一天。今天早上，她非常安静。没有提 400，或者其他任何从卡利里尼荒岛过来的任何朋友。

我把车开进停车场。“我们只晚了 5 分钟。如果我们快点，你还可以在帕里斯夫人记录缺席名单之前赶到。”我把车停在学校前面，解开安全带。

“我自己进去。”贾妮突然说道，一边下了车。

“你确信么？”我问着，下车把她的拉杆书包从后面座位上拿出来。我觉得自己应该和她一起进去，即便不为别的原因，也得让帕里斯太太知道，我还在这里观察着她对贾妮的态度。

“我没事的。”贾妮拿起她的包。她没有显得不安。实际上，她和其他一道上学的同龄孩子没什么两样。我想到自己以前从没有看到过这一幕。

“等一下。”我喊道。

她停下来。我跑过去，亲亲她的额头。“我爱你。”

她回亲了我。“爱你。”她转身走了，把书包拉在后面。

我回到车里，给苏珊打电话。

“你把贾妮送到时，她怎么样？”她问道。

“挺好。她早上甚至都没抱怨不想上学。”

“也许是氟哌丁苯的作用。”她带着谨慎的乐观说。

“现在这么说还为时过早。”我应道，不想让自己升腾任何希望。“不过这是她第一次这么久不再提起那些想象出来的朋友。”

我在座椅上不安地动着。“如果是氟哌丁苯让她那些想象的朋友不见了……”

“那就意味着他们并不是想象的。”苏珊补充完我的话。

当贾妮在洛马林达跟我们说，那些老鼠都害怕菩提时，她说的是实话。它们对她来说，是真实存在的，因为他们存活于她的幻觉中。

我正要走进沃尔玛买些洗涤用品时，手机响了。我看了来电显示，是学校那边的主线。

我叹了口气。我20分钟之前才把她放下。

“你好，是斯科菲尔德先生么？我是橡树山学校的南希。贾妮刚刚被送到了医护室。”

贾妮一定是觉得枯燥，才要求去医护室。我打算告诉南希实情。

“我不担心这个。这是我们和她说好的，如果上课的时候她很难受，她就去那里坐几分钟，等到不枯燥了，再回教室。”

“呃，我有点担心，斯科菲尔德先生。她看上去很不在状态。她还流口水。”

“那是药物的作用。”我回答说，有些不耐烦了。我知道他们想干吗。他们想让我过去，把她接管过来。“她在吃的药，会导致口水增多。”我补充说，“这没什么大问题。”

“她说自己不能走路了。”

我开始怒了。我不相信贾妮不能走路了。她是个聪明的姑娘。她知道怎么说才能去医护室，就像以前她知道怎么做，才能回阿尔汉布拉一样。

“药物让她感觉疲倦。她会好起来的。如果状况更糟，再给我打电话。”

我把电话挂了。继续说下去，我们只会兜着圈子，然后南希会不停地想说服我回去接贾妮。我需要这点时间去买洗涤用品。我没法带着贾妮购物的。

我在沃尔玛里努力想着自己该买的所有东西，这时电话又想了。这次是苏珊。

“小雌鹿？”

“学校给我打电话了。”她惊慌地说。我能听到她开着车的沙沙声。

“是的，我知道。”我回答说，“他们也给我打电话了。”

“她中风了。”

“什么？”

“他们说她流口水，还不能走路。”

我翻翻眼睛，惊讶苏珊会信他们这套话。“这不是中风。他们也跟我说了。他们只是想让我们去学校把她接走。”

“他们叫来了急诊医生。”苏珊在电话里尖叫道。

我对学校的恼怒消失了，代之以恐惧。

“他们反应过度了。”我说道，努力想说服苏珊，也说服自己。“这没什么大不了的。”

“她说她左边身子动不了！他们叫了急诊医生送她去医院。”

我摇摇头。我不能相信。我不会相信的。

“我要你去学校等我，来带菩提！我得去医院陪她。你在哪里？”

“沃尔玛。我5分钟之内到那里。”

沙沙声消失了。苏珊挂了电话。

这是反应过度。贾妮很好的。她必须很好的。我告诉自己说，把半满的购物车丢在过道上，朝出口奔去。

我开车下山朝学校驶过去时，看到一辆救护车停在车道上。急救人员正从学校走出来，把贾妮放在轮床上推着，其中一个医生举着静脉注射袋。

我一脚把油门踩到底，拐弯的速度太快，右边的车轮都抬离地面了。我脑袋里不断想着的是，自己没有立刻回去看她。我没把这当回事。我以为这小事一桩。

我把车扔在停车场中间，引擎都没关，就朝贾妮飞奔过去。她正在被放进救护车的后部。这会儿我已经离她够近，都可以看到她脸上戴着氧气罩。苏珊跟在后面进了车，抱着菩提。

校长过来拦住我说：“斯科菲尔德先生，她会没事的。”他说着，边举起双手，向我确信。

我快步越过他。苏珊看着我走过去。我能看到她因为我没有及时反应，怒火满目。我过去的时候，一个医护人员，一个司机下了车，准备关门了。

“发生什么了？”我惊慌地问道。

苏珊起身，把菩提递给我。“她不能呼吸。”她看着我说，眼里只有仇恨。“要不是他们叫了急救，她怕是命都没了。”

医护人员举起双手说。“她会没事的。她是张力失常。你太太说她在吃氟哌丁苯；这药会导致张力障碍。我们在给她注射苯海拉明。她不会有事的，不过我们还是得把她送到亨利·梅奥医院去。”

等急诊医生过来时，贾妮看上去已经好多了。

“她怎么了？”我问道。

“她得了我们说的那种张力失常症。”他看着贾妮的眼睛。“这是抗精神病药物，特别是氟哌丁苯常见的反应。”他抬起贾妮的双臂，检查它们的僵硬度。

“这会致命吗？”我问道。如果他说会，那我就该死。我本该早就去的。

“不会，压根不会。”他说，“症状看上去吓人，但并不致命。它是因为颈部和面部的痉挛引起的。舌头会从嘴巴里伸出来，引起流口水。用苯海拉明松弛肌肉，一下就好了。我们得让她注射几个小时，观察一下，不过她不会有事的。”他看着她的眼球。“她已经比刚来时好多了。”他朝我们转过身来。“你太太说她在吃氟哌丁苯？”

“是的。”我麻木地回答说。

“她的病症是什么？”他问。

“还没有明确下来的精神病。”

他点点头。“她的主治精神病医生没有给她开苯扎托品？”

“没有。”

他皱皱眉头。“我很惊讶她没给她开苯扎托品，或者至少常规的苯海拉明。服用氟哌丁苯会让病人有这种副作用，所以这是最标准的配药。”

“她出现了张力失常！”我在电话里朝豪威医生吼道。我内疚极了，但是豪威医生没有开苯扎托品的事实，给了我朝别人开火的借口。

“我很意外。”豪威医生冷静地回答说。

“急救医生说，她需要吃一种苯扎托品的药。你为什么不给她开？你难道不知道吗？”我再次不信任豪威医生了。这超出了她的水平，她不能再做贾妮的主治医生了。我们已经在她那里就诊 1 年多了，她甚至还没有一点头绪。我老早就该找个新医生了。之所以没有，是我不想再去把我们经历过的一切，再从头讲一遍。我太累了。

“我知道苯扎托品。”豪威医生答复说。“通常它是和氟哌丁苯一起开的，以防止张力失常。”

“那你干吗不开？”我在电话里怒吼着。

“因为以前我给她开了大剂量的药，她本该承受不起的，可它们并无疗效。”她柔声地说。

我内心的怒火仿佛一下子被掐灭了。

“贾妮比我治疗过的任何病人，都更有抗药性。”豪威医生接着说。“换了是其他病人，我肯定早担心张力失常了，但是我认为它对贾妮不是问题。我估计错了。”

我闭上眼睛，想起贾妮智力测试分数报告上那个“>99.9%”。我从来都知道贾妮是与众不同的。但我希望她拥有的并不是这种与众不同。

第二十八章

2009 年 1 月 16 日，星期五

手机响了。我看看来电显示，期待它是苏珊打来，跟我说菩提的。她带着菩提去看儿科医生，做年度体检，接种一岁疫苗。

来电显示又是学校的主线。

这是这一周，贾妮出现张力失常以来，学校打来的第一个电话。从周二开始，氟哌丁苯减量了。帕里斯夫人跟我们说，周一在她出现张力失常之前，贾妮的状态是她见过的最好的。周二，贾妮在学校表现很好。周三，也很不错。周四的她就好像根本没吃过氟哌丁苯一样。

“斯科菲尔德先生，我是菲茨杰拉德太太。你得来学校接走贾妮。”

“如果她有张力失常的症状，就给她服用苯扎托品。”我回答说，“你有豪威医生的信，授权你们给她吃这药。”

“不是因为这样。贾妮表现出来的行为让我们很担心。”

我没有问她是什么行为。我相信就是我们每天都会看到的。

“我们给你妻子打电话了，但是她拒绝来接她。”

我知道苏珊为什么拒绝去接她。这和菩提的疫苗接种没有关系。我也是因为同样的原因不想去接她。没有人能帮贾妮。即便周一在医院，我们也找不到任何人能告诉我们有什么选择。那儿的社工再次说，加州大学洛杉矶分校那边没有床位。我们想让她作为住院病人，来观察氟哌丁苯的作用。甚至给她治疗的医生都认为她应该是住院病人，但是他们却告诉我们，他们无能为力。

“她带着我们的儿子在看医生。”

“我理解。但是你们其中一个需要马上来把贾妮带走。”

“她受伤了？”

“没有，但是她的行为失控了。”

我不怀好意地在电话这头笑了。*欢迎来到我们的世界。*

“她在家也会失控的。”

“斯科菲尔德先生，得有人过来立刻把她带走。”

不，我心想，你不能那么轻易地就甩掉包袱。“法律不是规定，学生在校期间，你们需要对她负责任么？”

“不，斯科菲尔德先生，如果她的行为扰乱学校教学，情况就不一样了。”

看来连法律都不站在我们一边。但是如果我接了她，我又拿她怎么办呢？带她回家？然后呢？我突然意识到，自己不能再这样生活。这会要了我们所有人的命，包括贾妮。我们已经孤单无依地挣扎一年多了。这必须结束了。

“如果我不来接会怎么样？”

“那我们就只能给警署打电话，申报她被遗弃了。”

这让我震惊。我在想她是不是虚张声势。这是某种恶心的威胁吗，要我去从他们手里接走贾妮？“你真会这么做？”

“是的，如果我别无选择。不过我还是希望你们能过来接她。”

我把手机从耳边移开，摩挲着脸。让我非常震惊的是，有一部分自己甚至希望菲茨杰拉德太太给警察打电话。我琢磨着可能发生的情况。贾妮会被州政府照看。不管他们愿不愿意，她会成为他们的麻烦。然后也许她最终会得到她需要的帮助。但是她再不能和我们在一起了。她是我的女儿。不过我不觉得她再会感到害怕，但我不能冒着任何一点风险，让她被州政府带走，在她可能好起来的那一天，她的妈咪爹地和弟弟却不在她的身边。

“斯科菲尔德先生，你还在听电话吗？”

“是的，我在。”

“你会来吗？”

“我会来的。”

我走出车，看见菲茨杰拉德太太站在校门口等我。“我还怕你不来呢。”

“我说了我会来的。”我应道，连基本的礼貌都没装。

“从我们的通话中，我不太肯定。”当我们走进学校大楼时，她说。

我每次都来了。我是她父亲。

“出了什么事？”

她打开总办公室的门。“她开始在学校里乱跑，要让自己的身体穿墙穿窗而过。”

*穿墙穿窗？*我心怀疑虑地想。这女人真的是在自说自话。贾妮也许只是想跑出教室，但太过狂躁，以致无法控制好自己的运动技能，把门打开，就像她在家关禁闭时一样。

菲茨杰拉德太太还在絮絮叨叨。“就好像门窗不存在一样。我们很担心她会伤了自己。”

“她现在在哪儿？”走进总办公室时，我问道。不过她还没回答，我就透过窗玻璃看到贾妮了，她在菲茨杰拉德太太的办公室里，或者曾经是她的办公室。

“我们费了好一会儿时间，但是我们最终还是把她拦进了我的办公室。我们把她能扔的东西都拿走了，这样她就不能伤到自己。她在这里很安全，但是我们得谈谈下一步怎么办。”

我朝里看，看到贾妮站在一个办公桌旁边，朝我以前没见过的一位女士比划着，这位女士坐在菲茨杰拉德太太的椅子上，在纸上画着。另外一个我也不认识的女士靠着办公室的后门。我打量了一下房间。通常堆满图书和旧玩具的办公室，现在却徒有四壁了，就像阿尔汉布拉那边的禁闭房间一样。

出于本能，我伸手去拉门把手，把手却纹丝不动。

菲茨杰拉德太太走过来，手里拿着钥匙。“为了保护她，我们把门锁上了。”

这不是夸张。这是真实的事实。他们太害怕了，要么怕贾妮受伤，要么怕他们自己受伤，便把她锁在了办公室里。

她打开门，我冲了进去。“贾妮，你没事吧？”

坐在贾妮旁边正画着的女士，抬头微笑地看着我。“嗨，我是凯伦，是本区的心理学医生。”

“我安排了两个人一直陪着贾妮。”菲茨杰拉德太太告诉我说。

“我们画了一张 400 的画。”贾妮激动地搓着手说。我盯着她，努力想去理解她，这个我在被人把守着的空无一物的办公室里看见的快乐的小姑娘。

“我们玩得很好。”凯伦微笑着抬头看我，丝毫没有菲茨杰拉德太太的那种恐惧。“她在跟我说 400 和魔力 61 这两只猫长什么样，我给她画出来。”

“魔力 61 在这里。”贾妮快乐地说，“她过来看我。”

天哪，贾妮，你是被锁在办公室里。难道你不知道么？看她的反应，这都是再正常不过了。

“你想见见魔力 61 吗？”贾妮问我，“她是个女孩，跟我很像，只不过她 8 岁。”

跟我很像。没有人跟你像。这就是问题所在。

“她就在那儿。”她指指我身后，可是我都懒得转身。

“我们得谈谈。”菲茨杰拉德太太小声在我耳边说。

“我不想离开贾妮。”

“没事的。”凯伦说，“贾妮正在教我画她所有的朋友。”

她的话让我惊讶。她没有说“想象的朋友，”只说“朋友”。除了我自己，我还没见过有人当她那些朋友是真实的。

“我们可以在校长办公室说话。”菲茨杰拉德太太说。

“贾妮，我就在旁边房间，需要就叫我，可以吗？”

“好的。”她的注意力都转回到凯伦的绘画上去了。

我呆滞地走进校长办公室。菲茨杰拉德太太和橡树山学校的心理医生温迪跟在我后边进去，关上了门。

我站在那里，不知道该干什么。

“你可以坐下来。”菲茨杰拉德太太说着，坐在校长的座位上。

“呃，她现在好像又没事了。”我说。

“我们把本区的学校心理医生都叫过来了。”菲茨杰拉德太太说。

“那么，也许他们能和她一起上课，帮她度过剩下的时光。这才是她需要的。在家里，只要我给她一对一的关注，她就没事。”我嘟囔着。

“斯科菲尔德先生，她不能再回去上课了。”

她的话惊得我仿佛冰水流过后背一般。

“我不能再让她这样状态回到学校。”

我茫然地瞪着眼。他们不只是要我把她带回家。他们要我把她永远留在家。

“她什么时候能回来？”我问道。

“随时，只要她对自己对别人都不再是威胁了。”

我低头看自己的双腿，不能相信这一切还是发生了。我感觉自己是误入了别人的身体。

“她现在这么不稳定，不能再这个样子回到学校。”菲茨杰拉德太太接着说。

“刚才所有的员工都来追她。老师们只能离开教室来帮忙。我们还把所有教室都锁起来了。我们不能一直这样。”

“我们也不能。”我想哭，却没有眼泪。

“她暂停在橡树山上学，直到状态稳定下来，或者我们把她转去SED教室，”菲茨杰拉德太太说。

我用双手托住头。“这需要多久？”

“我们需要再做一次‘个别化教育方案’评估。”她回答说。

这是我的错。我太害怕她被贴上标签，怕不同意给她转班。现在还是走到了这一步。

我抬起头。“你都看到了吧？这就是我们每天要面对的。就在上个月，她还打算跳出自己卧室的窗户。只是因为我朋友正好在场，她才没成功。”

菲茨杰拉德太太一言不发。我意识到自己在乞求她。出于什么，我不知道。*帮帮我，求你们了，该有人来帮帮我们。*

“如果我带她回去，也什么都不能改变。”我平静地说，“我们只能回家，一切还是老样子。”

“所以你不打算带她回去了？”菲茨杰拉德太太问，显得很震惊。“那样我们只能报警了，你知道吗？”

我低下头，不敢正视自己脑袋里的念头。“如果我让警察把她带走，会怎么样？”

我能感受到菲茨杰拉德太太和温迪对视了一下。她们没料到会有这个结局。

“我不知道。”菲茨杰拉德太太说，“我想他们会把她送到县里照看。我不知道后面会发生什么。”

我不能直视他们的眼睛。也许出于羞耻。再怎么漫无边际的想象，我都不会料到事情会走到这一步。我以为自己对她永远不离不弃。

今天赶过来，本意是带她回家，但是到了这时刻，我却不能照办。我不能只是把她带回家，然后继续挣扎着活下去。*我们没法运转下去的。*

“斯科菲尔德先生，你想怎么样？”

我体内的每一根神经都在告诉自己，站起来，把贾妮带回家。但是如果这么做了，一切都不会改变。我已经尽力去挽救贾妮的生活，但是我不能成功。我能力有限。她需要更多。

“报警吧。”我平静地说。

我浑身毫无知觉。

透过校长办公室开着的门，我听到一个洛杉矶县警署的警官在和菲茨杰拉德太太说话。

“她才6岁！”他说，“我不知道她才6岁！我不能把一个6岁的孩子放在我的后车厢里。那是罪犯待的地方。那儿甚至连衬垫都没有。”

“她父亲不想带她回家。他认为自己不能安全地把她带在车上。”

警官走进屋。“斯科菲尔德先生，我是多尔曼警官。我理解你出于安全原因，不能带着你女儿，但是我可以叫一辆救护车来送她。”

我的眼神慢慢从他侧面的9毫米伯伦塔手枪转到他脸上。“如果你叫了救护车，他们只会把她送到最近的医院，就是亨利·梅奥。但亨利·梅奥没有精神病科。我知道。我们周一刚去过那里。”我的声音像机器人一样，无精打采。

他看看菲茨杰拉德太太，又看看我，然后又回过眼神，显然很愤怒。他束手无策。我能理解。可我也一筹莫展。

他叹口气。“好吧。我跟你们实话实说。我不晓得该怎么处理这种情况。我还从来没有遇到过。”

我开始担心他也会像其他人一样，抛下我们，任我们独自挣扎。

多尔曼掏出他的手机。“听我说。我来打几个电话。我们想出点办法。”他把手机放到耳边。“在事情解决之前，我不会走的。好吗？”

我抑制住想起身拥抱他的念头。他不会走。他没有推卸责任。9个月前，两个洛杉矶警署的警察还打算以骚扰贾妮的罪名拘捕我。而这个警官成了我唯一的希望。

贾妮噔噔噔走进来，后面跟着凯伦。

“她想来看你。”凯伦说。

“没事。”我伸手去拉贾妮，尽量假装这一切都没有发生，我并没有在找人把她带走。“嗨，宝贝。”

凯伦在我旁边坐下来。“你怎么样？”

“不太好。”

“我能想象。”

贾妮对着办公室地毯上的一个地方大笑着。“魔力 61 太好玩了。她在办公室跳舞呢。魔力 61，你不能在这儿跳舞！”

多尔曼警官把手机拿开一会儿。“嗨，贾妮。谁是魔力 61？”

贾妮朝他转过身，好像第一次见到他一样。“她是我的朋友。”

“她在哪儿？”

贾妮转身指着办公室一个空空的角落。“她在那里。”

“魔力 61 是真的吗？”

贾妮的笑容消失了。“不是。”

“所以她不是真的。”

“不是真的。”

凯伦朝我倾过身。“是你教她这么说的？”她小声问。

“说什么？”我完全没有任何理解力了。

“当有人问她的朋友是不是真的时，她该这么回答。”

我大笑起来。“没人控制贾妮怎么说话。”

“我只是想，是不是你教过她这么说。”

“没有，”我轻声笑着，“怎么了？”

凯伦把声音压得更低一些。“因为听上去像录制好的答案一样，好像她在说一个她认为自己应该说的答案。她诊断出是什么问题？”

“哦，之前说是抑郁症，现在是未定型精神病。”

她靠得更近了。“我很惊讶。”

“为什么？”

“因为我以前见过她这种病人，贾妮的症状在我看来，像精神分裂症。”

我瞪着她。我感觉仿佛云层散去，上帝说话了。甚至豪威医生都不直接用这个词描述贾妮，仿佛不用这个词，我们都能假装它不存在一样。

“谢谢你，伯特。”多尔曼警官对着手机说。“真的很感激。”他挂了电话，朝我们走过来。“本县有一个精神病急救队。我以前从来没和他们打过交道，但是当我们有非犯罪型精神病案例时，他们会过来的。他们有个主机，但如果你们打电话，只能得到一条语音信息。我只好给以前共事的人一个个打电话。”他微笑着说，“不过我弄到了其中一个队员的手机号码。”

洛杉矶县是美国人口最多的县，有 900 万人口，分布地区比特拉华州和罗得岛州合起来还要广袤。整个县有八个精神病急救队，每个队两个人，简称“PET”①，也就是说，平均每 120 万人共享一个队。我以前甚至都不知道他们的存在。

30 分钟后，一个叫玛利亚的小个子西班牙女人到了，还有一个叫保罗的白人男子，块头硕大笨重，他们俩的脖子上都戴着一根有郡徽的链条。

---

① PET，即 Psychiatric Emergency Team。——译者

玛利亚走进菲茨杰拉德太太的办公室，和贾妮说话，保罗和我在一起。

保罗的右眼肿着，还充了血。他的右脸乌紫，我还从没见过那么大的淤青块。

“你眼睛怎么了？”我问道。

保罗低头看我。“我撞到门上了。”他回答说，眼睛都没眨一下。

我明白了这支精神病急救队的任务，就是把人送去接受精神病治疗，甚至包括他们不愿意去的情况。

“貌似那扇门跟你干起来了。”

他的脸依然毫无表情。“有时候他们会的。”

玛利亚出来了。

“情况怎么样？”我担心地问。从保罗的脸部情况可以看出，他们对付的可是语无伦次的疯子。我不太肯定他们会重视贾妮的情况。

“我们会带她走的。”她回答说。

我松了一口气。

“我们去哪里？”保罗说。

玛利亚抬眼看着我。“通常我们会带她去能接受她的最近的机构。”

“那就是阿尔汉布拉。”我说。

“可能是。”

“不，我不希望她去那里。要么去加州大学洛杉矶分校，要么哪里都不去。”我态度很坚定。两个小时前，我准备把她丢给县警署。但现在，也许，只是也许，阳光洒射进来了。“每次我们打电话去洛杉矶分校，他们总说没有床位。”

玛利亚微笑了。“那边有床位。”

“你怎么知道？”

“因为我知道。”

贾妮走进办公室，凯伦紧跟着照看她。她依然兴奋地与魔力 61 玩耍着。

“嗨，贾妮。”保罗弯腰和她打招呼。

“嗨，”贾妮回应着，“你想见见我的朋友魔力 61 吗？”不知贾妮是否注意到了保罗的脸，她什么都没说。她看上去好像一点也不害怕。

“你愿意和我们兜风去吗？”保罗问。

贾妮停下来，突然表现出兴趣。“魔力 61 也能一道去吗？”

“只要她不介意和你还有我一道挤在车后面。”玛利亚说。

“她不介意。”

“那就没问题。”

我看到他们的车停在外面。看上去就像一辆没标志的警车，前排座位和后排座位中间有防护栏。

“贾妮，我随后就来。”当贾妮在玛利亚前面上车时，我朝她喊道。

* * *

去年 4 月份我们来过这里之后，急救中心就搬走了。新的罗纳德 · 里根加州大学洛杉矶分校医疗中心已经投入使用。从外面看，它就像凯悦酒店一样，而不是一家医院。我找到了玛利亚和保罗的车。

我把车停在泊车位上，连停车券都没拿。如果有人要偷走，随便他们。我无暇顾及了。

我冲进急诊候诊室，希望他们回来了。

“我们在这儿。”我听见保罗在候诊室喊我。

“情况怎么样？”我问。

“还在排队。”

这毫无意义。我朝分流站看过去。一位年迈的妇人坐在轮椅上，抱怨自己已经等了好几个小时了。分流站的一个护士正在和一个急诊代表安抚她。

“贾纽厄里？”分流站的护士喊道。

贾妮尖叫起来。“我不叫贾纽厄里！”她开始打分流站的护士。

“贾妮……”我尝试着干涉，但是贾妮一直不停地打她。

保罗抓住了她，把她抱起来。“我们得把她带进去。”他说。

那个护士惊呆了，只知道点头说“好的”。

保罗抱着贾妮，她对他又踢又打。他毫无反应。我拖着她下半身。护士带着我们穿过急诊中心。我盼着她能被带到某个房间，但是我们一直不停地走，朝急诊中心越来越深处走去，一直走到最尽头，最后一个房间，我们进去了。

里面是两个小房间。经过第一个小房间时，我看见一个男子躺在床上，手腕用手铐铐在床上。

“这是她的房间。”从旁边的门走进第二个小房间时，护士说。保罗把贾妮放下来，她要冲出去。

“别动，贾妮。”他轻轻地把她拉回来。“来坐在床上吧。”

房间里除了床，什么也没有。没有心电图检测仪。没有自动血压计。我意识到我们待的是给精神病人预留的房间。所有东西都给移走了，这样病人就不会伤到自己或医护人员。

“如果有任何需要，护士呼叫铃就在右边墙上。”护士看着保罗说。“我应该把门关上吗？”

“应该是个好主意。”他答道。

护士关上了门。现在就我们 4 个了。

玛利亚走过来。“我们得走了。”

什么？

“她还没去看病呢。”我抗议说。我还指望着整个流程中，他们会一直陪着我和贾妮，解释她为什么必须住院。

“那要花上好几个小时，我们得走了。”

玛利亚的电话不停地响起。我知道外面的城市里还有其他人需要他们，但是我也需要。

“你不需要和医生说吗？”我结结巴巴地问。

“护士有我的报告。”

我很担心。我们以前来过这里，但是贾妮并没有被他们接受。我需要他们确保这次能奏效。

“求你们了，”我乞求着，“别走。”

玛利亚把手放在我肩上。“没事的。我保证。”

保罗把手从贾妮肩头拿开。“好了，贾妮。你会和爸爸乖乖在一起，是吗？”

“好的。”她回答着，相当冷静。但是他们转身走的时候，我还是很惊慌。

“保重，好吗？”玛利亚对我说。

然后他们走了。

这房间没有窗户。我没有时间概念。我想给苏珊打个电话，但是我的电话接不通。我感到孤单无依。贾妮人是在这里，但是精神早已不知所在。

旁边房间里，那个被拷在床上的人醒过来了，在尖声骂着脏话。

“我操你们所有人……你们这些该死的婊子们。我知道你们在干吗！你们在和我的老二耍着！你们这些臭婊子！”

这每一个字都让我发颤。我看看在一边蹦蹦跳跳的贾妮，沉浸在自己的世界，和她的魔力 61 玩耍着。平生第一次，我对她的那个世界心存感激，因为它隔离了这个世界，保护着她。

6 个小时过去了。贾妮可能已经忘记了隔壁房间持续不断传出来的脏话，但是我很害怕。我感觉我们最终坠入了地狱的最深处。这是个错误。我想带她回家。我想她抱着自己的布玩具熊英雄，安全地躺在床上。

房间外面，就是保安站。我走出贾妮的房间，朝一个保安走去。

“我们等了好几个小时，都还没做精神病会诊。”

“有时候是会花这么长时间的。”他呆滞地应道。他每天都得面对这些。但我却必须离开这里。这儿毫无人性可言，我自己的人性也在一点点消逝。

“我们要走了。我要带着我女儿离开。我不能待在这儿，让她面对所有这一切。”

“你们不能走。”保安对我说着，站了起来，他至少比我高一英尺。

我震惊地抬头看他。“我们当然能走。你不能把我们留在这儿！我们是自愿来的！”

“也许你是，”他说，“但她有一个拘押期。”

拘押期？我们以前从来没碰到过这种情形。“要多久？”

“直到医生看过她，然后也许她能走。”

“所以我们只能等？”

保安坐了回去。“是的。”

我终于明白了状况。玛利亚和保罗把她安排成非自愿拘押。他们是通过这种办法才把她弄进了加州大学洛杉矶分校。标准拘押时间是3天。

等我回到贾妮的房间，她刚恢复正常。

“我们要走么？”

我看着她。我都干了啥？我为什么不直接把她带回家？

“还不行。”

“我饿了。”贾妮抱怨着。

我回头去找保安。“我要见该死的医生！”我已经失控了。我想回家。

“医生就来了。”保安淡定地说。

我回到贾妮身边。“贾妮，你就待在这里。我马上回来。”我不想把她一个人留在这里，但我别无选择。

我冲进护士站，寻找着那个在我们刚到时给贾妮检查的急诊医生。

我找到他了，他正靠在护士站，和另外一个医生聊天。

“精神科医生在哪里？”我在他背后吼道。

他朝我转过身。“我刚打过电话了。他们非常忙。”

“我女儿在那个房间，旁边就是一个被拷在床上的男人，在满口脏话地咒骂。”

“我理解……”

“不，你不理解！”我打断他的话，“没他妈的有人能理解！我带着我6岁的女儿，是过来寻求帮助的，可压根没人睬她！她不是你们的孩子，所以你们在乎个什么？！没他妈的有人在乎！”我咆哮着，喘着粗气，在崩溃的边缘。我希望自己崩溃，我希望他们把我拖走。但是我不能。贾妮需要我。

急诊中心死一般地寂静。我感觉每一只眼睛都大睁着看我。急诊医生还是死着一张面孔。

“我确实理解。”他平静地说。“我能看出你多么爱自己的女儿，想要帮助她，但是你现在的所作所为帮不了她。她需要你保持冷静。”

“保持冷静并没有给她带来任何帮助！”我吼了回去。

“你现在这样，只会吓着其他的病人。”

我张张嘴，却没有声音发出来。我强忍住眼角的泪水。我要分崩离析了。

“对不起。”我吸吸鼻子。“我只是害怕。”

他点点头。“我会再叫精神病医生的。”

我点点头，擦擦眼睛。“她饿了。我需要给她弄点吃的。自助餐厅在哪里？”

他轻轻地用胳膊碰我一下，指着大厅那头。

“从那些门过去之后，在右边。”他看看我，“你再坚持一下。为了孩子保持坚强。一切都会没事的。”

我点点头。我并不相信他，就像我并不相信玛利亚一样，但我还是希望他不停地告诉我，一切都会好起来的。

不知道贾妮想吃什么。他们有烤芝士，这个她是吃的，但也不是所有时候都吃。我买了好几样东西，希望有让她感兴趣的。烤芝士，洋葱圈，玉米，米饭。我把所有这些都拿到房间，一一打开来。她挑了洋葱圈。

一个年轻人把头从门外伸进来，低头看着他的表格。“贾纽厄里是在这里吗？”

“不是贾纽厄里！”贾妮尖叫道，她低着头，注意力都在洋葱圈上。

“对不起。”他道歉说，“我是精神病科的研究员。”他对我说，但是看他的样子，更像是要去夜店。我给他讲述了贾妮的病史。我把她自出生以来的方方面面都讲到了。我不知道这是不是还有必要。

他点点头，记着笔记。“好的，贾妮。我能和你说会儿话吗？”

“你想看我的宠物老鼠么？”贾妮伸出空空的手掌。

“我出去下。”我对他说。我不想冒险让他可能认为，我在影响孩子。我需要他看到我们每天看到的真相。我期待他能看到。

5 分钟后，他出来了，依然在他的本子上写着。

“你怎么看？”

“呃……”他开口了。我的心沉了下去。他并没有看到。贾妮在这关键时刻，并没有发作暴力。她只是看上去“充满想象力”。我放弃了，让自己去接受这一场一无所获的折腾。至少今晚她可以睡在自己的床上了。这一刻我只想要这个。只是睡个觉。

“……她确实说了一些奇怪的东西。她非常沉浸在自己的世界里。她一直和我说那些住在卡利里尼的动物和小女孩。我想她是这样叫那个地方的。”

“你们会接收她么？”

“让我去和我的主管讨论一下，看看他怎么说，然后我再回来。”

“要多久？”

“很快。”

“很快”是90分钟后。他拿着一张纸回来了。

“这是什么？”我问。

“这是授权治疗书。”

“所以你们会接收她了？”

“是的，我们打算接收她。她说的有些话，让人有些担心。”

我能做的就是一跃而起。我简直不敢相信。

成功了。我终于做到了。我让她进了加州大学洛杉矶分校。现在一切都会好起来。他们会找到办法帮助她的。

第二十九章

2009 年 2 月

警告：所有随身佩戴的金属物品都需去除

我低头看看自己的结婚戒指。戒指是金的，成色丝毫不会受到磁体的影响。我记得是 9 年前买的。不是很贵。当时苏珊和我一起去西尔斯珠宝柜台挑选婚戒。这并不浪漫，但是很有趣，因为是我们一起去买的。我们以前总是一起干每一件事情。苏珊是我的伙伴，我最好的朋友。而现在，我感觉在贾妮出生之前，好像我们并不认识彼此。现在我们是一条战线上的战友，在一场普通的危机中，一场反对贾妮体内尚无定论的敌人的战斗中，一种全新的关系筑造起来了。

我褪下戒指，把它放进抽屉里。那些奔赴战场、却担心自己也许再不会重返家园的战士们，也会留下自己的个人物件，只留着他们的美军身份牌。每天我都感觉自己在一步步走进一个我永远回不来的地方。

当我走进核磁共振房间时，我的身份牌不是挂在脖子上，而是坐在轮椅里。贾妮就是我的身份牌，我的个人证件。

"我不愿意做这个。"她告诉我说。

我叹口气。晚上 11 点都过了，自从 7 点探视时间开始，我就一直在洛杉矶分校，等着放射科带她去做核磁共振。如果说还有人能带着她去接受这个检查，那非我莫属了，我得带着她去做这个检查，因为今晚就能让这个我与之战斗一年的敌人露出真身。如果我能看见它，我就能战胜它。

“这个不疼的，贾妮。只是有点吵。听上去声音有点可怕而已。”

“我不想做。”

“我们有耳塞呢。”放射科医师把耳塞从耳朵里掏出来。“就像这样的。”

它们是那种小泡沫团，你可以卷起来塞在耳朵里。我很熟悉这个。我 1 年前用过，还带着双耳式耳机，指望这种双层效果能完全阻隔菩提的哭声。

“她不会戴的。”我说。

“我们只有这个。”医师对我说。

“我不想检查。”

我在她旁边蹲下来。“贾妮，我们得看看你脑子里面怎么了。”我的声音很平静，但我是在乞求她。*贾妮，我需要这个。我得看看那个“敌人”。*

“不要。”

“我们可以让医生开点镇静剂。”吉莉安提议说。吉莉安是儿童精神科的护士，每次贾妮离开精神科，她就必须跟着。

但这样一来，今晚就做不了检查了。她的医生已经下班，我们离那台机器不过几英尺之遥了，它会为我们已经生活其中如此之久的黑暗，开启一盏明灯。我回头再做贾妮的工作。我得说服她到机器里接受检查。

“贾妮，要么我回到车里，拿你的双耳式耳机来？”

“我们有双耳式耳机的。”放射科医师说。

“什么？”

“我们有双耳式耳机。”他走到一个抽屉那里，拿出一副耳机。

我很不悦，他干吗不早说。

“看，贾妮，他们有双耳式的耳机。”

“我可以听音乐吗？”贾妮说，她看到耳机上连着一根长长的线。

“这个线能接通音乐吗？”我问医师。

“抱歉，没有音乐。这根线是方便我们与机器里面的病人讲话。”

见鬼，我心想。耳机只会让核磁共振的声音压低些，却不能消除它。她需要有东西能把她的注意力，从核磁共振舱的噪声中转移开。

“贾妮，我唱歌给你听。我的声音会大到你根本听不到机器声。”我绝望地看着贾妮。

贾妮沉默了一会儿，抬头看我。“你唱什么？”

“你想听什么我就唱什么。《黄色潜水艇》怎么样？”

几年前苏珊给我买了甲壳虫乐队的唱片作为结婚周年礼物。我从没想过自己还能在车里欣赏这首歌，但是有一天我尝试着放的时候，贾妮开始跟着唱了起来。

“尝试从我的角度看事情

只有时间才能告诉我们是对还是错……”

那些时刻给了我希望。

我看得出，贾妮在考虑着。

“我们会让它奏效的。”我微笑着说。

她微笑了，搓搓手，领会了我的话。

医师帮她爬上核磁共振的检查台，但是他刚要动手用皮带绑住她，她就又坐了起来。

“宝贝，”医师对她说，“很抱歉，我必须得这么做，如果你动了，我们就拍不到好的图片。”

“贾妮，没事的，”我握住她的手。“躺下来就是了。”

我看着医师把她的脑袋用皮带固定住。

贾妮哭了起来。迄今我看到贾妮真正流泪的次数，用一只手就能数过来。

“没事，贾妮，”我说，“爹地在这里。”我把她的手握在自己手里。

医师在她前面放了一块镜子。“这样你就可以看到你爹地了。”他转身对我。“准备好了？”

我点点头。

他消失在控制室。几秒钟之后，我听到他说：“好了，我们开始了。”

检查台慢慢滑进舱里，贾妮开始像一只迷路的小狗，喃喃自语。

“没事的，贾妮。爹地就在这里。你能看到我么？”我朝镜子里她的脸挥挥手。

“是的，”她声音里的童稚让我不习惯。检查台进了舱里，这舱更多是为成人设计的。她的手还握着我的手，也渐渐消失在舱里，但是我一直握着，整个胳膊都被拉进去了。我的肩膀撞到舱的外边缘，但是我不会松手的。我俯身让自己的头跟随贾妮一起进了核磁共振舱。

随着检查台把我一道带进去，我的双脚离地了。我整个上半身也都在舱里了。我把自己的身体从贾妮的腿上弓起来，头抬得高高的，这样贾妮就可以从镜子里看到我。

她还在像只小狗一样呜呜嘤嘤。

“这里面就像一个洞穴。”我说道，我的声音在舱内回响着。“好像我们是草原土拨鼠。还记得我带你去动物园，我们看到的土拨鼠吗？这就像是土拨鼠的家。”我学着土拨鼠的叫声。

“好了，现在开始。”医师在操作台那边喊道。机器开始像喷气发动机一样发出轰鸣声。尽管噪音很大，我依然能听到贾妮的哭声。从6年前，她尚是小宝宝时，她的哭声便与我紧密相随，现在，即便身处5级的飓风里，我大概也能听出她的声音。

“贾妮，没事的。看着我，贾妮。看着镜子。”

我看见她的目光在镜子里移动着找我。她的头被固定了，这样医师才能得到她脑袋清晰的影像。

“你能看到我吗？”我在促狭的空间里挥着手。

“我能看到。”

“让你的眼睛一直看着我。贾妮。一直看着我。除了我，不要关注其他任何事物。我会给你解释所有这一切。噪音只是一个围着你转的巨大磁场发出的。这个磁场让你体内的离子和……”我停下来，看着她张大嘴巴号啕大哭起来。

见鬼，我在干吗？我还一直在尝试着教她知识，甚至到现在。我想是我残存的信念作怪，认为她一切的问题，都只是因为她是天才所致。但现在她需要的不是一位老师。她需要的是她的父亲。

“贾妮！贾妮！看着镜子！让你的眼睛一直看着爹地！”我看到她看着镜子中的我。我们的眼睛对视了。我开始唱起来：

“在我出生的家乡小镇，

住着一个老船长。

他常对我们讲起一生往事

在那潜水艇的王国里。”

机器的声音更响了。“好，现在开始成像了。”医师的声音从操作台那边传过来。“现在保持不动。”

机器开始咔哒咔哒地大声响起来。

贾妮哭起来了。

“贾妮！”我大声喊着，压过机器的咔哒声。“一直看着我。”

她的目光又回到镜子上，看着我。

“于是我们起航逐日

寻访碧海之央的天堂

在浪涛的深远之下

我们都住在黄色的潜艇里……”

每次机器的声音变大，我的歌唱也随之变响，一直到我用最大的声音去唱。

“所有的朋友欢聚船上

左邻右舍就在我身旁……”

咔哒声和很响的隆隆声交替出现。每次我看到贾妮转移视线了，我就叫她看回到镜子上。她按我说的做，我又重新唱起来，拼命吼叫着歌词。

“我们的生活舒适安逸

我们需要的一切都称心如意”

“我们需要的一切！”我大声唱着，在机器里挥舞着那只自由的胳膊，猛烈地摇摆着脑袋。我感觉仿佛时光倒流了，回到了宜家的海洋球池里；那时，她还是个小宝宝，我会和她一起跳进去，又蹦又跳，而不在乎别人怎么看，因为这能逗得她哈哈大笑。

“天是湛蓝的！天是湛蓝的！海是碧绿的！海是碧绿的！”我像一个 KTV 里的醉汉。“在我们黄色的，黄色的……潜水艇里，潜水艇里！啊啊啊！”

贾妮在镜子里朝我微笑了。

“我们都生活在黄色潜水艇里，黄色潜水艇里，黄色潜水艇里。
我们都生活在黄色潜水艇里，黄色潜水艇里，黄色潜水艇里。”

我一首首唱着记得歌词的那些歌，眼睛一直没有离开过她。现在，她移开视线的时候越来越多了。我能看到她的嘴张着在哭，但是机器的轰鸣声完全盖住了她的哭声。

这检查时间太长了。她在使劲扭动脑袋了。我得赶紧采取点措施，不然她会开始惊恐的。

“我是贾纽厄里·佩姬。”我想起在她很小的时候，苏珊和我曾经为她写过一首歌。我看到她停止扭动了，专注地看着镜子里的我。

“这是我的歌，
如果你不唱给我听，
我会整夜哭闹不停。”

她没有笑，但是也没有移开视线。我祈祷也许，只是也许她还记得；如果她还记得，那么敌人就尚未彻底把她从我这里夺走。

第三十章

2009年3月

贾妮的名字改了。

她现在叫珍妮，名字中的第二个n给去掉了。[①]

在加州大学洛杉矶分校医学院这儿，病房外面都贴有孩子们的名字，是用电脑打印的，大大的字体形状古怪，上面还印着一个他们的心头最爱，譬如一匹马，一只狗，或者一个可动人偶。

我和苏珊第一次看到她名字时，还以为是弄错了，不过，有一个和她关系要好的十几岁女孩儿，叫丹妮。珍妮会和她谈论自己的那些老鼠，丹妮一点也不惊讶，相反热切地想听她讲述那个只存在于她的眼里的世界。丹妮似乎让她获得了一种正常感，就像她在阿尔汉布拉和洛马林达时一样。

虽然我们没有反对，乐于让她随意改变我们几年前给她取的名字，但我和苏珊还是心生哀伤。我们知道，把“贾纽厄里”简化成“贾妮”，并没有多大关系，但这是我们为她取的名字，是我们为我们独特的小宝贝，取的独一无二的名字。现在，它已不复存在。虽然苏珊和我对此没做任何交流，但我知道，我们的感受是一致的：名字的这番改变，就好似当年她的脐带被剪断。

在珍妮入院后1个月左右，我们参加了医院组织的家庭会议，我们很感激能成为“治疗小组”的一员。治疗小组包括珍妮的医生，金医生，一位年轻的亚裔美国女医生，和快要退休的社工乔治亚。金医生是珍妮的主治精神病医生，但实际上，加州大学洛杉矶分校雷斯尼克神经精神病医院所有的医生，都参与珍妮的治疗，包括首席精神病医生——德安托尼医生。除了和豪威医生会诊（对于住院病人的医生来说，她这么做属于前无古人了），金还要和保险公司斗争，为珍妮赢得尽可能久的必要治疗。

“她的病情有点棘手，”乔治亚开口道，“这若是在三四十年前，她会住进卡马里奥州立医院。”

苏珊插话说：“所以，那时候也有珍妮这样的孩子啊。他们后来怎么样了。”

“呃，我当然没法跟踪他们一辈子的状况，但是大部分都在正确药物的治疗下，一步步好转了。”乔治亚答复说，“但现在我们没有那么多时间了。当年病人们通常有6个月到一年的住院期，但现在，保险公司都不付钱了。”

珍妮入院两周后，我接到蓝盾寄来的一封信说，他们将停止付钱。珍妮眼下还尚在医院的唯一原因是我竭尽全力要维持她的治疗，我找到政府机构医保管理局，他们撤销了蓝盾的决定，甚至表达了对健康维护组织的不满：他们竟然会考虑让一个“明显如此不稳定”的孩子出院。根据加州法律，医保管理局医生的决定不仅无可更改，而且不能被起诉，所以蓝盾除了又继续付钱，别无选择。但是法律没有

① 贾妮的原名拼写为Janni，现在的名字珍妮拼写为Jani，少了一个n。——译者

规定，蓝盾必须再支付多久。他们给我发了封信说，他们初步只同意再付 3 天的费用，然后他们会“复审”珍妮的病情。我们知道，“复审”是“不再付钱”的婉转表达。蓝盾不会放弃促使她出院，我则不会放弃与他们抗争。

“很抱歉，核磁共振的检查结果这么久才出来。”金医生从她的笔记簿上抬头，对我们说。“但我得等神经学医生对成像有了分析结果，然后才能跟你们说。”

苏珊和我不安地等待着。

“就绝大部分而言，一切都是正常的。”金接着说，“在她的丘脑部位，有一个发亮的点，我想让神经学医生分析的就是这个。”

“这是什么意思？”我问道。

“通常在脑部扫描图片里，缺血缺氧的部位，”她比划着说，“会呈现出一片光亮。”

“这不是问题所在么？”我追问着。

“它没损害到它的功能。”金回答说。

“你不认为这是她的病因？”苏珊问道。

金摇摇头。“我们讨论了好几轮。这是丘脑的一个极小的部分，只是人的身体和大脑之间神经指令和信号交换的第一个中心。类似一个开关。”

“所以你们确信，她的丘脑里这个缺氧的部位，没有任何作用？”我发问道，迫切想知道答案。这是我们能触达到的珍妮大脑的最深处。

金医生摇摇头。“我们称之为大脑的应激物，不过，没错，这不是原因。这个亮点是一种脑卒引起的，但是显然非常轻微。它们通常在母体内，或分娩时，或者刚刚出生时会发生。”

我感受到自己的血管一阵收缩，脑袋锐痛。

“怎么会这样？”我强撑着自己。

金耸耸肩。“不晓得。可能是遗传，也或者是随机发生的。”

“摇晃会不会引起这个？”苏珊问道，斜瞟我一眼。

“你的意思是？”金迷惑的目光从苏珊那里，朝我移过来。

我垂下眼。我很难过，发生了所有这一切之后，说真心话，我几乎都忘了这件事。

我吸口气。“自打珍妮出生起，她就从来不睡觉。那时我们还不知道，不停地刺激有助于她睡觉，她每次最多睡 20 或 30 分钟，浅浅地打个盹，加在一起一天也就四五个小时。所以我们也无法休息。我们轮流照看着珍妮，5 个小时换一次班，勉强应付着。后来因为我们需要钱，苏珊必须要去上班了。我就每天晚上照看她，整晚都是我，一刻也不休息，抱着她，听着她不停地尖叫。”我顿了顿，想起珍妮那双大大的蓝眼睛里的恐惧。“一天晚上，我终于发作了，一边摇晃着她，一边吼叫着，‘你为什么不睡觉？！’她立刻就放声哭起来，把我吓坏了。”我停下来，努力找着合适的字眼。“这是我这辈子最不该干过的事情。我真希望能收回，但是我不能。我已经这么干了。”

我朝苏珊看过去，努力想解读她的表情。我没有愤恨。我看到的是疑虑，她在思索所有这一切是不是该归结到我身上。我不知道该说什么。如果是我损害了珍妮的大脑，我该怎么做才能弥补？

苏珊和我对视一下，然后转身对着金和乔治亚。“我并不认为这是他的举动造成的。珍妮一直都与众不同。甚至在我肚子里时，她就从来不睡觉。不过，你们怎么看呢？”

我看看金，她显然在思考。隔了好一会儿，她才作答。“呃，这是没法确认的，但是在……在他这番动作之后，她随即就哭起来，实际是个好现象。我更担心的是她的反应会不会减少了。”

“没有变化，”苏珊说，“我带她去做了检查，随后看了医生。我们一直带她去看儿科医生，因为我们想努力找出她不睡觉的原因。”

“有可能是我伤到了她的丘脑吗？”我弱弱地问。

金明显不适地转动着她的椅子。“丘脑埋在大脑很深处，可能要经过很多激烈的动作，才会造成这种缺氧状态。通常，它就那么发生了。那个区域的血管没有完全发育好，当血液流过后，血管就爆裂了。”她停顿一下，然后看着我。“这种亮点不会引起精神分裂症。这种作用在大脑上的刺激有可能让她提前发病，但它不是致病源。”

“那她手部的动作呢？”苏珊问道，她指的是珍妮总是不停地转动她的手腕，速度快到她的手腕一定很疼，但是珍妮却毫无感知。“丘脑会引起这个吗？”

金摇摇头。“这不像是痉挛那种神经系统的毛病。她并不是一直这么做。我们认为它是一种兴奋的表现，就像自闭症那种。”

苏珊烦怒地叹口气。“太好了，我们又回到自闭症上了。”

“我们不认为她有自闭症，”金医生有些温和地说，“我们已经讨论过这一点，因为这里的很多医生都是这个领域的专家。他们不觉得她符合自闭症的特征，因为珍妮两个最主要症状是，她更喜欢她那些看不见的朋友，和他们有互动，对真实世界的人却有相应的攻击行为。自闭症患儿的病症，是对正常人能意识到却不太在意的一些东西非常专注。我们不知道是什么导致珍妮这样。”

“那么她是什么病？”苏珊逼问着。

“现在做结论为时过早。”金说。她抬起头，清清嗓子。“但是我可以告诉你，眼下我们已经排除了其他一切原因，只剩儿童期发病的精神分裂症。”

屋子突然死一般地沉寂，我都能听到自己的血液涌过耳膜的声音。我跌坐回去，看着苏珊，她也看着我。

我们并不震惊。苏珊一直怀疑珍妮是精神分裂症，但是我一直否认着。我希望只是某种能治好的病。精神分裂症是治不好的。它是不治之症。

甚至在发生所有这一切之后，并且人们也都在这么说，我依然心存希望。我逼迫豪威医生承认珍妮是精神分裂症，不是因为我希望这是真的，而是因为她的迟疑给了我希望。现在既然金都这么说了，那么现实已然就是现实了。

我转而去想象一个精神分裂症患者的生活状态，它让我害怕。

也许珍妮再也不能去上学了，更别说接受大学教育。她永远不会有男朋友，或者结婚。我悲伤地回忆着其他的父亲曾经跟我说的那些话，说她是多么漂亮。“等她长大了，你得需要备把枪”。不，我意识到，用不上了。

我低头看着菩提。他将再也不会有一个正常的姐姐了。我曾经相信，有一天珍妮会最终摆脱病魔，像我一直希望地那样去爱他。现在我意识到，她不会了，因为她不能。她现在如此待他，未来的一生，她也会这样待他。当苏珊和我都不在人世了，他会来照顾她，依然承受着她的虐待。这就是他的未来。

我哭起来。我听到苏珊发出低低的呻吟，然后一阵啜泣。她抓着我的胳膊，我握住她的手，朝金转过身，用另一只手抹去眼泪。我压制住自己的痛苦。我必须聚精会神。我必须现在开始规划珍妮的人生。

“所以她是精神分裂症了？”我说。

金看上去很难过，仿佛也要和苏珊一道哭起来。我看出，因为职业需要，她在努力控制自己，但好像不太奏效。

“嗯，”她开口道，她看上去简直就像个高中女学生，而不是加州大学洛杉矶分校的临床博士。“要做出正式的诊断结论，我们还需要更多的时间。通常，我们需要观察超过 6 个月。但是考虑到我们有她在豪威医生那儿的就诊史，我想我们不要那么久就可以得到最终诊断。”

苏珊还在哭泣，无法开口说话。我也几乎不能言语。内心的痛苦想一泄而出，但我必须压制住它，才能让自己集中精神。我必须发问，我也必须得到答案。

“初步预计是什么？”

金又垂下了眼睛，然后才抬头迎上我的目光。

“呃，她的耐药性太强，这不是好事，”她说，“但是她又极其聪明。我想说机会是各占 50%。她有一半的机会好转，一半的可能恶化。”她停顿了一会儿，“我很希望能给你们更高的胜算。”

我几乎不能呼吸了。“我感激你和我们实话实说。”

“我从来都是说实话的。”金回答说，她又垂下了目光。

乔治亚在桌子那边倾过身来，伸出手，握住我和苏珊的手。

“重要的是，你们要记住，不要放弃。”

“对，”金补充说，“我们也不会放弃。在珍妮必须要服用氯丙嗪时，她的药物反应很好。我们现在的计划，当然前提是你们批准，是让她开始按照标准剂量，使用氯丙嗪。我们通常不会这么做，但考虑到珍妮病情严重，我们认为这是合理的。”

“这并不是世界末日，”乔治亚说，“我们要做的是治疗珍妮，你们要做的是确保你们能够挺住。”

我摇摇头。“她已经服用过太多药，没有一种效果理想的。”

金和乔治亚交换了眼神。“是不理想，”金说，“但是现在市场上永远都有新药在推出。”

“所以你们才需要坚强，”乔治亚补充说，“不要放弃。”

“我们不会放弃。”苏珊开口道，“我们也不能放弃。她是我们的女儿，我们爱她。”

“坦白说，”金医生回应道，“这就是我对她抱有希望的原因。她有你们两个。”

“我们不会放弃的。”我答道。我清清嗓子，提出一个我必须得知道答案的问题。“我不是医生，但是我见过的绝大多数精神分裂症患者，都是害怕他们的幻觉的。”

金慢慢地点点头。“这个病，在每个个体身上的症状都不一样，但总的来说，你说得没错。”

“珍妮不害怕她的幻觉。他们是她的朋友，即使有一些，譬如400，他还会咬她抓她。”

金又点点头。“这实际是好事。我相信你不会愿意她活在恐惧中。”

“不。不，我不会。”我挣扎着讲出我必须得讲的话。“但是他们对她来说，比这个世界上的任何事物，都更富有吸引力，会不会……有一天她真的走入了自己的那个世界，再也回不来了？”

金显然吓了一跳。

“有没有一种可能，”我接着说下去，“她得的是紧张性精神分裂症？”

金朝乔治亚看过去，似乎是想得到她的确认。

“我是说，这也是精神分裂症的一种，对吗？如果她得的是这一种会怎么样？”

金恢复了自己的专业风范。“呃，首先，紧张性精神分裂症是否真实存在，现在还没有一致结论。病人确实会陷在他们自己的世界，但我还没见过回不来的病人。如果你担心的是这个，那我认为是没有必要的。”

但这恰恰正是我担心的。我们现在的遭遇就好像爱丽丝的镜中奇遇一样。我曾经坚信不会发生的事情发生了。金可以滔滔不绝地说到累得说不出话来，说珍妮永远都不会彻底陷在卡利里尼，可万一她会呢？

第三十一章

2009 年 3 月下旬

“你带了什么吃的？”当我走进病区时，珍妮问我。

“我买了汉堡王的奶酪马科罗尼意面……”我打住了，看到珍妮的中指夹着夹板，缠着绷带。

“你手指怎么了？”

“亚当把我的手指狠狠地夹在门上。你看。”她解开绷带。她的手指乌青乌青的。

亚当是同病区的一个男孩子。他比珍妮小一岁，不过是这个病区唯一一个比珍妮严重的患儿。

我立刻叫来一个护士。

“我们已经让医生检查过了，也拍了 X 光，”她告诉我说，“骨头没有断。”

“是怎么回事？”

“她叫他狗狗；他就打她，她也还手了。”

哦不。珍妮把所有人都叫“狗狗”，不过这个孩子是个非洲后裔，他过去可能对这个字眼有不好的记忆。这将是珍妮的未来么？我思忖着，因为不理解一些社交规则，而无心地挑起一些争斗。

我回到她的病房，她正在吃我带来的汉堡王的食物。

我把门打开着，一个小男孩出现在门口。

“他就是亚当。”珍妮告诉我说。

亚当的脸上挂着微笑，与我曾经在珍妮的脸上看到的一样，是扭曲的微笑；他违反规定，迈前一步，进了她的房间。他在试图挑衅她。

珍妮朝他走过去，扬起胳膊准备打他。我抓住她的T恤，把她拉回来，这时一个安排一对一照顾亚当的男护士，走到门口，把他拖回去了。

“抱歉。”护士说，“他就从我身边跑开了一分钟。”他关上了门。

珍妮立刻又把门推开了。

“珍妮，你要去哪里？”我不安地问，其实我知道答案。“回来把食物吃完。”

“我得打他。”她对我说，和当初她追打哈尼时，一个腔调。

我跑到外面的大厅。珍妮已经站在亚当房间的门口。她进了房间。我冲进去，看见她抬起胳膊，做着挥打的动作。

亚当正奋力要挣脱护士的手。我抓住珍妮，拖着她开始往后退。护士和我看上去就像拳击裁判一样，在努力拉开两个斗士。

“我得打他。”珍妮重复说。

“不，你不能打。”

“他打我了。”

“那是因为你叫他狗狗。他不喜欢别人这么喊他。你得叫别人名字。”

珍妮和我挣扎在一起。“让我打他！”

“我需要分散一下她的注意力。”我朝病区公共会客室里的另一个护士喊道，同时向四周打量着。在走廊尽头，是另一个房间。房间里摆放着各种乐器，包括一套鼓。也许我可以让她嘣嘣嘣地去敲鼓，发泄一下自己的攻击性。

“那个乐器房可以打开么？”

护士打开了乐器房。

我拿起鼓槌，敲着小军鼓和落地鼓。

“来。”我把鼓槌递给珍妮，她没精打采地敲着落地鼓。

我拿起另外一套鼓槌。“不对，是这样的。”我使劲地击打着落地鼓、小军鼓和大镲。“要真正用力打。”我高声喊着。“这种东西你是可以打的。因为它没有生命。你要真正沉浸进去。让你的攻击性发泄出来。通过它们把自己的烦恼打出去！打它们没事的。”

珍妮击打得有力一些了。

亚当出现在门口，后面跟着他的护士。

“对不起，”护士抱歉地说，使劲想把亚当拉开。“他听到了鼓声。”

“我也想玩！”亚当喊道。

“你现在不能玩。珍妮在里面。”护士说，努力想弄走亚当。

“没事。”我对护士大声说，“他可以进来。有两套鼓槌。”

护士看着我，好像我疯了一样。

“你确信么？”

如果珍妮还打算在外面的世界生存下去，那么她就必须学会怎么与人相处。尽管她想打亚当，但如果她能够学会和他交往，这将是一个巨大的突破。

“没错。”我回应说，“这儿的鼓多，够大家一起玩。”我把自己手里的鼓槌，递给亚当。

“不过首先，我们得确认每个人都理解了规则。你们唯一能用鼓槌打的就是这些鼓。你们不能互相对打。理解不？”

亚当点点头。我把鼓槌递给他，让他站到珍妮对面的那套鼓那里。

“亚当，你打这个鼓，这个叫落地鼓；珍妮，你打这个，这个叫小军鼓。”

亚当梆梆地敲着落地鼓。

“我不想玩了。”珍妮说着，把鼓槌扔到地上。

我把它们捡起来，递给她。

“不行，我想教你和亚当怎么打鼓。”我知道让他们手持木头鼓槌，只有一臂之隔，这是在冒险，但是我决意要让自己的想法变成现实。

珍妮拿起鼓槌，敲了一会儿小军鼓，然后朝亚当扬起她右手上的鼓槌。

“不可以。”我说着，抓住她的胳膊。“我们打的是鼓，不是人。来，你们两个。我们看看可不可以一起打。”

珍妮回头去敲鼓。亚当也在打着。他们毫无合拍可言，但是我不在意。只要我能让他们并肩站在一起玩耍，而不是互相打斗，我就成功了。

我看到珍妮的胳膊又伸出去了，越过大镲，把鼓槌扬在亚当的头上。

“别这样！”我说着，又抓住她的胳膊。“珍妮，你要是打亚当，那我们就离开乐器房。”

珍妮收回她的胳膊，开始尖叫，同时使出全力用鼓槌打自己一边的脑袋。

我简直吓坏了，连腿都迈不开了。珍妮又开始叫喊，然后用尽全身的力气把鼓槌打在自己脑袋上。

终于，我从震惊中清醒过来，必须采取措施了，我跃身向前，从她手里夺过鼓槌。

她又用另外一根来打，我又快速地抢过来，立在那里，喘着粗气。

“珍妮！你为什么打自己？”我要一个答案。我需要一个答案。如此猛烈地敲击自己肯定难以想象地疼痛，但是，她似乎没有任何感觉。

珍妮突然抬头看着我，好像她刚刚才意识到，我在那里。她看上去又害怕又迷惑，仿佛并不知道刚才发生了什么。

哦，天哪。

一年多来，我一直想看到这个敌人，刚刚我终于看到了。这敌人不是一种行为举止，是有某种东西控制了珍妮的身体，等它消失不见时，珍妮则根本不知道刚才发生了什么。直到这一刻前，我仍然抱有一丝希望，想知道她是否能控制住它，但现在我再无怀疑了。这个敌人的名字就叫精神分裂症，如果她不按照它的意志行事，它就会激发她，让她伤害自己。

第三十二章

2009年4月初

加州大学洛杉矶分校周末的探视时间要长一些，从下午2点到4点。只有在这个时间，我们3个人才一起去看珍妮。这是我们家庭团聚的时间，但我们之所以带着菩提，也有另一个原因。他是我们必须的实验品。要测试药物是否有效的唯一办法，就是珍妮不会打菩提，这两个小时我们能安然度过。

“菩提！”当我们走进房间时，珍妮大叫着，冲到他的婴儿车旁边。她很高兴见到他，这是个让人振奋的信号，但是我没有欢呼雀跃。我们还有两个小时的考验。

“嗨，菩提。”她低头看着他，等待着，好像要等一个回应。我想她是希望他能够理解她，做一个与她血肉相连的朋友，她从来都没有朋友。

和平常一样，苏珊在珍妮的床上躺下来。这些来来回回的探视似乎真让她筋疲力尽了。她和珍妮说着话，问她病区里其他孩子的情况，特别是关于有没有其他的女孩子，她是不是和她们一起玩耍。

我把菩提抱出婴儿车，他开始在房间里爬行。在我印象中，我都不记得他什么开始会爬的。他已经可以抓着珍妮那个桌子旁边的椅子，让自己站立起来，去够珍妮在职业疗法中涂过颜色的那些摇头动物。

我看到他用胖胖的小手指抓住一个摇头狗。我瞟了珍妮一眼，她还在和苏珊说话，祈祷她不会注意到这些。

可是她注意到了。她朝他走过去，一把把狗夺走了，我吓得一缩。

“菩提，你不可以！”她当他仿佛一只刚在地板上撒过尿的小狗一样，训斥着。但她没有打他。她只是拿着玩具，低头看着他，跟他说，他不可以碰她的东西。至少她没有打他。也许是氯丙嗪在起作用。

菩提开始哭起来，不理解自己为什么不可以得到那只狗。

“珍妮，”我对她说，“给他吧。他只是想看看它。”

“不行。”她把狗玩具高举在头顶，菩提够不着了。

“珍妮，他只是想探索一下。小宝宝就是这样通过触摸，去了解他周围世界的。”

“可是他会用牙齿咬的。”她抗议说。

这话不假。菩提总是把一切东西都喂到嘴里。

“但那是探索的一部分啊。他这个年龄，嘴巴比手敏感得多。”

“我不想有小孩子的口水留在上面。”她把她所有的玩具都揽在怀里。

“我们可以洗的。”

“他会把它们弄坏的。”她争辩着。

“怎么弄坏？”

“用牙齿咬。”

“珍妮，你的玩具都是硬质塑料的。塑料之所以被发明出来，就是因为这个原因。它是弄不坏的。没有人能把塑料咬破的。这是不可能的。”

“菩提可以。”

“不，他不能的。”

“不，他能。”她言之凿凿地说，虽然她从没见他这么做过。

我从她手里拿过一个玩具，是一只最小的宠物店狗狗，把它放进嘴里。我使出全力咬它，然后拿出来。

“看到了吗？”我展示给她看。“甚至连个牙印都没有。我的牙齿可咬得比菩提的厉害很多。”

珍妮依然戒心十足地保护着自己的玩具。“我还是不想他咬我的东西。”

“为什么我可以把你的玩具放进嘴里，菩提却不行呢？”

“因为你不会把它们弄坏。”

“珍妮，”我说，努力压制着自己的恼怒。“我刚不是给你演示了吗，没有人能咬破塑料的。”

“他会。”珍妮看着菩提，好像他不是人类一样。

对她来说，没有推理可言。我从她眼睛里看到这一点。她是真的相信，菩提会咬破她的玩具。

“好吧。那你得把你的玩具放到他够不着的地方。”

我把他的玩具车从婴儿车下面拿出来。“来，菩提。过来跟我玩。”

菩提需要有人友善地待他。苏珊和我每个周末都把他带过来，看望这个理应爱他的姐姐。但是她不能，我这般提醒着自己。精神分裂症不允许她这么做。

因为苏珊还躺在那里，菩提便爬到珍妮的床边，让自己站起来。他发现了珍妮的一个毛绒玩具，一只狗，便拿着朝自己嘴里塞去。他咀嚼着它的一条腿，可能是咬在牙龈上感觉很舒服。

“菩提！”珍妮像一道闪电一样冲过去，用力把狗从菩提嘴里扯出来，力气大到我担心她会把菩提的牙齿扯掉。

我抓过那只狗，把同一条腿放进我嘴里嚼着，然后把它还给珍妮。

“看，是我干的。”我撒谎说。

上周末，菩提把她的一个玩具弄翻了。她没有看见，却听到声音。当她转过身来看到她的玩具掉在地上，她举着拳头，朝菩提奔过去，但我还能及时阻拦她。

“珍妮，不是菩提干的。”我说道。我不顾一切地想保护菩提，不想让他被赶走。

然后我脑子里有了一个想法。如果珍妮对于真实世界的把握已经基本没有了，也许我可以让她去相信一些并没有发生的事情。

“珍妮，你刚才感觉到地震了么？”我问道，测试着自己的理论。当然，我希望她说没有，然后问我为何如此发问，可她迷惑了一会儿。

“是的，”最后她回答说。

我压制住自己极度的悲伤。“这就对了，是地震把你的玩具弄倒了。”为了保护我的儿子，我撒谎说。她相信了我。

我又咬了毛绒狗狗的腿。“看到没？是我咬的。”

“不，不是的。是菩提咬的。”她说道。

我泄了气。这次不奏效了，因为她亲眼看到他咬她的毛绒玩具。我准备着阻止她去打他。

但她抓过毛绒狗狗，转身打开她房间浴室的门。

“别忘了擦屁屁，然后冲马桶，洗手。”苏珊喊道。

我听见水流的声音。

突然，珍妮满眼是泪地哭着从浴室里出来。

“珍妮，怎么了？”我朝她跑过去。

她举起毛绒狗狗。“他全身都湿了。”

狗狗浑身浸透了水。

“我想把宝宝的口水洗掉。”她哭着说，“可是他浑身都湿了。”

我逼着自己大笑起来，希望淡化刚才发生的一切，从而阻止她进一步发作。

“这没什么大不了的。我们可以把他放到烘干机里。他不会有事的。”

“不，我们不能！他被毁掉了。我只能把他扔掉了。”她把狗丢进垃圾箱。“再见了，再见了，小狗狗！”

“珍妮……”我从垃圾筒里捡起狗狗。“实际上，他晒晒太阳就会干的。”

透过眼光的余光，我看到珍妮朝菩提动手了。苏珊像出膛的子弹一样，立刻坐起来，我从房间另一边冲过去；尽管我们已经很快，可还是太慢。珍妮直接打了菩提的后背，非常用力。

我伸手把她拉回来，我恼怒自己的反应变慢了。我猜是这一年多来，得时刻准备着应激，这拖垮了我。

“珍妮，没事的。”我对她平静地说，“我们可以把他弄干的。”

她转身开始打我。

我跪下来，双手放在她肩头，努力想抓住她。

“珍妮，我们可以把他弄干——”她开始打我的脸，我只能停下来。

我深呼吸一下，尝到嘴唇上血的味道。

苏珊把菩提抱出去。她去找护理人员了，告诉他们刚才发生的这一切，跟他们说那些药物并不起作用。

一个护士进来了。

“珍妮，发生什么事了？”她看到珍妮在打我。“哇哦，珍妮，这是不可以的！”

“菩提把她的毛绒狗狗放到嘴里了，她想把口水洗掉，却又把他全浸湿了。”我一边承受着珍妮的捶打，一边平静地对护士解释说。“我不停地跟她说，我们可以把他弄干，可她就是不相信我。”

护士把手叉在腰上，严厉地说：“珍妮，你得平静下来，不然你父母就得离开。”

我气坏了。珍妮现在这个样子，我是不会离开她的。珍妮转身开始打护士，护士伸出手，抓住珍妮的手腕。

“珍妮，你不可以这样！”

珍妮尖叫着，躺在地上，她的胳膊和腿胡乱地踢打。我以前见过她这个样子。只要不进入她手脚可以触及的范围，她是伤不到人的。我绝望地想去相信，这是她尽力不去伤害到周边人的一种方式。

当然了，护士没有像我们那样，遵循珍妮的愿望，退回去，她走近些，想控制住珍妮，却被踢到了侧边脑袋。

“好，”护士说，努力要按住珍妮的腿。“够了。你家人必须得走了。”

“太好了！”珍妮喊着回答说。“我希望他们走！”

我惊呆了。

我跪了下去，她能打得到我了，可我不在乎。

“珍妮，这不是你真实的想法。”我告诉她说，害怕这是一个开始，她开始选择卡利里尼，开始制度化我们，制度化我。

“不，是我的真实想法！”她尖叫道，“我想要你们走！”

“珍妮，是精神分裂症在说话。不是你自己。”

“是我自己！”珍妮尖叫着，扭动着身子，用她的一只脚踢我的胸部。我痛得叫起来，却没有退缩。

“珍妮，我不会走的。我不在乎你多么用力地打我。我不会走的。”我想让珍妮明白，她是无法把我赶走的。我永远都不会放弃。但是我这也是在和精神分裂症说话，提醒它，我不会束手就擒，任由它带走珍妮。

“我想你们离开！”珍妮咆哮着。

“我不会走的。”我重复道，其中的冷静我自己都没有感觉道。

珍妮开始了她震耳欲聋的尖叫。

我听到菩提的哭声，抬头看去。

苏珊抱着菩提，站在门口。

“把菩提带走，”我朝她吼道。

“不。”

“我不想让他看到这一幕。”

“你知道的，她也是我的女儿。”她反驳说，“你干吗不带菩提走，我来陪珍妮？”

我瞪着她，珍妮依然在用腿踢我的腹部。“把他带离开。这不是一个小宝宝该经历的人生。”

苏珊迟疑着。我知道她不想走，但她必须走。我们不能让菩提目睹珍妮发病的模样。不过这不是我让苏珊带走菩提的唯一原因。我感觉自己对珍妮有一种占有欲。她是我的责任。我是唯一有能力走进她的世界、和她走得一样远的人。她依然在前行，我依然如影尾随。

第三十三章

2009 年 4 月中旬

当我到达加州大学洛杉矶分校时，珍妮正躺在走廊中间，盯着天花板上的灯看。

我在她旁边躺下来。“珍妮？”

她没有搭理我，而是继续看着灯。

我把我的脸凑到她的脸上方，也抬头看。直到再也无法直视灯光的时候，我转头看珍妮，她在我眼里消失了，变成了两个黑点。

当我能再次清楚地看见珍妮时，我发现她的眼球完全扩散了，尽管她一直在盯着明亮的灯光看。这不是药物引起的。不管她在看什么，那都不再是灯。

“珍妮，那里有什么？”我问道。

“一些在飞的狗。”珍妮冷漠地回答。

我在考虑着，有没有意义告诉她说，狗是不会飞的。

“珍妮，狗是不会飞的。”我决意让她直面现实，因为我不想坐以待毙，任由她去。“他们没有翅膀，他们的骨头也不是空的。鸟因为具备这些条件，而变得足够轻，能够飞起来。”我仍然在努力用我知道的唯一办法接近她：给她教授知识。

“这些狗会飞。”

“他们是什么狗？”我问道。

“金色猎犬。”

这儿的医生告诉我们说，他们认为珍妮可能一直活在幻觉里，所以她才从来没有对它们表现出恐惧。如果伴随着你一路的成长，你总是能看到一些东西，特别是譬如狗或猫这种温和的动物，你也就永远不会认为，他们是不真实的。他们只是和其他一切事物混合在一起，你永远不知道现实与幻觉的区别，直到你长得足够大了，意识到别人看不到你看到的那些东西。

我再次抬头看灯，努力想象她看到的景象，但是我做不到。我朝她转回身。“你今天干吗了？你在艺术疗法时段，做了什么？”

“我去过卡利里尼。”珍妮答道，依然看着头顶的灯。

“你什么时候去的？”

“今天一早。”

“珍妮，你整天都在病院里。你从来没离开过。”

“不，我离开过。”她没精打采地说，仿佛我是梦境里一个逐渐在消失的声音。

“那怎么没有人看见你？”

“我都是晚上去的。”

我知道这不是真的。珍妮因为用了药，晚上都睡眠的。我知道有人在看护他们，病区也是锁着的。但是我也知道，这些对珍妮都毫无意义。

“你是说，你在脑袋里想象去了那里？”

“不是，我是真的去了。”

“你怎么出去的？”

“狗狗们来带我去的。是丹麦猎犬。”

“丹麦猎犬是很大的狗，珍妮。大到不可能没人看见。”

“他们带我去拜访我在卡利里尼的那些朋友。我骑在他们背上。”

我又在她身边躺下来，我的脸离她的脸只有几英寸的距离。“下次他们来的时候，你能叫上我么？我也想去卡利里尼。”

“你不能去。”

“我为什么不能去？我想看看卡利里尼。”

“你太大了，不能骑在丹麦猎犬身上，这是唯一能到达那儿的方式。”

我蜷身坐起来，内心难过不已。我看不到她眼里的世界，但是我想让她给我指引。让人痛苦的是，我意识到她现在把我和这个世界视为一体了。*我不想成为这个世界的一部分，珍妮，我想和你如影相随！*

“珍妮，”我问着，平息着自己的情绪。我需要信息。“卡利里尼现在是什么温度？”

通过过去数周，我了解到，卡利里尼的温度似乎和她的精神状况有关系。当那儿是高温，高于 140 华氏度时，这意味着她的精神病加重了。数周前，当他们把她的氯丙嗪剂量增加到了每天 300 毫克时，那儿的温度开始下降了，先是 120，然后 110，然后 100。它一直降到 85 华氏度。她的自闭症症状的搓手动作甚至都停止了，可是接着她又出现肌张力障碍症状，他们只能又减低剂量。然后，温度又开始上升了。

“180 华氏度。”珍妮回答说。

几乎已是沸点。

第三十四章

2009 年 4 月下旬

这个学期，我带两个班的课程。这是我能继续自己的健康保险福利的最低授课要求。我坐在课桌前，又有个学生走进来，已经迟到了。我抬头看看钟，已经下午 4 点 45 分了。这节课已经开始 20 分钟了，我却还没开始。我就一直坐在课桌前。

他在前排坐下来，离我只有几英尺远。

“怎么才来？”我问道，声音低沉而危险。

他拿出手机，在我面前发着短信。

“呃？哦，对不起。”他抬头看我，“我刚去健身了，然后得洗个澡。”他又开始发信息。

我沉默了一会儿。“我做学生那会儿，”最后我开口说，“如果迟到了，我至少在撒谎时，对我的老师还会保持着一份尊重。”

这个学生抬头看着我，脸上挂着微笑，因为他以为我在开玩笑。我狠狠地瞪着他。*我女儿得了精神分裂症。越来越严重了，似乎没有人能阻止它。我女儿的精神被一点点地侵蚀着，就好像沙堤上那些大块的木头，随着雨水涨起来的河水，一点点被冲走了一般。*

“如果你课都不能按时来上，”我直视着他的眼睛，“别人干吗会相信你会准时上班？你真的相信，等你拿到那张体面的商业管理的小文凭时，你的生活就会改变？不会的。你知道为什么吗？”

他没有回答，他的手机还握在手里，他没再继续发短信。

“因为，”我接着说，我的声音变得更刻薄了些，“当你从这个大学毕业时，同时还有好几百万学生获得同样的文凭。这里不是哈佛。你没什么过人之处，能让你从几百万个有着相同文凭的愚蠢怪胎中，脱颖而出。任何一个白痴都能拿到一张大学文凭。”

我的眼睛扫视着整个教室。“这话是说给你们所有人的。高中辅导员跟你们讲过的有关大学的那些话，都是废话。一个大学文凭并不能根本地改变你们的人生。如果你在上大学之前，就是个失败者，那么之后还会是个失败者……只是一个拿着一张毫无价值的文凭的失败者，它让你心怀错误的希望，以为自己的人生会有所建树，但是你们知道自己大学毕业后，会从事什么工作吗，假如你们还能找到一份工作的话？卖保险，或者做电话销售。”

在脑海深处，我隐约意识到，自己做得过了，但我已经不在乎。我倾身越过讲台，注视着一张张惊讶的脸。

“真相是你们一辈子直到死都会窝在一个小格子间里工作。如果你们任何一个人还有点脑子的话，我可能都会相信，你会为自己奋斗，但是看看你们自己吧！一半的人甚至都不能准时来上下午的课。你们除了是个数字外，毫无意义。尽情享受你们的格子间吧。”我开始收拾我的手提箱。

“你要走吗？”一个女学生不安地问。我拎起包背到肩上。

“我不想再跟你们所有人浪费我的时间。我有更值得做的事情要做。”我走出了教室。

我的车停在教职工停车场，我坐在车里，努力想点燃一支烟，可是我的双手抖得太厉害，以至于打火机上的火苗总是偏。在离开教室时，我瞟了一眼我的学生们脸上惊愕的表情。在4年的教学生涯里，我还从来没有在课堂上失控过。珍妮住进阿尔汉布拉时，我被指控性骚扰时，我都在授课，但是我没有失去冷静；当珍妮正式被诊断为精神分裂症时，我依然保持着冷静。一年半来，我一直生活在噩梦中，但从来没有失去过理性……直到今天。

我终于点着了烟，深深地吸了一口。我一直生活在两种各不相干的人生里，一种是珍妮的父亲，另一种是斯科菲尔德教授，但是我没法再继续下去了。我是一个孩子的父亲，这孩子正在被无人能阻止的疾病夺取心智。我无法再假装扮演另一个人了。

我给苏珊打了电话，告诉她发生的一切。

"回家来吧。"她温柔地建议着，"回家来，让我们在一起。"

我使劲地摇着头。"今晚是我去看珍妮。我得给她送去她要的食物。"

"我已经给医院打过电话了。"苏珊说，"她已经睡着了。"

我没觉得意外。绝大多数时候，等我赶到那边去看她时，她都已经睡了。药物让她早早就犯困了。

"这是艰难的一天，但现在她没事了。她平静地睡着了。回家来吧。求你了。"她在恳求着我回家，但听上去，不像过去那些时候，当她带着珍妮整天在外面时，她会不停地给我打电话，问我什么时候能下班回家。现在不同了。珍妮不在身边了。我不需要赶回去照顾她了。

我意识到，是自己的状态，让苏珊乞求着我回家。我到了快崩溃的边缘了，她在努力把我拉回去。

“不，”我跟她说，“即使珍妮睡着了，我也得去看她。我需要为了我自己而这么做，确信她没事。”我的声音哑住了，我清清嗓子。“回家的路上，我会给你打电话的。”我挂了电话。

一个护士坐在珍妮的房间外面，我一看就知道出事了。当珍妮会威胁到自己或其他人时，她会被指派一个一对一的护士，这是那个护士会在那儿的唯一原因。我以前从来没见过这个护士。她没有加州大学洛杉矶分校的工作证。一定是临时请来的。

“她睡着了。”她用浓重的西非口音跟我说。

“她会醒过来吃东西的。”我回答着，走进黑暗的房间，看到珍妮躺在床上的身形。

我走上前，听到脚下踩到纸张的嚓嚓声。我伸手下去把它从我鞋子上扯掉。我开了灯，看到这张纸是从《爱冒险的多拉》那本书上撕下来的，这是一本“快乐阅读”书。珍妮两岁的时候，就会读书了。为了欢迎她出院回家，我们买了这些书；因为它们已经不适用于她了，我们便为菩提保留着，可现在，这些书是她要求我们带过来的。我不知道为什么。我尝试着带些教育书籍，可她不想要那些。她想要这些简单的书，一整页只有一句话。也许是它们让她感觉安慰，让她想起那些更简单的时光，这是她想努力回到过往的一种方式。

我抬眼看去，看到房间里到处是纸片。我把食物放到她的桌子上，开始把它们捡起来。

我们认识的那个吉莉安护士长走进房间，看见我在收拾这些乱糟糟的东西。

“她把自己所有的书都撕了。”她告诉我说，声音里透着忧愁，“她想把自己一切的东西都毁掉。我们只能把所有东西都锁起来。”

我捡起一张揉成一团的纸，我的腿撑不住了。我重重地跌坐在地板上，盯着这张纸看。这是她那些小熊维尼图书里的页面，是最早的一版小熊维尼章节小说，页面都褪成浅黄色了。这些书都有将近 60 年的历史了，是 1953 年我父亲 5 岁生日那天得到的礼物。我小的时候，他把这些书送给我。珍妮长到足够大时，我又把它们送给了她。我变得毫无知觉了。她把这些在我们家族传了 3 代的书给毁了。

“我会让人来收拾的。”吉莉安说。

“不用，”我应道，“没事。我来收拾。”

“真不需要？”吉莉安问。我看看她，意识到她也担心我的状态。

“是的。”我说着，捡起一些纸头。

“你没事吧？”吉莉安问我。

“我很好。”我机械地说。

她迟疑着。“好吧，如果有需要，就叫我。”

“等等。”

吉莉安转过身来。

“她最后一次药吃了吗？”

吉莉安犹豫着。“没有，”最后她回答说，“她还没来得及吃，就睡着了。如果她醒了，你叫我，我来给她吃药。”

她走了，我开始收拾那些撕碎的纸头。我低头又看一会儿那些小熊维尼图书里的页面，然后把一切都倒进垃圾筒。我不想让她醒来时，去面对自己干过的这些事情。当她醒来时，我想和她开心地在一起。

我朝珍妮转过去，她昏睡在床上，衣服都没脱。“珍妮！”我大声喊道，“爸爸来了！”

珍妮的眼睛睁开了。

我还能不费力地就把她叫醒，这让我一阵轻松。“嗨，宝贝！”我说着，坐到她的床边。

她坐起来，浓密的头发盖住了脸。她四周打量着，仿佛刚刚从一场梦里醒过来，努力想记起来，自己身在何处。

“我按照你的要求，买了汉堡王。”我拨开她脸上的头发。

她转身对着我，瞪了一会儿。

“你是谁？”她问道。

我血管里的血凝固了。不，我对自己说，她一定在开玩笑。我们总是玩这种傻乎乎的游戏。

“我是谁？”我微笑着重复一遍，等着她搓着手，咧嘴笑起来，承认这是个玩笑。

但是咧嘴大笑和激动的搓手并没有出现。她只是瞪着我看，好像以前从来没有见过我一样。

我脸上的微笑消失了，真相一点点侵入了。最可怕的噩梦终于到来了：她不再认得我了。

“我是你爸爸。”我用极度平稳的声调，告诉她说。

“哦。”她应道，扫视着房间。

“我给你带吃的来了。”

“我不饿。”

她又垂下头，躺到枕头上。

我倾过身去，把她抱到怀里。我不想让她又睡过去。我不想让她走。

“你想看电视吗？”

“我好累。”她回答说，软软地躺在我怀里。

“来。陪我一起看电视。《真人秀：生存者》可能开始了。”我努力想把她和她的过去关联起来。我们曾经一起看过《真人秀：生存者》的节目。

“我只想睡觉。”她挣脱我，歪回到床上。

在珍妮6岁的人生里，我还从来没听她说过“只想睡觉”。

“珍妮，”我问她，“卡利里尼的温度是多少？”

“200华氏度。”她喃喃自语。

温度又上升了。

回家的路上，我给苏珊打了电话。

“她怎么样？”她一拿起电话就问。“她肯定醒了吧，你在那儿待了那么久呢。我一直在等你的电话。”

“她不认得我了。”

那头一阵沉默，陪伴我的只有车窗外的风噪声，和远远开在我前面的那些车隐约可见的尾灯。

“你说她不认得你了，这是什么意思？”最后，她这样问我。

“我到的时候，她还在睡觉。我把她叫醒后，她……她问我是谁。”

那头一片沉寂。

“起初我以为她在开玩笑，和我玩游戏，但她不是。她只是瞪着我。她是真的不知道我是谁。”

我听到苏珊在那头吸鼻子。她在哭泣。

“你在照看着菩提吧？”

“他睡在我怀里。”

“很好。”这正是我期望的。抱着他，苏珊，永远不要放开他。

“他是那么可爱。”苏珊说着，声音里充满着痛苦。

“是的，他是。我很高兴你抱着他。”

“你知道，我一直在想……”苏珊开口说着。

“想什么？”

“会不会珍妮想要个胞弟或胞妹，并不是为了她自己，而是为了我们？”

我无言以对。

“也许她知道。她知道自己会走，而没有了她，我们也无以活下去。她想让我们有菩提，因为她想给我们一些活下去的理由。”

这让人痛不欲生。泪水涌起来，挡风玻璃前的一切都变得模糊起来。苏珊的话不难让人信服。这几年我们一直在说，如果珍妮出了意外，我们也活不下去的。

“我记得，”苏珊说，“她曾经告诉我说，‘我感觉自己活在你们的世界和我自己世界的边缘。’”

我想起苏珊跟我说过的她最近做的一个梦。梦里，她送菩提第一天去幼儿园，就是她小时候上的同一家学校，位于旧金山南部的硅谷。我和珍妮都不在她的梦里。我问苏珊，我们在哪儿。她迷惑了一会儿。“我不知道。”她说，“梦里没有你们。”

“你有什么打算？”苏珊问我。

“我想把她接回家。”

“我理解。把她接回来吧。我们会找到解决办法的。我们能扛过去的。”

但是苏珊并不理解。

“只要菩提还在家，我就没法把她接回来。她对他仍然是个威胁。”我吸口气。我知道苏珊不会愿意这样的。“我想让你带着他，回到硅谷，和你父母住一起。”

“不！”苏珊大叫起来，眼泪再次奔腾而出。

“他承受得够多了。他理应有自己的生活。”

“但我想留在这里和她在一起。她也是我的女儿！”

“我理解你的心情，而且你一直是个了不起的母亲。唯有你，才能和我一起经受这一切遭遇。她已经陪伴我们 6 年了。所有那些人跟我们说的，说不能让她控制了我们的生活，都是错的。”

“她一直都这样。”苏珊说，“我记得她还是个小宝宝时，她就东张西望，看着一些我们看不见的东西，但是我们一家人在一起，我们整日里把她带在外面，通过这种方式，维持下来了。”

“是的，我们是的，但是我们没法再继续了。它太强大了。菩提需要妈咪。相比于我，他更需要的是你。”我的思绪回到那次做核磁共振前，我摘下婚戒的情景；战士们奔赴战场前，不知道自己是否还能回归家园，他们会把所有个人物件都留下。

“这不对！他需要他的爹地！”苏珊大声说。

“他还太小，他不会记得我，或者珍妮。他会长大成人，一切都好好的。与其日后他长大到有记忆了再失去我，现在分开更好一些。”

“我压根不想让他失去你！”

“我知道。我也不想失去他。我希望能看着自己的儿子长大。我还从来没有真正有机会去了解他。我一直认为，珍妮会和我们在一起，她会和我一起，把我教给她的那些知识，再教给菩提。”

“我不想失去我的女儿。”

“如果菩提不在这儿，我就能把她接回家。我会照顾她。不管会发生什么，让它发生好了。”

“然后呢？”

“还记得你做的那个梦吗？梦里你不是送菩提第一天去硅谷的那家学校吗？珍妮和我都不在你梦里。”

“那只是个梦！”苏珊反对说，“甚至菩提还没出生时，我就做过这种梦。而且，你和珍妮可能是到其他地方去了呢！”

“也许不是。”我回应说，“也许它就是未来的景象。”

“我不相信这一切会发生！”苏珊大叫说。自打在阿尔汉布拉住院之后，她就一直这么说。这并没有改变现实。

“如果可能，珍妮和我会过来看望你们，你们也可以过来看我们。”我在撒谎。我不知道我们是否能做到这一点。如果珍妮彻底离开了我们的世界，我不知道自己何以再继续。我知道还有菩提，菩提还需要我，但是如果没有了珍妮，一切对我都没有了意义。或许是我懦弱；也可能是我自私。

“不。”苏珊回应说，她的声音突然强硬起来。

“这是唯一的办法。”我重复说。

"这不是唯一的办法，"她回击说。"这不可能是唯一的办法。一定还有另一个选择。"

"没有了。"我生气地说，挂上了电话。

20分钟后，我还在那条长长的回家路上，开着车，这时我的手机响了。我看见是苏珊打来的。我不想再反复说这些。我已经做了决定。

"喂？"我应答道。

"我有一个办法了。"她没有哭泣。她听上去很激动。"我一直在向上帝祈祷一个答案，现在它到来了。这是上帝给予的。我知道。"

我叹口气。"什么办法？"

"她不能回家的唯一原因，是菩提，对不对？"

"是的。"我回答说。

"那如果我们有两套房子呢？"

"我负担不起两套房子。"

"不是，我的意思是，如果我们把现在这套房子，换成两套小的，两套一个卧室的。一套可以是菩提的，一套给珍妮住。你和我可以每个晚上轮班。一个晚上你陪珍妮，我陪菩提，下一个晚上我们就调换过来。你觉得怎么样？聪明吧，呃？"

我惊讶得话都说不出来了

"我们可以把孩子们隔开，"她接着说，"但一家人又可以在一起。我跟你说，这是上帝的旨意。我明天就去找租赁公司，看看可有一卧的房子租借。"

这么久以来，我第一次感受到内心的翻腾。过了好一会儿，我才意识到这是个希望。现在我极度渴求着希望。

“你怎么看？”苏珊问我。

“坦白说，我认为这很疯狂。”

“我也觉得是。也正因为如此，我觉得它可能行得通。”

第三十五章

2009 年 5 月 15 日

今天是搬家日。我和搬家工人一起，站在我们两居室的房子中间，指点着每一件家具。

“餐桌送到菩提的房子那边去，”我告诉他们说。“沙发搬到珍妮那边。”

我们在分配我们的财产，在离析我们的家。

苏珊家人认为我们的举动不可理喻，但是珍妮自打婴儿期开始，就迫使我和苏珊分开了。这只是那种分居形式的更极端的版本。

出于安全考虑，所有厨房设施，都会放到菩提那边。珍妮的房间里不会放玻璃或陶器，不再有任何东西是她能用来伤害自己的；也没有她能拿起来掼扔的任何物什了。

珍妮那套房子的目标，是打造成一个微型的加州大学洛杉矶分校儿童精神病房。我们不再尝试着让珍妮重新融入我们的生活，相反，通过改变我们自己来适应对她有效的方式。在加州大学洛杉矶分校那边，每个房间都有一个白板，上面写着“早上好”，旁边是指派给他们的护理员的名字。于是，我也挂了一块白板，列出当天是爸爸还是妈妈来做她的护理员。在加州大学洛杉矶分校的会客室，还有一块白板上，会列出孩子们从起床到睡觉前，所有的活动安排。我也在珍妮的房间里挂了一块相似的白板，列出她白天的时间表，包括“文娱治疗法”和“职业治疗法”，就和医院一样。文娱治疗法就是去户外玩耍。为了职业/艺术治疗法，我去迈克尔斯工艺品店，买了很多艺术和手工艺品，把珍妮的厨房都堆满了。所以她的那套房子完全是按照治疗的目的，搭设出来的。

在她那块用作时间表的白板上，我把*晚餐（去菩提那边吃）*安排在5点这个时段。我们和珍妮在加州大学洛杉矶分校的吃饭时间保持完全一致。带她去菩提那儿，我并不放心，哪怕只有一个小时，但是苏珊和我都认为在一起晚餐很重要，它提示着我们还依然是一个完整的家。颇具讽刺的是，分开是让我们完整的唯一办法。这个办法可以让菩提有自己的空间，自由地探索他的世界，不用担心珍妮可能会有什么举动，珍妮也不必担心自己会打菩提。最重要的是，苏珊和我不用再每一秒都活在恐惧中。

我的手在珍妮原先卧室的墙面上抚摸着，摸着她在关禁闭时写的那些单词。我曾经努力想把它们洗掉，擦上好几个小时，但是从来没办法完全清除。我的一只手停在400的轮廓线上，巨大的数字潦草地写在她以前那张床上方的位置。*对不起，珍妮*，我在心里说。*我不知道*。

我走出她的房间，把钥匙留在壁炉架上，我很高兴要离开这里了。我不想再看到这房间的那些墙面。

2009年6月1日

今天是出院的日子。珍妮已经在加州大学洛杉矶分校住了4个多月了，她是这数十年来，在儿童和青少年精神病科连续住院最长的患者。金医生和加州大学洛杉矶分校知道我们需要一些时间，才能搬进两套独立的房子，所以他们一直在竭力和蓝盾抗争，直到我们搬好了家。

“这主意太棒了，”当我们把我们的计划告诉金医生时，她这样说道，“真是不可思议！”

我看着金医生递过来让我签字的出院单，我看到了上面有出院小结，旁边是手写的几个字：精神分裂症。这几个字直直地看着我。这是我第一次在珍妮的医学报告上看到它们。如今，我6岁的女儿被正式打上了世界上最严重的脑部疾病的标签。

在出院小结下面，是“恢复预期”，有三个格子可选：很好，良好和不良预后。金一个格子也没钩。她注意到我在看这个部分。

“对不起，我忘了这里。”她说着，从口袋里拿出一支笔。她钩了良好。良好。不很好，也不太坏。良好是居于当中。良好在大学是C学分。我不太确信她是真的相信，或者只是为了给我们希望。不过没关系。这不会改变我们正在进行的计划。

我在出院单的最下面签了字。金医生把家属那一联递给我，然后抬头看着我。“我想说的是，过去这几个月，我真的很喜欢和你们一起工作。珍妮是一个非常特别非常聪明的小姑娘。”

“你认为她会怎么样？”我问金医生。

金叹了口气。“我想……我不会放弃希望的。”

我微笑了。“你是医生，你只能这么说。”

“我不是以医生的身份说的。我是作为一个深深关心珍妮和你们这个家庭的人，说这番话的，我相信她会好起来的。”

我伸出手，她握住了它。她在这里的研究员工作结束了，她会从医院这儿交换出去。我再也不会见到她了。我身不由已地张开双臂，拥抱了她。

“谢谢你。”我说。

她回抱了我，打破了那条“医生需要和病人保持一定距离”的规定。

“谢我什么？珍妮的好转是因为她自己非常努力。”

“谢谢你对她有信心。”我回答说。

“我对她很有信心。”我们彼此松开手臂时，她这样告诉说，“我对你和苏珊也很有信心。”

我点点头，无法直视她的眼睛。我竭尽了全力，也无法找到自己的信心。珍妮好转了，但好转是个相对的概念。金医生提到了珍妮的“精神病基准线”，意思是对她而言，属于“正常范围”的精神病的程度。现在，我们得知道她好转到什么程度了，或者说，她能不能在结构完善且安全的医院之外的地方安然生活。

到了离开的时间了。我拿着两个手提箱和 3 个满满的塑料袋，装着我们带过来的所有东西，还有过去 4 个月里珍妮在艺术治疗方案里做的所有作品。

“你准备好走了吗，珍妮？”

珍妮拥抱了每一个护士和金医生。有好几位都留下了泪水。珍妮是和他们相处时间最长的一个孩子。看着她一一道别，我感觉她的家人更像是他们，而不是我们。

道完别，她抱着那只叫英雄的毛绒熊，朝我转过身。

“你想看到自己的新房子吗？”我问道。

她激动地搓着手。“24小时可以一起来吗？”

我顿了顿，想起在最后一次家庭会议时，金医生跟我说的话。多数情况下，这种幻觉永远不可能完全消失的。

“当然可以。”我勉强地回答说。

珍妮转身对着空空的走廊。“来，24小时！我们走吧！”

我们吃完晚餐了。

“今晚谁是我的护理员？”珍妮问，“妈咪还是爹地？”

我正在洗碗。“你希望是谁？”

“妈咪。”珍妮回答说。

“好。”苏珊微笑着说。

我并不介意。珍妮需要又开始去习惯和苏珊在一起，而我，还从来没有过单独陪菩提过夜。

珍妮走到苏珊身边。“我们现在可以走了吗？”

“当然。”苏珊回答说，一边收拾着她明天的衣服。她大部分衣服都在这里，而我的大部分衣服都在珍妮的房子那边。我不知道为什么我让搬家工人把我的衣箱都放在珍妮那边。也许我并不是真的想隔夜轮换。

我拥抱珍妮告别。“明天我去看你，好不好？”

“好。”她说。自从菩提出生以来，这是我看到她最放松的一次。她喜欢这样的安排。从医院回家的路上，我问她为什么，她说，“这样菩提就不会来碰我的东西，我也不会打他。”

我想，有了她自己的住所，不用再与菩提共居，这消除了她巨大的压力。她不用再每分钟都与自己的精神抗争着，不要去打菩提。

我吻了她的前额。她打开门。

“走吧。”她朝苏珊喊着。

“我来了。”苏珊回应道。

我们朝彼此倾过身，快速地吻了一下，然后她跟在珍妮身后，出了门。我不记得我们上一次亲吻是什么时候了。然后让我震惊的是，我意识到，那还是在菩提出生前的那个晚上。我们有两年都没有吻过对方了。

菩提看见苏珊走了，开始大哭。我走过去，把他抱进怀里。“没事啦，小伙子，爹地在这儿呢。明天就能见到妈咪了。”

我站在他的房屋的中间，抱着他，努力抚慰着他。他的母亲第一次离开了他。

我走到窗边，推开百叶窗朝外看，看见苏珊和珍妮走过停车场。我看着她们进了珍妮的屋子，消失不见了。

2009 年 6 月 7 日，星期天

我得把哈尼带出去。她已经很久没有自由奔跑过了。我在电话里跟苏珊说，我们应该一家人出去，到本地的一所高中校园去。

“你不能就在小区这一带遛遛哈尼吗？”苏珊问道，“我能把他们两个一起照看 10 分钟。”

“10 分钟对哈尼来说太短。她需要跑一跑，自由地溜达溜达。”

“我知道。”苏珊认可说，“但是我们等戴夫和卡梅隆来了再去吧。再说，外面很热，珍妮吃了氯丙嗪，很容易晒伤的。”服用 200 毫克氯丙嗪，是唯一能帮助珍妮维持对周身世界的某种意识的手段。不幸的是，它的副作用之一，就是极度的感光性。

“我多给她擦些防晒霜。”我答道。

“你为什么不能就带着哈尼出去散散步，然后就回来呢？等他们来了以后，我们有的是时间出去。”

我突然发怒了。“因为我想我们能一家人在一起过上正常的一天。我们就不能有一次么？我甚至要的不是独处的时间。我只是想一家人在一起过一天。”

“我觉得我们在冒险。”苏珊警告说。

“没事的。我会带着玩具、食物和水。我们可以在那儿野餐。”

* * *

外面比我想象得要热，所以我把玩具放在网球场边的阴凉处。我希望能把珍妮吸引住几个小时，和我一起玩。就像过去一样。

“珍妮，我们来玩滑板车吧。”我喊着她，看见她正使劲抓着头顶。

“我的头好痒。”她抱怨说。

“是因为氯丙嗪的原因。”苏珊说，她和菩提坐在阴凉处。

我感受到怒火在内心燃起。“不是因为氯丙嗪，”我顶了回去，“我们刚刚才到这儿。她已经涂了防晒霜，而且待在见鬼的阴凉处。这只是她一种触觉上的幻觉。”珍妮的幻觉不只限于视觉和听觉。她的 5 大感官系统，都会出现幻觉。

“太热了。”珍妮抱怨说。

“没那么热，”我对她说，“现在还八十几华氏度[①]。”

“我觉得热，”苏珊说，“所以我能想象她也热。”

“你这是帮倒忙！”我对她怒目相向。

“我想走。”珍妮宣告说，依然在抓着头皮。

“不行。哈尼还压根没时间跑步呢。”

“我认为我们走。”苏珊说，“来这儿不是个好主意。”

我能感受到，自己的情绪在失控了。我越来越怒了，因为我感觉我的“家庭聚会日”一点点破碎了。

“我只是想让我们一家人开开心。这想法有错吗？至少我在努力，我不想说你也一样。”

“你早上喝了你的来士普没有？”苏珊问。

“药在菩提那边。”我答说。

“你需要吃药。”苏珊严厉地说。

“药在菩提那边！”

“你需要吃药，然后你就不会是现在这个样子。”苏珊说。

“不，你需要支持我，然后我就不会是现在这个样子。”我驳斥说，“珍妮，回到这儿来。”

珍妮已经走到车那里，又不情愿地回来了。

“嗯，你想玩狗狗丢球的游戏吗？”我问她，就是把网球抛给哈尼的游戏。

可是，珍妮却坐上菩提的婴儿小火车，一路滑过去了。她的样子

---

① 相当于二十几摄氏度。——译者

很滑稽。我记得曾经读过一篇文章说。精神分裂症会侵蚀掉人的脑灰质[①]。她是个天才，现在却骑在一个婴儿玩具上。

戴夫和卡梅隆停好车，然后卡梅隆跳下来，朝哈尼跑去，哈尼已经在汪汪直叫。

他吓得缩成一团。

“哈尼！”我朝她喊着，然后又对卡梅隆说，“别害怕！狗是欺软怕硬！”

哈尼跳起来，去咬卡梅隆，他吓得朝后退着。

“卡梅隆，你没事吧？！”苏珊抱着菩提站起来，朝他跑过去，这时我抓住了哈尼。

“他没事。”戴夫满头大汗地快步走过来。“他对我出手比这厉害多了。”

“我好热！”珍妮尖叫着，从菩提的小火车上下来。她又开始抓头皮了。

“你愿意让我来帮你吗？”我问道。

她点点头。我拿出一瓶水，慢慢地在她头上倒了一些，帮她降温。

“感觉好点没？”我问道。

珍妮点点头。然后她低头，看见水溅到她的T恤上。她瞪大了眼睛，开始尖叫起来。

“我身上湿了！”她抓扯着她的T恤。

“珍妮，你在干吗？”

---

① 脑灰质是神经中枢，起支配作用，也可以控制一些低级的非条件反射。——译者

"我得换身衣服！"她哭着说。

"只是一点水而已。天气这么热。它会让你凉爽些。"

但是珍妮却在脱她的衣服了。

"我得带她回去。"我说。

"我们都得回去。"苏珊说。

我回头看珍妮，她当着卡梅隆的面，把所有衣服都脱了。

"珍妮！快停下！"

"我衣服都湿了！"她又哭起来了。

"好吧，我们回去给你换衣服。"

"我们都该走了。"

"不，我不能把菩提和哈尼一起带回家。哈尼会扑到他身上，他会哭的，然后珍妮就会发作。你们就在这儿，我们一会儿就回来。"我们是一起来的，我们还要一起野餐呢。我拒绝放弃自己的梦想，想过上"正常"的一天。

我把哈尼放进车里。"珍妮！我们走吧。"我的声音里有怒气。我是生气了。我想要的不过是一家人在一起开心一下，但是，要么是精神分裂症，要么就是治疗精神分裂症的药物，总是要做拦路虎。我们的余生，就将这样度过么？

"请记得吃你的来士普！"苏珊恳求道。

珍妮叫喊着说，她被晒伤了。

"你刚不是抱怨衣服湿了么！"我吼道，"如果你不想晒伤，那就把衣服穿起来。"

珍妮一边穿衣服，一边哭着，好像我在打骂她一样。这不是我想要的。我想要的是给珍妮快乐的值得回味的一天，去弥补她不再记得的那些和我共度的美好时光。

“衣服还是湿的。”珍妮叫道。

“那就钻进见鬼的车里来！”

“你会把她吓坏的，”苏珊朝我喊着，“也许应该我来带她回去。珍妮，你想和妈咪一道回去吗？”

“我们没事的。”我大声喊道。但是我感觉并不好。我已经数年都感觉不好了。

我踩下油门，把车开出停车场，上了马路。计速表升到 50 码，60 码，然后 70 码。我扭头看珍妮，发现她没系安全带。在这一点上，她也是和我对着干。我应该减速。我应该给她系上安全带。但是我没有。相反，我伸手去解开我的安全带。我看着路灯柱子快速向后退去。只要我的手腕轻轻一抖，我们就会一头撞上去。我会穿透挡风玻璃飞出去，一切都会结束了。我希望一切结束。

两年来，我一直徘徊在边缘地带。现在我想去结束它。生存的最基本需求是信念，我却不再有信念。我不知道珍妮是会好转，还是恶化。我什么都不知道。

珍妮又叫喊起来，不是因为我的车速，是晒伤让她尖叫。

我想起我的来士普。通常我应该吃两粒的。但是我刚刚又装满了。我的药瓶里有 60 粒，每粒 20 毫克。

珍妮的手指在头皮上抓挠着。

“珍妮，住手！你会把自己抓出血的！”

“可是太痒了！”

我又想起来来士普。一共 1 200 毫克。这只是一种抗抑郁症的药物。抗抑郁症药物有过量一说吗？如果我真的想结束这一切，也许我应该把珍妮的某种药物，吞下一瓶。它们对她无作用，却可能会要了我的命。

1 200 毫克。这是不是足够把人体的器官都关闭？会不会让我的心跳停止？

我现在超速 30 公里了，我希望听到后面传来警笛声。我希望被捕。我已经不堪做个“坚强”的人。我从来都不“坚强”。我解决不了她的问题。我甚至无力让她的生活变得好一点。

我的手机响了。不用看，我也知道是苏珊打来的。她打过来可能是因为担心，她担心是应该的，但我没有接听。如果我接听了，她会尽力说服我，我不想被说服。

我把车子停进我们的停车位，下了车，走到另一边。我一把打开副驾驶后面座位的门。“哈尼，出来！”哈尼没有反应。她吓坏了，浑身发抖。“见鬼，哈尼！”我抓住她的皮带，用尽全力拉她。哈尼摔到地上，她努力挣扎着站起来，我却拽着她。

珍妮跳到车外，满脸的担心。“别伤着了哈尼！”她大声说。

“你关心什么？你不是一直伤害哈尼嘛。”意识到自己的思维和情感分拆为二，这是一种奇怪的感受。我知道自己应该打住。但是我没有。我想大打出手，伤害某个人，任何人，就像自己这么久以来，一直被伤害着一样。

我朝菩提住的那栋楼的楼梯走上去。我意识到珍妮没有跟上来。我朝下看，看到她在楼梯间的最下面，抬头注视着我。

“珍妮，上这儿来！”我向下朝她喊道。

“我就待在这里。”

“珍妮，立刻上这儿来！”我吼得太响，声音都哑了。

珍妮不情不愿地开始爬着楼梯。

我们进了菩提的屋子。我放开哈尼。房间里暗暗的，很凉爽。我走到浴室，拿出一条毛巾，把它浸到凉水里，然后拧干，叫珍妮躺在床上。我把它敷在她脸上。

“怎么样？感觉好点没有？”我问道。现在，我的声音完全平静了。

“是的。”

“好了。”安顿好她了。我转身，进了厨房，倒了一杯水。然后我打开药箱，看着所有的药瓶，大部分药瓶都还是满的，那些药是开给珍妮的，吃过之后不奏效就丢弃在那里了。

我的来士普在这里。我拧开药瓶，仰起脖子，塞了满口药片，差点噎住。我把水杯举到嘴边，喝水下药，因含了太多的药片，水沿着嘴角流出来，流下我的脸。

理性试图重新控制我。*你在干吗？！*我不知道。我不在乎。我不想去思考。*你应该把它们都吐出来*，一个声音在我脑袋里说。我不理会它，继续吞着。吞了好几大口，我才把所有药片都喝下去。当肌肉挣扎着把这些硬硬的药片输送下去时，我感受到喉咙那儿的锐痛。*我还是可以把余下的吐出来的*。我又喝了一大口，然后再一口，继续吞着药片。

终于，我的嘴里什么也没有了。我看着瓶子，还有半瓶。见鬼。我得再经历一遍。我把瓶子放到嘴边，向后仰起头。

“爹地？”我听到身后一个柔柔的声音。

我朝珍妮转过身，半瓶来士普还拿在手里。

“我找到一条新裤子。”我低头看着她把裤子递给我。“你能帮我穿上吗？”

我扔掉药瓶，药片四下散落在地板上。仿佛要呕吐一般，一阵呜咽声从我嘴里发出来。

我的身体被6年来抑制着的情感压垮了。我的双腿顺着厨房的橱柜滑下来，我的T恤被抽屉的金属把手勾住，撕破了。

水坝决堤了。我无法自制地痛哭着，泪水奔腾而下。

“爹地？”珍妮站在我面前，吓坏了。她走近一步，用她的手拍拍我的头顶。“爹地，一切都会好起来的。”

不，不会。珍妮。这一切永远都不会再好起来。你身上有我无法阻止从而挽救你的东西。

“我感觉好多了。”她说。

我无法开口说话。我能做的就是抬头看着她。这一刻，她看上去是那么正常。但是她不是。她也永远不会了。

“爹地，你为什么哭？”

我是为你……为我……为苏珊和菩提哭泣。我为我们失去的一切、再不会拥有的一切哭泣。

* * *

我听到闹钟在滴答滴答走着。我不知道自己喝了多少片药。我会死吗？我不知道自己会发生什么，但我知道，我不想让珍妮看到这一幕。我得把她送回到苏珊那儿去。

我站起来。“走吧。”

“我们到哪儿去？”

“我得把你送到妈咪那儿去。”

我们开在瓦伦西亚大道上时，我看到戴夫的卡车从对面开过来。我掉头转弯，跟着他们一路回到我们的公寓大楼。戴夫把他的车停在我们的车位上。

苏珊抱着菩提，朝我的车走过来。我把车停在停车场中央，正好在珍妮的房屋和菩提的房屋中间。

“下车到妈咪那儿去。”我对珍妮说。

“你要去哪里？”她问我，担心地看着我。

我一时不知道该说什么。“我需要点时间。”

珍妮下了车，车门也没关，就朝苏珊跑过去。我伸手去把车门关上了。透过挡风玻璃，我看见苏珊在和珍妮说话。

苏珊抱着菩提走过来。我放下车窗玻璃。

“我问珍妮，你有没有伤着哈尼，”她面露不安地说，“她说，你只吼叫了，但没有伤她。”

但是我有，珍妮亲眼看到的。她不记得了。我干了什么都无所谓了。珍妮都不记得了。

“我重重地把她从车里拖出去了。”我坦承道。我本可以撒谎。但我不想。我知道伤害哈尼，会让苏珊生气，我想惹她生气。这样我可以更容易离开。

苏珊的脸因为恐惧，都扭曲了。

“你是说珍妮还是哈尼？”

“哈尼。”

“为什么？”她的声音突然变了。“你为什么要那样？她不过是一只毫无抵抗力的动物。”她看着我，好像我是一个怪兽。

“我吃了很多来士普。”我静静地说。

苏珊只是瞪大眼睛看着我。

“你为什么要这么做。”她终于能开口说话了。

我意识到自己没有一个答案。“我不知道。我就这么做了。”

她悲伤地摇摇头。“你只是在让我们的生活更艰难。”

“我刚还在试图了断自己，你要说的就这么一句话？”

“你想我说什么？”她回应道。“我难过吗？是的，但我还有珍妮和菩提要照顾。”

我意识到，她归结得没错。我们不是不爱对方了。我们是不能。因为珍妮，我们没有精力再去集聚爱。我期待过什么？她把我搂在怀里，乞求我活下去？她做不到。她还得照看菩提。还有珍妮。

“你需要去医院。”

“不。我想开进沙漠里，让药片散发药性。”

苏珊又扭过头去。我这辈子第一次看到爱与恨在同一张脸上出现时，是什么样。就是她脸上的那种表情。自从珍妮出生以来，我们俩都有着同样的感受，爱恨交织。

菩提开始哭起来。

“眼下我没精力顾及你。”苏珊说着，转身朝珍妮走去。

我把车开走了。

我开上瓦伦西亚大道，向右拐到韦斯特里奇景观大道。我不知道苏珊会不会报警。我没有任何想法。我想顺着这条路，一直开到它的尽头，下面是一条峡谷，然后我会弃车而去。我只有把车扔弃，他们才不会找到我。我会进到峡谷里，能走多远走多远。我以前带着珍妮去那里远足过。我们走的距离，比我想象的要远，一直走到珍妮停下来，想回去了为止。我在那儿站了 1 分钟，知道没有我，她会回头的，所以我在她后面追赶着她。在她这一段人生里，我一直在追赶着她。

我把脚抬离油门，车渐渐慢下来，要停在路中间了。

如果我不在了，他们会怎么样？苏珊会怎么样？珍妮会怎么样？菩提会怎么样？

车子还是空挡在马路中央滑行。

仅仅因为我无以知晓自己该何去何从，我就遗弃他们，任由他们去自寻活路。

我叹口气。

我不能这么做。我必须回去。

我又踩上油门，扶好方向盘，把车子掉过头。

我上楼时，苏珊坐在楼梯间，正在打电话。

"他刚刚回来了。"她对着电话说。

我在她身边坐下来。

"珍妮和菩……菩提在哪里？"我含糊不清地说，药物开始发作了。

"戴夫带他们去游泳池了。他们没事。"

"我们能……我们能谈会儿么？"

"我回头打给你。"她对电话那头说。"是的，他这会儿在这儿。我不知道他需不需要去医院。"

她抬头看着我。"你需要去医院吗？"

"我不能。"我困极了。"如果我去了……如果我去了……如果我去了……"见鬼，我都没法说出一个完整的句子了。

“他话都说不清楚了。”苏珊对着电话说。“特蕾西说，你应该去医院，这样他们可以给你洗胃。”

我得聚神在自己要说的话上。“如果我去了医院，他们就会让我……让我住上 3 天……因为我试图自杀。我会……在那儿至少待上 3 天，也许更长时间。那样……你怎么办？你……一个人带着……两个孩子。”

“如果你死了，我也是一个人对付两个孩子。”她没显出害怕。她是愤怒。对我愤怒。我理解她。

“我得……试试，咬紧牙关挺下去。”

“可能吗？”

我微笑了。或者说，至少我自己认为我微笑了。我已经感知不到我的脸。“我希望如此。”

“但你今晚得和菩提在一起。”

“我不……我不同意你……我想今晚我应该和珍妮在一起。菩提会醒过来，但我可能醒不过来。我不想让他醒过来，哭着要奶瓶时，我毫无回应。珍妮现在是睡……通宵的。”我停下来，想起这曾经是我最大的担忧。“我得尽量挺着不睡，让来普士有时间从我的身体系统里排出去。”

我想倒下来，但我极力支撑着。

当然了，如果明天早上珍妮醒来时，发现躺在她身边的我，已经浑身冰凉，毫无生命气息，她会怎么样？哪一个安排更好点？我更愿意让哪个孩子发现我已经作别人世？

苏珊挂了电话。“我觉得你应该去医院。”

“我会……没事的。”

“你为什么要这样？”她问我。“为什么是现在？在我们经历了所有这一切之后，在状况越来越好的现在？”

我转身对她说：“因为它们并没有好转。”

她看上去很迷惑。“‘它们没有好转’是什么意思？状况比以前好多了。珍妮也比过去好转了。她已经不再有攻击性了。”

“那只是因为她服用的氯丙嗪，足够多到让一匹马都会昏迷不醒。她并不是真的好转了。她以前服用的药，要么根本不起作用，要么就是一段时间后就失效了。等到氯丙嗪也失效时，我们该怎么办？”

苏珊把头扭到一边。“等到了那一天再说。”

“你没听懂我的话。”我恼火地说。“看看我们做的所有这些努力，也只是让她到现在这个样子。”

“我听懂了。治疗是有效的。”

“但是我们活不了那么久。”

她转身对着我。“那你干吗还要加速奔去终点？”

我张开嘴，想回答，但是话语又咽了回去。

那你干吗还要加速奔去终点？

我为什么想死？

因为我害怕看到珍妮在我的眼前一点点消亡，而我却无力阻止。在内心深处，我知道自从我问了金医生，珍妮的预后诊断之后，我就在计划着这一切。*各占* 50%。从统计学角度看，精神分裂症患者的寿命比其他人都要短。自从珍妮出生以来，只有在正式诊断出来那一天，我才第一次想到，她可能会早于我离开人世。

我无法承受。

“因为我不想活得比我女儿长。”我回答说，“我不想她死。”

苏珊看着我。“但是每个人都会面临这种可能性。任何人都可能明天就被车撞了。我们只是更明显地意识到了珍妮的状况。”

“我不想意识到。”

苏珊用双臂搂着我。“我无法向你保证她会永远没事。”

“我真希望你能。”

“你得心存信念。这就是信念的作用。我们需要竭尽全力，让她尽可能快乐，只要我们有，我们就该给予。”

“我不能让她快乐。”

“不，你能。你一直都能。”

“再也不能了。我再也不知道该如何走近她了。”

“状况会越来越好的。我不知道自己为什么会知道，但我就是知道。我有一种直觉。我们只是需要挺下去。”

我看着她。我不相信她的话。

“我从来不盲目地对任何事有信心。”我回答说。

“但这就是真正的信念。我相信上帝，我相信我们能拥有珍妮，是有原因的。你我都心知肚明，她一直都很特别的。这只是我们需要面对的挑战。其他人也会有他们的挑战。他们的孩子可能是失明，或者失聪，或者需要坐轮椅。珍妮还能跑能玩。她是幸运的。”

* * *

“我很抱歉……很抱歉，珍妮。我今晚没法……没法给你读书。”

我躺在珍妮身边，抵抗着想合眼而眠的欲望。我必须得撑住。我清醒的时间越长，我明早醒来的机会就越大。

“妈妈明天会读给我听的。”

“我很……抱歉。我们能看会儿电视吗？看海绵宝宝？”

珍妮拉起她的毯子。

“我累了。”我看着她，感觉她知道我做了什么。

我把毛绒熊英雄放到她怀里，她紧紧抱着他。

“珍妮？”

“嗯？”

“我想让你给我保证一件事。”

她看着我。

“如果400，或者星期三，或者其他任何人告诉你说，你的妈咪和爹地不爱你，都不要相信他们，好吗？你知道我们爱你，我们永远都爱你，对不对？”

“是的。”

“他们说过这种话吗？”

“没有。”

“但如果他们说了，你不会相信的，是吗？”

“是的。”

“很好。”我点点头。“我爱你，珍妮。”

“爱你。”她昏昏欲睡地喃喃自语着。

第三十六章

2009 年 6 月 8 日

“你吃了多少片？”我的精神病医生露丝在电话那头问我，来士普就是她给我开的。我坐在停在峡谷底的车里面，昨天我就是计划将自己的生命结束在这条峡谷里的。

“准确的数我不知道。可能 20 粒左右吧。”

“迈克尔，你很幸运。抗抑郁症的药物服用过量，一般是不致命的，但你还是很幸运的。”

“我知道。”

“你为什么要这么做？”

透过车窗，我看见哈尼在四处跑着，到处闻闻，珍妮漫无目的地走着，自言自语。

“我真的不知道。”

“迈克尔，你是个聪明人。你一定知道是为什么。”

“我猜是自己已经疲于战斗了。”我看着车窗外的珍妮。她拍着手，朝一个我看不见的人微笑着。“我对未来没有任何希望了。”

“你干吗要去思考未来？”

她的问题听上去很可笑。“因为我女儿得了病，这病会伴随她一生。”

“没错，可你还得继续生活。”

“可我不知道怎么做到这一点。”

“迈克尔，没人知道怎么去应对生活。你只要做到最好。”

“我已经尽了全力，可还是不够好。”

“迈克尔，你想要什么？”

我看着珍妮。“我想要帮助她。我想要驱走她的病魔。”

我的精神病医生大笑起来。“对不起，迈克尔。你想要治好精神分裂症？”她用浓重的拉丁口音问我。

“我只是想让她的生活变得轻松一些。”我回答说，有些恼怒了。

“你做得到。”

她的话让我措手不及。“怎么做到？”

“永远不要放弃她。”

“天哪，就在昨天，我还尝试着要结束自己的生命。”

“你只是在放弃你自己。”

“我跟你说过。我并不够坚强。”

“那么谁更坚强呢？告诉我。谁会比你更坚强？谁可以做得更好？”

“我做了错事。”

“你不这么做，我还担心呢。如果你告诉我说，你很完美，我会更担心。不过你还是没回答我的问题。你认为谁会比你做得更好？”

“我不知道。也许是苏珊。”

“可是去年，你告诉我说，就情感层面而言，她根本承受不了珍妮的这些遭遇。”

“现在，她比我处理得要好了。”

“所以你们两个可以组成一个完美的团队，不是吗？”

我陷入沉默。她是对的。在苏珊经历她的脆弱期时，我在那里，维持着我们一家人继续下去。然后，当我垮掉时，她在那儿承担着同样的角色。

“你们俩都有不同的弱点，”我的医生接着说，“但是合在一起，就是一个坚强的人！”

我依然沉默着。

“呃，我对你的安排是这样的。来士普停上 3 天。这样你体内的药就有足够的时间排出去。然后恢复你的正常量。”

“好的。”

“迈克尔？”

“什么？”

“别再努力去做到完美。”

我微笑了。我的医生挂了电话。

珍妮朝开着的车门走过来，伸出空空的手掌。“这是一个受伤的 9，”她说着，显得非常担心。“它被 7 攻击了。它的腿断了。”

我吐口气，咒骂自己当初给她讲了那个笑话：为什么 10 怕 7 呀？因为 7 吃 9①！从第一次讲过之后，珍妮就总是不停地玩这种食肉数字的游戏。7 吃 9。1 吃 8。8 吃两个 2。

珍妮把目光从手上收回来，看着我。“我们得帮帮 9！”

---

① 这是一个数字游戏，因为数字 8 对应的英语发音，和“吃”的过去式 ate 的发音是一样，所以 seven eight nine 谐音 seven ate nine，即“7 吃 9”。——译者

她期待我去帮一个看不见的数字。她指望我去“救”她的一个幻觉。我该怎么做？告诉她，她手里并没有一个9？那些数字并没有生命，是不可能被其他数字攻击的？

她看着我，满脸担忧。数字也许不是真的，但她的情感是真实的。

我下了车。“好，把9拿到这儿来。”

我走过路边的草地上，坐下来。我把手伸给珍妮。

珍妮看着我，很迷惑。“你要干吗？”

“你想让我帮助9，是吗？那你就得把它给我，我才能给它治疗。”

珍妮把她的幻觉放在我手里。“这是一个小姑娘9。”

我把我的手放低到草地上。

“别伤着她了。”珍妮紧张地喊起来。

“我不会伤着她的。我们首先得检查她的身体体征。她的呼吸怎么样？”

珍妮挨着我，跪在草地上。“她的名字叫莱因斯莉。”

“珍妮，你得关注你的病人。每次，第一个要检查的就是病人的呼吸。”

“好的。”她回答说。

“她还有呼吸吗？如果没有了，我们得做肺复苏手术。”几年前，我曾经尝试着做一个编剧。我买了一部医学百科全书，这样我就可以写一部比较规范的医学主题的电视剧了；再加上我最近在医院待了很多时间，这些都让我学到很多。

珍妮趴在我们俩之间的草地上，把她的手放在莱因斯莉看不见的胸部。

“她还有呼吸。”

“呼吸是快、慢，还是正常？”

珍妮又检查。她完全投入在其中。

“有一点点快。”

“可能是因为受到攻击，导致她微微有些换气过度。接下来，检查她的心跳。是快、慢，还是正常？”

珍妮检查着。

“也有一点快。”

“好吧。现在量莱因斯莉的血压。如果低了，说明内部有出血。”

珍妮捏着一个看不见的血压泵。“血压正常。”

“很好。这就说明内部不太可能。现在来看看她的脉搏。”

珍妮抬头看着我。

“这会是什么样的？”

“对大多数动物来说，95或者更高一点，都是正常的。”

珍妮检查了。“98。”

“很好。现在你需要给她量体温。偏高的体温说明可能有感染。”我等着珍妮检查体温。

“体温正常。”

“好，我们已经检查完她的生命体征。在治疗任何伤情前，都需要先做这一套。你得确保你的病人状态稳定。”

“‘稳定’是什么意思？”

“意思是她不会死。现在我们已经确保莱因斯莉状态稳定了，我们就可以治疗她那条腿了。她需要拍X光片。”

珍妮站起来，走到一棵树边。“这就是X光。”她宣告说。

“给她的腿拍片。是单纯性骨折，还是复合性骨折？”

“复合性。”

我吐口气。“好，那我们得准备手术了。先开始静脉注射，另外，我还需要给莱因斯莉准备3袋9的血。”

珍妮把看不见的9的血袋递给我。

我们开始工作了，打开莱因斯莉的腿，把针放进断裂的骨头里。

一辆车开过去了。我不知道司机会怎么想。一个大男人和一个小女孩热火朝天地在一片草地上忙碌着。

我微笑着。我不在乎。这场挽救珍妮的幻觉人物的手术，让她完全投入在其中。

她的世界与我的世界合二为一了。

尾声

2011 年 7 月

在珍妮出生前两年，U2 乐队发布了新歌《美好时光》。从此它就成了一首不断被循环播放的歌。就好像珍妮驱之不去的幻觉一样，尽管他们后来又出过两张唱片，这首歌却也总是响在耳畔。

在很多方面，《美好时光》这首歌，都代表着我对珍妮情感的二元性。在某种意义上，我对这首歌，既有爱，也有恨。我当然热爱歌中飞扬的和弦，就好像我一直爱着珍妮一样；但是我却讨厌其中的合唱和结尾的副歌。

你没有的，你尚不需要；你不懂的，你总能体会到。

听到这首歌时，我曾经苦涩地对苏珊说，“保罗[①]说得轻松。他身价百万。当他自己没有任何需要时，他当然可以轻松地对别人说，他们没有的，他们尚不需要。”我讨厌这首歌，我认为这是保罗在颂扬自己光辉的一生。

等到珍妮进加州大学洛杉矶分校时，这首歌对我而言，变成了迎面而来的一个巴掌。这是美好的一天，似乎是一个无情的提醒，提醒我们的生活变得多么艰难不堪。

在那之后，发生了很多的变化。现在，珍妮在服用 3 种药物：氯氮平、碳酸锂片和氯丙嗪。这种组合达到了最成功的效果。

她的幻觉全部消失了吗?

没有，但就像她跟我们说的那样，它们不再困扰她。这就好比当你在做某件事情时，你会打开电视，调低音量，把它作为一种背景。时不时地，你会抬头看看屏幕，看看 400 那只猫和其他幻想的角色在干吗。它们还存在于珍妮的周遭，但她依然能够正常生活在我们的现实世界里。

她的攻击性是否已不复存在?

相当多的部分都没有了。通过把菩提和珍妮隔到两处房子，我们成功地达到了我们的目的，这既降低了珍妮的压力，也确保了在菩提成长的过程中，不用对姐姐心怀恐惧。他一点也不恐惧。他和珍妮会在地板上滚来滚去，玩在一起，我喜欢听到他发出快乐的笑声。

他喊她是他的“丝—丝”。

我们也不再总担心她会伤害他。

那些狂怒的行为，也大半都没有了。在过去的一年，我只被打过两次。

她依然拒绝与其他孩子交往吗?

也是，也不是。她比较少与其他孩子玩耍，但是过去 1 年里，我有看到她走到其他女孩子面前问她们，“你叫什么名字? 你几岁了? ”每次看到这些，泪水都会涌上我的眼睛，因为我一度认为，珍妮永远不会再与有血有肉的人互动了。这对她来说，并不容易，因为

---

① 保罗 · 大卫 · 休森(Paul David Hewson)，爱尔兰摇滚乐团 U2 的主唱兼旋律吉他手，乐队大多数歌词皆出自保罗之手，他擅用歌词表达对政治、时局、社会的看法。——译者

她依然可以看到他们不能看到的整个世界，但是她似乎不再对此恼怒了。她在努力。

她上学了吗？

是的。尽管我最初对本地的学校很失望，但现在，他们找到一个办法来配合珍妮的需求，我从来没想过这会变成现实。每天，她会在其他所有孩子都放学后，到学校去学习两个小时，接受教育。课程定期会有必要的中断，她也需要额外的时间去接受职业治疗法，在那里，她经常和其他有特殊需要的孩子玩在一起。她正在学习如何打字，怎么系鞋带。她想有更多的时间在学校，可是她告诉我们说，她还没有准备好，重新回到教室去。

我们可有得到援助？

是的，但援助并非来自精神卫生部门；这个部门直到今天，依然想送她去外州的疗养院。实际上，帮助我们家庭最多的政府机构与精神疾病毫无关系。这些援助来自旧金山县动物管制局，特别是加州卡斯泰克动物收容所的官员和职员。我从2009年开始带珍妮去那里，现在每周我们还要去好几次。收容所的官员和饲养员都认识珍妮，会让她帮忙照看动物们。我会陪伴在她身边，她去给那些猫咪喂食，给它们换小盒子，照看兔子和一些爬行动物，甚至还有偶尔会出现的马儿们。很小的时候，她的理想就是做一名兽医，迄今也没改变。珍妮唯有与动物们相伴时，才真正解脱于她的幻觉。除了已经13岁的哈尼，我们还有8只水龟(都是从卡斯泰克动物收容所收养的)和两条泰国斗鱼。它们是她的动物保护区，帮助她聚焦于真实有形的事物之上，让她获得一种常规的语言，与周遭的世界关联起来。

除了收容所，我们也获得了加州阿瓜杜尔塞一个叫旋转木马的农场的帮助。他们为肢体或精神有残缺的孩子，包括自闭症儿童，提供骑马治疗法。每个星期，我们会来到这儿的办公室，珍妮可以照看旋转木马农场的三色猫，叫“白领凯蒂”。然后她开始上骑马课。那位了不起的管理员会教她“马术”。每次看到珍妮能一条腿立在马背上，保持平衡，或者倒骑——当然，那位管理员一直在旁边帮助着她，我总是惊讶不已。

在她上课的时候，我会去马厩清理马粪，给马儿们添加饮用水。之所以做这些，是因为珍妮在旋转木马农场的骑马课有奖学金赞助，是免费的。我并不需要用劳动来换取她的骑马课，但是我想去感受自己有所付出。我也乐在其中。照看着这些马儿，我找寻到一种宁静。

这一切，让我重回“美好时光”。

一位叫露西的27岁的女士，和珍妮一起在旋转木马农场骑马。露西得的是大脑性瘫痪，也是一种无药可治的疾病。她都没法像珍妮一样，爬上马背。她大部分时间都生活在轮椅上，需要有人扶着她，才能骑在马上，可是，一旦她立身马背时，她总是很开心，绽放着灿烂的笑容。

这是美好的一天，

可别让它走远。

看着珍妮和露西骑马的场景，我最终领会到了。那首歌不叫《美好人生》，它叫“美好的一天”，意思是，至少这一天，今天，可以美好。

我甚至没有期待天天美好。每一天，珍妮的疾患，都会以某种方式提示我，它依然盘踞旧地。

但是，每一天，也总有那些时刻，我看到她的微笑，总有那些时刻，我心中燃起希望，总有那些时刻，我感受到对于未来的那种平静的心态，不管拦路在前的，会是什么！

我生活之意义，即在那些时刻！

致　谢

这是一部苦乐参半的作品。我宁愿自己从来没有写过这部作品，原因显而易见。珍妮的故事超越我的书写能力，超越单独任何一个人的书写能力。我心存感激的是，有那么多人给我施以援手。

我要感谢斯塔西·科恩，把我们的故事分享给了《洛杉矶时报》的莎丽·洛恩。我永远感恩莎丽，是她看到了珍妮内在的雅慧，而拒绝让她只是成为精神分裂症的一个统计数据而已。我还要深深感激艾里卡·沃尔里奇、艾丽莎·斯托勒和克莱尔·韦恩劳波，在我书写这个故事的时候，他们都成了我们家庭中的一员。谢谢奥普拉，是她让全天下与精神疾病患儿一道战斗的父母们看到，他们并不孤单。

谢谢斯蒂夫·特鲁伊特，他有很多称谓，但我认为“挚友”最恰当。我的律师约书亚·宾德和我的代理人伯德·利威尔，给予过并继续在给予我的帮助，都远远超过了他们的职责范围。我想让你们俩知道，有你们做我的代表，我感到是多么幸运。如果不是伯德，这本书将永远无法获得出版。

虽然他们已经离去，但我必须感谢克里斯蒂·普莱德和戴安娜·萨尔瓦托，因为他们与我分享他们认为这个故事该有的视野，而且还将我引荐给皇冠出版社。我深深感恩我那位了不起的编辑，杰娜·琼戈利，因为她的耐心、智慧和对我不懈的信心；她相信我可以讲好这个故事，即便在我最黑暗的时光里，在我自认为无力完成的时候。杰娜，我是那么感激你一直陪伴在我左右。

发自内心深处的感激，还要送给我的朋友约翰·盖德斯。在珍妮进入加州大学洛杉矶分校那晚，约翰赶了过来；如果没有他，我是无法独自扛下来的。

谢谢我的良师，杰奎琳·米卡尔德，一个写作技巧远远高于我的作家，是他激励我讲述了这个故事。

谢谢贝丝安娜，卡尔·戈斯，约翰·法托，道恩，南希，安琪拉，凯利，卡伦，卡丽，凯特，法尔康，莎朗尼，以及所有我们“脸书家族”的其他成员。是你们所有人帮助我们一家度过了艰难的两年，我会永远将此铭刻在心。此外，还要感谢无数的陌生人，你们用发自内心的善良，为我们这个家庭捐献着爱心。

谢谢托尼和安东尼。你们知道其中的原因。我欠你们一笔永远无法偿还的债务。深深致谢珍妮和罗伦，在我们一家最黑暗的日子里，是你们为菩提提供了一个安全快乐的栖身之所。

谢谢戈拉格、艾薇、巴利、詹妮佛和特蕾西，是你们一直在做珍妮和那些像她一样的孩子的榜样。

谢谢珍妮·弗兰科里尼和领英，是你们心系那些患有精神疾病的孩子，把鼓励化为实际行动。

谢谢纽哈尔校区的托德·费恩医生和他那支了不起的教师团队。是你们帮助我们挽救了珍妮的生命。同样还要致谢 W 医生一直为了给予珍妮更好的生活不懈地战斗。此外，我还要感谢雷斯尼克神经精神病院的德安托尼和他的医护团队。你们为珍妮提供了第二个家，并进而成为她的家人。

还有一份巨大的感激要送给德尼斯、贝基、凯蒂、泰勒和旋转木马农场所有其他人。你们给了珍妮面对未来的自信和希望。我得说，我们现在的状况比“各占50%”好多了。

戴娜也是我要衷心感谢的人，她已经成为我们家庭的一部分，还有玛尔拉·罗森撒尔，感激她为我们所做的一切。

我还得谢谢我的父亲，谢谢你的理解和无尽的支持。通过与我并肩作战，你教会了我一个父亲的职责。

苏珊，我的妻子。正因为你所有这么多的帮助，这本书才得以问世，你的名字也应该印在封面上。不过更重要的是，我谢谢你如此支持我。我不知道前世修了何德，得以与你执手，但天底之下我独独只愿你伴在我左右。

谢谢菩提给我的生活带来乐趣。你可能尚不知晓自己为你姐姐做了什么，但有一天你会知道的。

最后，该是珍妮了。没有哪一种人类的语言能表达我对你的感受。你让我经受的，是我从没想过自己在情感上能够承受下来的，但是看着疾病之外的你，一天天成长，是我人生最大的乐趣。每一天，你都激励着我，去做一个更好的父亲，更好的人。

我永远爱你们。

心理学经典

《焦虑的现代人》
［美］卡伦·霍妮　著

《自我的追寻》
［美］艾·弗洛姆　著

《寻求灵魂的现代人》
［瑞士］卡尔·古斯塔夫·荣格　著

《自我的挣扎》
［美］卡伦·霍妮　著

《爱情心理学》
［奥］西格蒙德·弗洛伊德　著

《日常生活的心理分析》
［奥］西格蒙德·弗洛伊德　著

心理小说

《24 重人格》
［美］卡梅伦·韦斯特　著

《我遗失了时间》
［美］理查德·贝尔　著

《心里住着狮子的女孩》
［美］迈克尔·格林伯格　著

《陪你走进你的心》
［美］迈克尔·斯科菲尔德　著

图书在版编目(CIP)数据

陪你走进你的心/(美)斯科菲尔德
(Schofield，M.)著；孟丽译．—上海：上海译文出版社，2015.6
(译文心理)
ISBN 978-7-5327-6948-3

Ⅰ.①陪… Ⅱ.①斯… ②孟… Ⅲ.①纪实小说—美
国—现代 Ⅳ.①I712.45

中国版本图书馆CIP数据核字(2015)第056650号

Michael Schofield
January First：A Child's Descent into Madness and Her Father's Struggle to Save Her
Copyright © Michael Schofield
Published in agreement with Waxman Leavell Literary Agency，through The Grayhawk Agency

图字：09-2013-25号

陪你走进你的心
〔美〕迈克尔·斯科菲尔德/著　孟　丽/译
特约编辑/汤家芳　责任编辑/衷雅琴　封面设计/PiKA工作室

上海世纪出版股份有限公司
译文出版社出版
上海世纪出版股份有限公司发行中心发行
200001　上海福建中路193号　www.ewen.co
上海颛辉印刷厂印刷

开本 890×1240　1/32　印张 10.5　插页 2　字数 150,000
2015年6月第1版　2015年6月第1次印刷
印数：0,001—4,000册

ISBN 978-7-5327-6948-3/I·4205
定价：48.00元

本书中文简体字专有出版权归本社独家所有，非经本社同意不得转载、摘编或复制
如有严重质量问题，请与承印厂质量科联系。T：021-57602918